山陰本線
舞鶴線
福知山
綾部
谷川
加古川線
福知山線
山陰本線
東海道本
六甲山△
加古川
大阪空港
新大阪
新神戸
西明石
山陽新幹線
尼崎
大阪
京橋
明石
山陽本線
神戸
神戸空港
天王寺
明石コース
住吉大社
住吉コース
二上山
大阪湾
淡路島
阪和線
葛城山
金剛山
関西空港
日根野
和歌山線
の浦コース

散策

一度は訪ねたい万葉のふるさと

―近畿編（下）―

二川　曉美

奈良新聞社

舒明天皇陵（59 頁）

跡見の田庄・三輪山展望（25 頁）

かぎろひの丘（117 頁）

阿紀神社（111 頁）

木津川（155 頁）

恭仁京跡（187 頁）

宇治川・今木の嶺（朝日山）
展望（245 頁）

平等院（240 頁、写真提供:平等院）

唐崎（299 頁）

弘文天皇陵（336 頁）

太郎坊から蒲生野展望（364 頁）

万葉の森　船岡山（368 頁）

はじめに

　万葉故地めぐりの秘訣は、「Seeing」「Doing」「Being」の三つの段階を踏んで進めることである。「Seeing」では、万葉故地めぐりを始めようとすると、最初は万葉故地をどのようにめぐり、何をどのように見たらよいかが分からないので、万葉のイベント、万葉ハイキングなどに参加することをお薦めする。主催者が設定したコースにしたがって、説明を聞きながら歩き、何がどこにあり、何を見て回ればよいかを把握する。ハイキングコースに設定されている所では、コースの地図や資料を収集しておく。この段階で重要なことは、次に一人で来たときには、何をもっと詳しく見たいかを考えておくことが肝要である。「Seeing」の原点は、万葉故地、史跡、寺社を見て歩きたいという好奇心である。

　次に「Doing」では、いつまでも第三者が主催する万葉故地めぐりに依存するのではなく、自分なりの方法を確立していくことである。それまでに集めた資料や地図をもとに、万葉故地めぐりで、何をどのように見て歩くかを自分で決め、何を楽しむかを考え、それを現地で実践していくことが大切である。単に漫然と歩くのではなく、新しいものを発見しようと心掛け、些細な発見にも喜びや感動を覚えるようにする。万葉故地といっても明確に残されている対象はほとんどないので、歌に詠まれた情景や心情が感じ取れるように心象風景をイメージしながら歩くことが肝要である。

次に「Being」の段階では、『万葉集』の専門書、古代史の歴史書を調べ、歌が詠まれた時代的背景や風土的背景を知り、現地で万葉の風土に接して、歌が詠まれた背景や万葉人の思いを探究していくことである。現地の図書館の郷土資料コーナーで、万葉関連の資料、万葉の時代の歴史、郷土史、史跡、神社仏閣関連の資料などのコピーを入手し、それらを読んで、少しずつ掘り下げていくことが大事である。ある程度の知識が蓄積されてくると、現地へ出掛けたときに、見る対象の裏に潜む歴史的・風土的背景に思いがめぐるようになり、万葉人の思いが理解できるようになってくる。そして、散策を終えたら、写真を撮ったり、見たり、調べたこと、そのときに感じたことなどを簡単に纏(まと)めると、理解がさらに深まってくる。纏めることは面倒に思われるかもしれないが、纏めることによって、歴史や風土など全体が見えるようになり、楽しみが増す。

以上、筆者の個人的な万葉故地めぐりの秘訣を述べたが、これはあくまで参考にしていただいて、各自が自分なりにできる方法を確立していただきたい。要は、「好奇心をもつ（知）」「自分流の方法を作る（好）」「大いに楽しむ（楽）」を心掛け、この「知」「好」「楽」によって、万葉故地めぐりを趣味として確かなものにしていただければ幸いである。

目　次

写真・地図（特記のあるものを除く）
二川　暁美

第一章　倉橋・忍阪コース

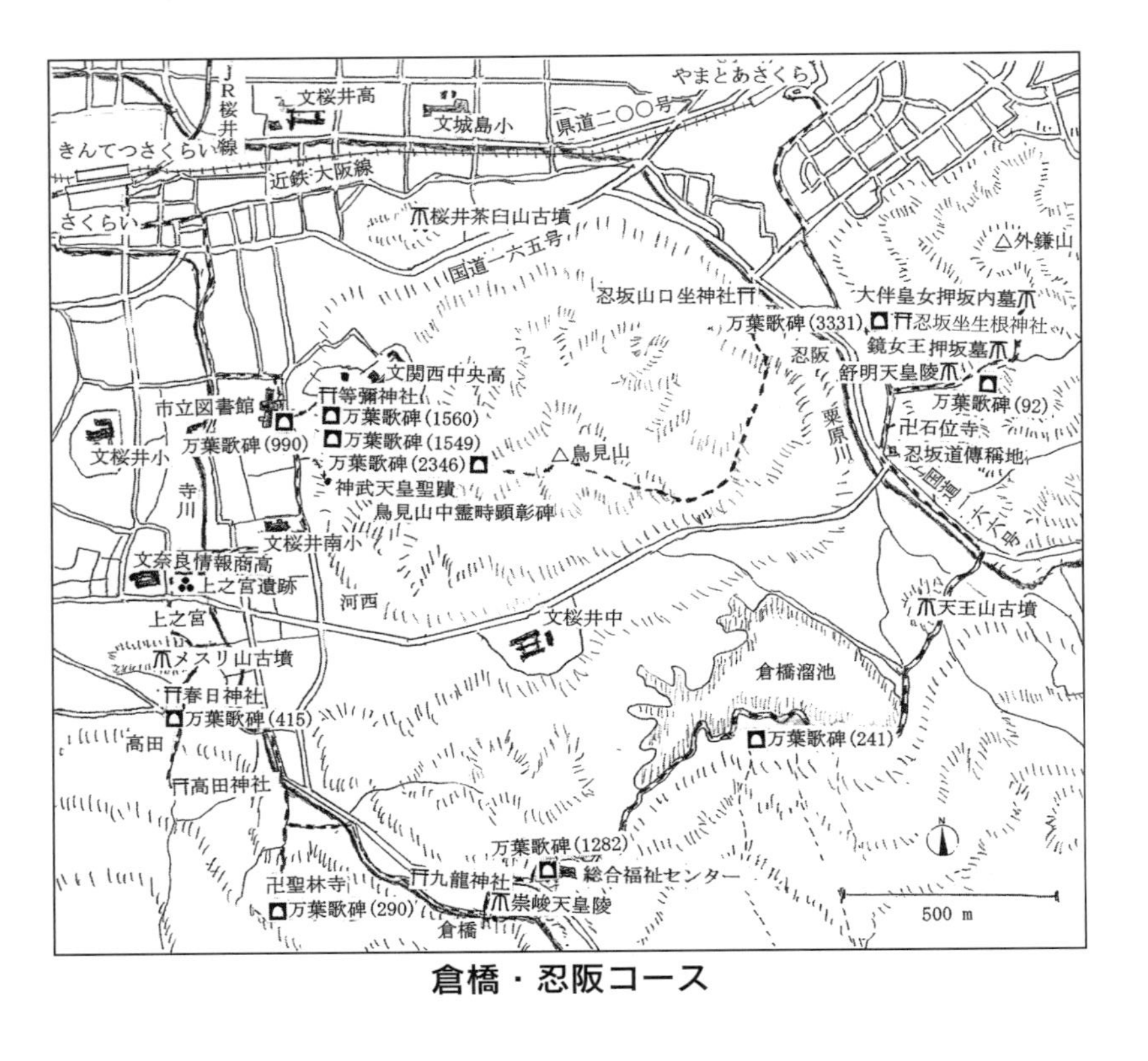
JR桜井線
文桜井高
文城島小
やまとあさくら
県道二〇〇号
きんてつさくらい
近鉄大阪線
さくらい
桜井茶臼山古墳
国道一六五号
△外鎌山
忍坂山口坐神社
大伴皇女押坂内墓
万葉歌碑(3331)
忍坂坐生根神社
鏡女王押坂墓
忍阪
舒明天皇陵
文関西中央高
等彌神社
市立図書館
万葉歌碑(1560)
万葉歌碑(92)
万葉歌碑(990)
万葉歌碑(1549)
石位寺
文桜井小
万葉歌碑(2346)
△鳥見山
忍坂道傳稱地
粟原川
寺川
神武天皇聖蹟
鳥見山中霊畤顕彰碑
国道一六六号
文桜井南小
文奈良情報商高
上之宮遺跡
河西
天王山古墳
上之宮
文桜井中
メスリ山古墳
倉橋溜池
春日神社
万葉歌碑(415)
万葉歌碑(241)
高田
高田神社
万葉歌碑(1282)
九龍神社
総合福祉センター
聖林寺
崇峻天皇陵
500 m
万葉歌碑(290)
倉橋

倉橋・忍阪コース

跡見　大和朝期から見える地名で、「鳥見」「登見」「迹見」とも表記する。桜井市外山（とび）から旧榛原町（現宇陀市）西峠にかけての初瀬川流域を示す地名とされる。『桜井市史』には、「跡見は、狩りをするとき、猟師が獣の足跡を調べて、狩猟の最適時を判断することをいう」とある。『古事記』では、「登美」は、雄略天皇の宮が所在した初瀬朝倉を含んだ地名としている。『万葉集』には、跡見山を詠んだ歌、大伴坂上郎女が跡見田庄で作った歌が残されている。

奈良県桜井市の近鉄大阪線桜井駅の南東に、小高い秀麗な山容の鳥見山がある。この山は、神武天皇が天皇に即位した後、大嘗祭を催した所で、わが国の建国の聖地とされ、その頂上には、小さな「霊時」と刻まれた石標がある。その西麓には等彌神社があり、南西にしばらく進むと、聖徳太子の上宮ないしは豪族の居館跡といわれる上之宮遺跡、その南にメスリ山古墳、上宮寺跡に建つ春日神社がある。さらに南東に進むと聖林寺があり、東の寺川に沿って南下すると、崇峻天皇陵がある。倉橋の集落を抜け、東の高台へ登っていくと、倉橋溜池、天王山古墳がある。粟原川を渡り、北の忍阪の集落に入ると、石位寺があり、その北の外鎌山の南麓に、舒明天皇陵、鏡女王墓、大伴皇女墓がある。忍阪の集落まで戻り、北へ進むと、忍坂坐生根神社、寺川の対岸に忍坂山口坐神社がある。

今回は、このわが国の建国の聖地、聖徳太子ゆかりの地を訪ね、舒明天皇陵、鏡女王墓をめぐって、『万葉集』初期の時代を偲ぶことにする。

正覚寺

等彌神社

正覚寺

近鉄大阪線桜井駅から南の商店街を東へ進み、多武峰街道の表示で右折すると、その先に正覚寺がある。鐘秀山と号する浄土真宗本願寺派の寺で、本尊は阿弥陀如来である。寺伝によると、天正の頃、穴戸伊與守源五の屋敷を子孫の松尾甚兵衛が寺地として寄進したのに始まる。

四脚門の山門を入ると、正面に本堂、向かって左に庫裡、右に鐘楼がある。本堂は桁行三間、梁行三間の入母屋造、本瓦葺である。堂内には、中央に本尊の木造阿弥陀如来立像、左に親鸞聖人・聖徳太子・七高僧の画像、左に蓮如上人の画像、阿弥陀如来立像、観世音菩薩立像、勢至菩薩立像の阿弥陀三尊像を祀る。

本堂の前に、天正五年（一五七七）銘の青銅製丸燈籠がある。

桜井市立図書館前の万葉歌碑

■桜井市立図書館前の万葉歌碑

正覚寺から多武峰街道に沿ってさらに南へ進み、等彌神社の標識で左折して東へ行くと、桜井市立図書館があり、その前庭に次の歌が刻まれた万葉歌碑がある。

茂岡尓　神さひ立ちて　栄えたる
千代松の木の　歳乃知らなく　　六・九九〇

この歌は、紀鹿人の作で―この茂岡山に、神々しいまで古びて、栄えて立っている、千代を待つという松の木の、歳がわからないことだ―という意味である。この歌碑は、評論家・保田與重郎氏の揮毫により、昭和三〇年（一九五五）に建立された。

この歌に詠まれた「茂岡」は、「跡見の茂岡」で、鳥見山北麓の桜井市外山付近といわれている。

等彌神社の下津尾社

■等彌神社

桜井市立図書館の東に等彌神社がある。祭神は大日孁貴命（天照大神）であるが、饒速日命とする説もある。『延喜式』神名帳に載る式内社で、鳥見山西麓の能登山の麓に鎮座するので、往古から「能登宮」とも呼ばれていた。創建年代は未詳である。当初、鳥見山の山中に鎮座し、物部氏の祖神の饒速日命を祀っていたが、天永三年（一一一二）、豪雨による山崩れで社殿が倒壊し、現在地に遷座され、大日孁貴命が祀られるようになった。

この神社は、下津尾社（下の宮）と上津尾社（上の宮）の二社で構成される。下津尾社の拝殿は、桁行三間、梁行二間の切妻造、桟瓦葺、吹き放し、本殿は、一間社春日造、銅板葺で、二棟並立して建っている。上津尾社の拝殿は、桁行三間、梁行二間の入母屋造、檜皮葺、方一間の向拝付、本殿は一間社流造、銅板葺、千鳥破風付である。

等彌神社の上津尾社

境内には、品陀別命を祀る八幡社、天児屋根命を祀る春日社、事代主命を祀る恵比須社を合祀する。社殿は、いずれも一間社春日造、檜皮葺である。さらに、桜井弓張皇女を祀る桜井弓張神社、宇迦之御魂命を祀る稲荷神社も併祀する。

この神社の一の鳥居は、伊勢神宮の第六二回式年遷宮で、内宮正殿の最も近くにあった中重の鳥居が譲渡され、平成二七年（二〇一五）に移築されたもので、檜造、高さ約六メートル、幅約八メートルである。

一の鳥居付近には、佐藤春夫氏と堀口大学氏の句碑があり、境内や鳥見山の山中には、植田青風子氏の句碑、加茂百樹氏の歌碑などの文学碑がある。

境内には、下津尾社前の金毘羅大権現の傍に、延宝四年（一六七六）銘の石燈籠、稲荷社前に、延宝五年（一六七七）、元禄二年（一六八九）銘の石燈籠など、江戸時代に建立された石燈籠一六基があり、その後に建立された石燈籠を含めると、合計一六五

上津尾社前の広場北西の万葉歌碑

基にも及ぶ石燈籠が林立している。さらに、宝永五年（一七〇八）銘の水船がある。

■上津尾社前の広場北西の万葉歌碑

上津尾社前の広場北西に、次の歌が刻まれた万葉歌碑がある。

射目立て、跡見の丘邊の　なでしこの花
總手折り　われは行きなむ　奈良人のため　八・一五四九

この歌は、紀鹿人の作で――（射目立て〻）、跡見の岡の辺に咲いている、なでしこの花、その茎を折り、わたしはたくさん持って帰ろうよ、奈良の家にいる人のために――という意味である。この歌碑は、神宮大宮司・二条弼基氏（当時）の揮毫により、昭和五二年（一九七七）に建立された。この歌に詠まれた「跡見の丘」の所在地は、桜井市外山（とび）の鳥見山の北麓付近が比定されている。

■上津尾社前の広場南東の万葉歌碑

上津尾社前広場の南東に、次の歌が刻まれた万葉歌碑がある。

妹が目を　跡見（とみ）の崎能（の）　秋はぎは
此月（このつき）ごろは　散りこすなゆ免　八・一五六〇

この歌は、大伴坂上郎女（おおとものさかのうえのいらつめ）の作で――（妹か目を）、跡見の崎に咲いている、秋ハギは、ここしばらくの間は、決して散らないでおくれ――という意味である。この歌碑は、高校教諭・服部慶太郎（はっとりけいたろう）氏の揮毫により、昭和五七年（一九八二）に建立された。

この歌に詠まれた「跡見の崎」も、桜井市外山の鳥見山北麓が突き出した辺りといわれている。

上津尾社前の広場南東の万葉歌碑

鳥見山中腹の万葉歌碑

■鳥見山中腹の万葉歌碑

広場の北側から鳥見山に登っていくと、中腹の斎場山に「霊時拝所」の石碑があり、その傍に、次の歌が刻まれた万葉歌碑がある。

うかねらふ　跡見山雪の　いちしろく
恋ひば妹が名　人知らむかも　一〇・二三四六

この歌は――（うかねらふ）、跡見山に積もっている雪のように、目立つほどの恋をしたならば、あの娘の名を、人が知るだろうな――という意味である。この歌碑は、神宮大宮司・徳川宗敬氏（当時）の揮毫により、昭和五〇年（一九七五）に建立された。

この歌に詠まれた「跡見山」は、この歌碑が建つ「鳥見山」が比定されている。

鳥見山中霊時

■鳥見山中霊時

斎場山から庭殿、白庭を経て、鳥見山（標高約二四四メートル）に登っていくと、山頂に「霊時」と刻まれた小さな石標がある。

『日本書紀』神武天皇四年の条に、「春二月の壬戌の朔甲申に、詔して曰はく、『我が皇祖の靈、天より降り鑒て、朕が躬を光し助けたまへり。今諸の虜已に平けて、海内事無し。以て天神を郊祀りて、用て大孝を申べたまふべし』とのたまふ。乃ち靈時を鳥見山の中に立てて、其地を號けて、上小野の榛原・下小野の榛原と曰ふ。用て皇祖天神を祭りたまふ」とある。

この場所は、神武天皇が橿原宮で即位し、神武天皇四年、霊時を行った所で、天皇は、諸国で採れた産物を供え、自ら皇祖や天津神々を祀り、産業が興り、物産が豊かになったことを奉告した。このため、この地は、大和平定と建国の大孝を申し述べた大嘗祭の初の舞台となったので、わが国の建国の聖地とされている。

神武天皇聖蹟鳥見山中霊時顕彰碑

大嘗祭とは、新天皇が即位後最初に行う新嘗祭を意味し、それを行う場所を「霊時」、すなわち、「まつりのにわ」という。大嘗祭、新嘗祭は、その年の新穀、新酒を神に捧げて先祖の神々を祀る行事であるが、大嘗祭は、これが行われて初めて、皇位継承が名実ともに備わるといわれるので、天皇にとって一代一度の極めて重大な式典とされている。

鳥見山の所在地については、この地のほかに、榛原の鳥見山説がある。桜井では、毎年五月一三日に、鳥見霊時顕彰会により、鳥見山中霊時大祭が斎行されている。

■神武天皇聖蹟鳥見山中霊時顕彰碑

鳥見山の山頂から等彌神社まで戻り、南側の高台に登っていくと、神武天皇聖蹟鳥見山中霊時顕彰碑がある。鳥見山は、神武天皇が橿原宮で即位し、神武天皇四年に、鳥見山山中に霊時を設けて、わが国初の大嘗祭を行った所である。このため、国家形成の観点から、非常に重大な事業が行われた聖地とされている。

鳥見霊時については、この地の他に、宇陀市榛原萩原、東吉野村、奈良市富雄の三カ所が伝承されているが、昭和一五年（一九四〇）に行われた紀元二千六百年記念の神武天皇聖蹟調査で、桜井市の鳥見山が最も信憑性が高いとして国から認証された。このため、この顕彰碑は、昭和一五年に建立に着工され、昭和一六年（一九四一）に竣工された。

■跡見の田庄

鳥見山の北麓から西麓にかけての一帯は、『万葉集』に詠まれた「跡見（とみ）の田庄（たどころ）」があった所であるといわれている。「跡見の田庄」は、大伴坂上郎女（おおとものさかのうえのいらつめ）、その弟の大伴稲公（おおとものいなきみ）の父・大伴安麻呂（おおとものやすまろ）の田庄があり、『万葉集』の次の歌の題詞（だいし）に見える。

大伴坂上郎女　父は大伴安麻呂、母は石川内命婦、旅人の異母妹で、家持の叔母にあたる。はじめ穂積皇子に嫁いだが、皇子の没後、藤原麻呂と交渉を持った。また、異母兄の大伴宿奈麻呂との間に、大嬢と二嬢の二人の娘をもうけた。『万葉集』には、長歌六首、短歌七七首、旋頭歌一首を残し、集中の女性歌人の中では、群を抜いて多くの歌を残した。

大伴坂上郎女、跡見の田庄にして作る歌二首

妹が目を　跡見の崎の　秋萩は
この月ごろは　散りこすなゆめ　八・一五六〇

吉隠の　猪養の山に　伏す鹿の
妻呼ぶ声を　聞くがともしさ　八・一五六一

第一首目の歌は――（妹が目を）、跡見の崎に咲いている、秋萩は、ここしばらくの間は、決して散らないでおくれ――、第二首目の歌は――吉隠の、猪養の山に、寝ている鹿の、妻を呼ぶ声を、聞くのは羨ましいことだ――という意味である。

跡見の田庄の所在地については、桜井市外山付近、吉隠を中心として、桜井市外山から宇陀市旧榛原区までの広い地域、奈良市富雄付近などの説がある。しかし、『万葉集』に詠まれた「跡見の丘」

猪養の山　『万葉集』には、大伴坂上郎女と穂積皇子の歌に詠まれている。その所在地については、『万葉集古義』には、「大和志には、城上郡吉隠村の上方、山に楓樹多し」とある。その所在地については、但馬皇女の墓（猪養の岡）がある辺りとする説、奈良県桜井市吉隠北東の志貴皇子妃の吉隠陵がある辺りとする説、宇陀市榛原角柄の国木山一帯とする説などがある。

上之宮遺跡

「跡見の茂岡」「跡見の崎」の歌を総合して考えると、桜井市外山付近の可能性が最も高いようである。

上之宮遺跡

■上之宮遺跡

神武天皇聖蹟鳥見山中霊時顕彰碑から南西に行くと、上之宮の集落があり、民家に囲まれて上之宮遺跡がある。昭和六一年（一九八六）から実施された発掘調査で、この上之宮遺跡から、六世紀後期から七世紀前期の園池遺構を擁する大型堀立柱建物一〇棟、回廊状建物一棟、掘立柱塀五条、石組み溝二条、素掘溝三条、敷石遺構一カ所などが発掘された。

この付近には、土舞台、歌見田、磐船橋、上宮寺跡など、聖徳太子ゆかりの地名、史跡が数多く存在するので、上之宮遺跡は、聖徳太子の上宮跡である、という説が提唱されている。

本居宣長は、『古事記伝』に、「『日本書紀』推古紀に、初め上宮におり、のち斑鳩に移る、とあるのは、すでに地名となって後、初めの事がらに及ぼしていったのだ。そして、この地名が今に残り、十市郡上宮にあり、うえのみやという」と記し、この地が聖徳太子の上宮跡である、という説を提唱している。

また、小島貞三氏は、『大和巡礼』に、「坂田寺はあまりにも遠い、上宮寺を以て聖徳太子の上宮の跡に建てられた寺と考えた方がよさそうである」と記して、本居宣長の上宮説に賛同している。

しかし、用明天皇の宮地をどこに求めるかによって、上宮の所在地が諸説に分かれている。『日本書紀』用明天皇即位前期には、「磐余に宮を作る。名づけて池辺双槻宮と曰ふ」とあることから、桜井市池之内付近とする説、さらに、「厩戸」を上宮と考えて明日香村の橘寺とする説などがある。

聖徳太子の「上宮太子」という呼称については、『日本書紀』用

本居宣長　江戸時代の国学者・文献学者・医師。名は栄貞で、通称は、はじめ弥四郎であったが、後に健蔵とした。号は芝蘭、瞬庵、春庵。自宅の鈴屋（すずのや）で門人を集めて講義をしたことから、鈴屋大人（すずのやのうし）と呼ばれた。また、荷田春満、賀茂真淵、平田篤胤とともに「国学の四大人（しうし）」の一人とされる。賀茂真淵の勧めで、当時すでに解読不能になっていた『古事記』を研究して、解読に成功し、約三五年を費やして『古事記伝』を著した。

明天皇紀元年の条に、「厩戸皇子は、初め上宮に居ましき。後に、斑鳩に移りたまふ」、また、『同』推古天皇元年の条に、「父の天皇、愛みたまひて、宮を南の上殿に居らしめたまふ。故、其の名を称へて、上宮厩戸豊聡耳太子と謂す」とあり、上宮に由来するというのは、その所在地に関係なく通説となっている。

一方、この地の西の阿部丘陵一帯には、六世紀後期から七世紀中期にかけて築造された五基の大型横穴式石室を有する古墳があり、古代の大豪族・阿倍氏の本拠地に近いことから、阿倍氏の居館とする説、さらに、崇峻天皇の宮殿説、渡来系氏族・谷氏の居館説などもある。

このため、この上之宮遺跡は、聖徳太子の上宮跡、六世紀後半から七世紀前半にかけての豪族の居館跡、飛鳥に宮が営まれる前の崇峻天皇らの大王の宮地などの諸説があり、混沌としているのが実情である。

いずれにしても、園池遺構から、鼈甲や木簡などの特殊な遺物も

聖徳太子　通称は厩戸皇子と呼ばれるが、豊聡耳（とよさとみみ）、豊聡八耳命の和風称号、聖王、法王、法大王、法王大王などの漢風称号がある。父は用明天皇、母は穴穂部間人皇女。推古天皇が即位すると、摂政を執った。また、推古天皇九年（六〇一）斑鳩宮の造営に着手し、推古天皇一三年（六〇五）斑鳩宮に遷った。推古天皇一一年（六〇三）冠位十二階、翌年、憲法十七条を制定した。仏教に深い理解を示し、法隆寺、四天王寺を建立した。

メスリ山古墳

出土しているので、六世紀後期の畿内の非常に有力な人物の居館があったようである。

■メスリ山古墳

上之宮遺跡の南に、メスリ山古墳がある。別名「鉢巻山古墳」「東出塚古墳」と称される。古墳時代前期の前方後円墳と推測され、桜井茶臼山古墳らとともに鳥見山古墳群に属する。「メスリ」は「メグリ」の誤写で、円形の地形の意という説がある。規模、埋葬品は、大王墓級であるが、『日本書紀』『古事記』『延喜式』などに陵墓としての記述がない。

墳丘は、長さ約二二四メートル、前方部は、幅約八〇メートル、高さ約八メートル、二段築成、後円部は、直径約一二八メートル、高さ約一九メートル、三段築成で、西向きである。各段に円筒埴輪列がめぐらされ、とくに、後円部の三段と方形壇の墳頂部に密集して二列に並べられ、斜面には葺石が敷かれ、陪墳群は見られない。

　後円部頂上の中央には、木棺を納めた主石室にあたる竪穴式石室があるが、盗掘されていたために、ほとんど遺物が残されておらず、わずかに、翡翠の勾玉、碧玉の管玉、貝輪を真似た石製の腕輪類、ミニチュア化した石製の椅子、櫛、合子、円筒埴輪、器台形埴輪などが出土している。器台形埴輪は、わが国では最大級で、高さ約二・四メートル、径約一・三メートルに及ぶものもある。

　主石室の横には、合掌式の副石室があり、その大きさは、長さ約六メートル、幅約〇・七メートル、高さ約〇・六メートルで、盗掘を免れていた。その内部には、遺骸がなく、武器のみが埋納されていたので、格納庫、遺品庫であったと考えられている。

メスリ山古墳の埴輪　後円部中央の方形壇の内側の埴輪列は、南・北面に各一二本、東面に二三本、西面に二二本、合計六九本が並んで配列され、その中、石室の主軸線上に二本の特殊大形埴輪があった。一方、外側の埴輪列は、北面に二三本、南面に二〇本、東・西各面に三二本、合計一〇七本、内側と外側の埴輪列の間には、大型円筒埴輪と高坏形埴輪が配されていた。

春日神社

■春日神社

メスリ山古墳の南の「岩船山（いわふねやま）」と称する小さな台地の上に春日神社（かすがじんじゃ）がある。祭神は、武甕槌命（たけいかつちのみこと）、経津主命（ふつぬしのみこと）、天児屋根命（あめのこやねのみこと）、姫大神（ひめのおおかみ）で、品陀別命（ほむたわけのみこと）を併祀する。拝殿は、桁行四間、梁行二間の切妻造、本瓦葺、本殿は、一間社春日造、銅板葺である。

社伝には、「此社は初め上宮寺境内に在りて、磐船明神（いわふねみょうじん）と称す」とある。この地に聖徳太子の上宮があり、後に、この地に上宮寺が建立され、後鳥羽院（ごとばいん）の宸筆（しんぴつ）といわれる「上宮寺（じょうぐうじ）」の扁額が掛けられ、境内には、饒速日命（にぎはやひのみこと）を祀る磐船神社（いわふねじんじゃ）があった、と伝える。

本殿正面に、「はやひ燈籠」と呼ばれる自然石で造られた燈籠がある。上部に四角な窓を設け、左側に「正治（しょうじ）二年九月」と刻まれている。

その左側に、南北朝時代の作と推定される石造宝塔（いしづくりほうとう）がある。花崗岩（かこうがん）製の高さ約一・八メートルの塔で、塔身の四方に仏像が刻まれて

春日神社境内の万葉歌碑

いる。基礎は二重で、この二つの基礎の大きさの違い、小さな塔身、細く脆弱な首部、大きく伸びやかな笠などのバランスが絶妙で、しかも、全体として均衡が保たれた精妙で繊細な塔である。

境内には、金比羅大権現・愛宕権現の石柱、延宝八年（一六八〇）銘の石燈籠ほか一三基の石燈籠、万延元年（一八六〇）銘の狛犬、本殿前に陶製狛犬二対がある。

■春日神社境内の万葉歌碑

石造宝塔の横に、次の歌が刻まれた万葉歌碑がある。

家にあらば　妹が手まかむ　草枕
旅に臥やせる　この旅人あはれ　三・四一五

この歌は、聖徳太子の作で——家にいたら、妻の手を枕にするだろ

上宮寺跡

うが、(草枕)、旅に出て病で倒れている、この旅人が気の毒だ―という意味である。この歌碑は、法隆寺管長・間中定泉氏(当時)の揮毫により、昭和五一年(一九七六)に建立された。

碑陰には、「上之宮聖徳太子の御誕生地なり。此の聖地に生を授かり、喜寿の齢を悦び、太子の徳を偲び、御詠歌を石に刻して、永らく後の世に傳承せんとす」という建碑の由来が刻まれている。

■上宮寺跡

春日神社に隣接して会所がある。この会所は、無住職の鳥見山と号する上宮寺を兼ねている。切妻造、桟瓦葺の民家風の建物で、寺の雰囲気が全く感じられない。内部には、平安時代後期の作と伝える木造阿弥陀如来坐像、向かって右に阿弥陀如来立像、左に弘法大師坐像を祀る。

磐船山の南方の丘に、僧堂という小字名が残され、春日神社の南の畑地から、白鳳期の鴟尾の残片、八葉複弁蓮華文軒丸瓦、複弁蓮華文軒丸瓦が発掘されたので、春日神社付近は上宮寺跡といわれている。

『和州旧跡幽考』には、「上宮　桜井の町の南六、七町、上宮は聖徳太子の御父にていまそかりける用明天皇、かの太子をいといつくしみましまして、宮の南の上宮にすへさせ給ひしより、上宮厩戸豊聡耳太子と御名を申しき。『日本紀』又上宮太子とも申奉る。『玉林抄』▲上宮寺の額は後鳥羽院の宸筆也。上宮村に今にあり」とある。

保田與重郎氏は、『聖徳太子伝暦』で「聖徳太子の御名を『上宮太子』と古来よりとなへてきたのは、この上宮御所によってである。用明天皇の磐余宮の地から見て、上之宮にあたるということが、この名のよりどころとされてゐる。太子が飛鳥あたりに御誕生せられたと云うのは、『日本書紀』の伝承に反するもので、さらに何の根拠のない俗説である」という説を提唱し、この地を聖徳太子の誕生地としている。

和州旧跡幽考　大和国に関する地誌。『大和名所記』ともいう。二〇巻一五冊。林宗甫の撰。延宝九年（一六八一）の開版であるが、天和二年（一六八二）刊のものもある。郡ごとに名所旧跡を考証し、出典が明らかなものは書名を記し、『万葉集』の歌も挿入する。第二〇巻は、「郡末考」で、大和の地で詠まれた歌を収める。

高田山口神社

■高田山口神社

春日神社から高田の集落に入り、新池の四つ辻を南に進むと、民家の外れに竹藪が茂る丘陵がある。この丘陵に登っていくと、高田(たかだ)山口神社(やまぐちじんじゃ)がある。祭神は大山祇命(おおやまつみのみこと)で、多武峯の山口神社である。この神社を式内社の石寸山口神社(いわれやまぐちじんじゃ)にあてる説があるが、確証はない。

鳥居の背後に、石を積んだ上に金比羅大権現(こんぴらだいごんげん)の石碑があるが、社殿はない。創建当初は、大山祇命を祀っていたと思われるが、いつ頃か不明であるが、金比羅大権現に変わったと推定される。

この西側に、直径約三メートル、高さ約〇・六五メートルの小さな円丘がある。上部はコブシ大の石で覆われ、前に神座石(かむくらいし)と花立(はなたて)のほか、寛文(かんぶん)七年（一六六七）、文政(ぶんせい)二年（一八一九）銘の二基の石燈籠、文化(ぶんか)一二年（一八一五）銘の水船(みずぶね)、天保(てんぽう)五年（一八三四）銘の石標がある。

この神社では、毎年一二月に、山の神に捧げたものを奪い合い、神に捧げた膳をけり暴れる「高田のいのこの暴れまつり」が催される。別称「イノコアライ」と呼ばれ、大和地方では珍しい子供神事である。

■高田廃寺

高田山口神社の社地には、高田廃寺があったと伝える。平城宮から「高田寺」と書かれた木簡が出土し、また、『続日本紀』天平宝字七年（七六三）十月丁酉（二十八日）の条に、「監物主典従七位上高田　登足人は高田寺の僧を殺害した罪により、祖父から受け継いだ封戸を奪われた」とあり、高田寺と記されている。

また、『七大寺巡礼私記』に、保延六年（一一四〇）に大江親通が南都巡礼をした際に、「高田寺の仏の金銅弥勒三尊が唐招提寺の講堂に安置され、寛仁二年（一〇一八）以前には、西小堂に安置されていた」と記され、この頃には、すでに高田寺は廃されていたよ

七大寺巡礼私記　保延六年（一一四〇）、大江親通が南都古寺を歴訪して、各寺の堂塔、仏像の実態を記録したもので、道すがらの描写や自己の感想や意見はほとんど記されていない。七大寺は、東大寺、大安寺、西大寺、興福寺、元興寺、薬師寺、法隆寺、唐招提寺で、巡礼の対象は八大寺になっている。飛鳥時代以来の伝統を誇る奈良の名刹の実態を語る貴重な史料である。

聖林寺

うである。

　この地から、破壊された礎石二個、塼仏、奈良時代の八葉複弁蓮華文軒丸瓦、葡萄唐草文軒平瓦などが発掘されているが、塔跡とみられる土壇がわずかに残るのみである。

聖林寺

■聖林寺

　高田山口神社から東へ進み、寺川を渡った所で右折して南へ行くと、聖林寺がある。聖林寺は、霊園山遍照院と号する真言宗室生寺派の寺で、本尊は子安延命地蔵菩薩である。和銅五年（七一二）、妙楽寺（現在の談山神社）に祀られている藤原鎌足の長子・定恵が境外仏堂として創建した、と伝える。

　永保年間（一〇八一～一〇八四）と承安年間（一一七一～

一一七五）の二度の兵火により、ほとんどの伽藍を焼失した。その後、鎌倉時代に、三輪の平等寺の慶円上人が隠棲したので、妙楽寺とともに、大神神社との関連が深い寺院になった。江戸時代には、性亮玄心上人が三輪山の遍照院を移して再興し、寺号を聖林寺に改称した。

江戸時代の元禄年間（一六八八〜一七〇四）、僧・文春諦玄が女性の安産を願って各地に勧進して、子安延命地蔵菩薩像を制作し、本尊として安置したので、この寺は安産・子授けの祈祷寺として広く崇拝されるようになった。

この寺の観音堂には、八世紀のわが国の仏像彫刻を代表する名作とされる十一面観世音菩薩像（国宝）がある。一木で彫った像の上に乾漆をかぶせた高さ約二・一メートルの木心乾漆金箔像で、天平美術の粋と称されている。神仏分離令が出される前の慶応年間（一八六五〜一八六八）、大神神社の神宮寺であった大御輪寺より譲り受けた、という。

十一面観世音菩薩像　頭部に小さな一一の面相を付けた観世音菩薩像、正面の三面は穏やかな慈悲の菩薩相、左の三面は恐ろしい怒りを表した瞋怒相（しんぬそう）、右の三面は菩薩相に似ているが、上方に狗歯をむき出した狗牙上出相（くげじょうしゅつそう）、後部の一面は大笑いしている大笑相（だいしょうそう）、頭頂には正面を向いて如来相を付ける。人々のすべての憂いと悩み、病苦障害、悪心を除くことを誓願している菩薩とされる。

聖林寺石段下の万葉歌碑

飛鳥時代の百済観世音菩薩像(くだらかんぜおんぼさつぞう)や白鳳時代の夢違観世音菩薩像(ゆめたがいかんぜおんぼさつぞう)が右手に水瓶(すいびょう)を持っているのに対し、この像は右手に錫杖(しゃくじょう)、左手に花瓶(かびん)を持ち、瓶には蓮の花が挿されているなど、天平時代の特徴が見られる。均整がとれた量感にみちた姿、優婉(ゆうえん)な天衣(てんい)、微妙に変化した手の表情、軽快で安定感に富む台座は、見る眼を引きつける。とりわけ、切れ長の目が正面を正視して、永遠を凝視しているように見える悠遠な表情が印象的である。

■聖林寺石段下の万葉歌碑

聖林寺石段下に、次の歌が刻まれた万葉歌碑がある。

椋橋(くらはし)の　山を高みか　夜ごもりに
出でくる月の　光ともしき

三・二九〇

小倉の山（聖林寺の背後の山）

この歌碑は、間人宿禰大浦の作で―倉橋の、山が高いせいか、夜遅く、出てくる月の、光が本当に暗いことよ―という意味である。この歌碑は、書家で歌人の清水比庵氏の揮毫により、昭和四七年（一九七二）に建立された。

間人宿禰大浦は、『新撰姓氏録』に、「仲哀天皇の皇子の品陀別命の後裔」「神魂命の五世孫玉櫛比古命の後孫」の二つの系統が見え、どちらの系統か弁別し難い。『万葉集』には短歌二首を残す。

■小倉の山

聖林寺の南側の山は、一説には「小倉の山」であるといわれ、『万葉集』には、次のように詠まれている。

夕されば　小倉の山に　伏す鹿し
今夜は鳴かず　寝ねにけらしも

九・一六六四

小倉の山（音羽山）

この歌は、雄略天皇の作で―夜になると、小倉の山に、横になって鹿は、今夜は鳴かずに、寝てしまったらしい―という意味である。題詞に「泊瀬朝倉宮に天の下治めたまふ大泊瀬幼武天皇の御製歌一首」とあり、雄略天皇の歌とされているが、左注には、「ある本に云はく、岡本天皇の御製なりといふ。正指を審らかにせず、因以累ね載す」とあり、舒明天皇という説も示しており、作者がはっきりしない。

小倉の山の所在地についても詳らかではないが、聖林寺の背後の山という説の他に、明日香村飛鳥の東方から桜井市今井谷にかけての山、倉橋の南の倉橋の山（音羽山、経ケ塚山、熊ケ岳の山塊）、外鎌山（忍坂山）、という説もある。

『万葉集』には、次のように詠まれた歌もある。

夕されば、小倉の山に　鳴く鹿は
今夜は鳴かず　寝ねにけらしも
八・一五一一

この歌は、舒明天皇の作とされる歌で―夕方になるといつも、小倉の山に、鳴く鹿は、今夜は鳴いていない、寝てしまったらしい―という意味である。先述の一六六四番歌では、第三句が「伏す鹿し」となっているのに対し、この歌では「鳴く鹿は」になっている。

倉橋

■倉椅川（倉橋川）

聖林寺の東を流れる寺川は、『万葉集』では、「倉椅川」と詠まれている。寺川は、桜井市鹿路に源を発し、北流して倉橋の集落を抜け、桜井市の市街地の南西部を通って、奈良盆地を西流し、戒重付近で粟原川に合流する全長約六九・五キロメートルの一級河川である。ＪＲ桜井駅の南付近では、護岸工事により、万葉の風情は失われているが、倉橋の集落より上流では、万葉の歌に詠まれた風情

倉橋　崇峻天皇の倉椅柴垣宮、倉梯岡陵の伝承地。倉梯岡陵は天皇屋敷と呼ばれていた金福寺跡に所在する。『万葉集』には、「梯立ての倉椅川」「倉橋の山を高みか」などと詠まれている。『日本書紀』には、天武天皇一二年（六八三）、天皇が「倉梯」で狩りを、また、『続日本紀』には、慶雲二年（七〇五）文武天皇が「倉橋の離宮」に行幸したと記す。地名にちなむ人物としては、孝徳朝の左大臣・阿倍倉梯麻呂がおり、斉明朝に百済大寺造寺司になり、阿倍氏の氏寺の崇敬寺（現安倍文殊院）を創建したと伝える。

倉橋川（倉橋の上流付近）

が残されている。
『万葉集』には、「倉椅川」は次のように詠まれている。

梯立の　倉椅川の　石の橋はも
男盛りに　我渡してし　石の橋はも
七・一二八三

この歌は―（梯立の）、倉椅川の、飛び石はどうなったのだろうか、若いとき、わたしが渡しておいた、あの飛び石は―という意味である。若いときに渡しておいた石橋が跡かたもなくなっている様子を見て、若いときに彼女に会いに行ったことを懐旧している。
「倉椅川」は、次のように詠まれた歌もある。

梯立の　倉椅川の　川のしづ菅
我が刈りて　笠にも編まぬ　川のしづ菅
七・一二八四

倉橋の山

この歌は―（梯立の）、倉椅川の、川底にある菅、わたしが刈るだけ刈って、笠にも編まずにそのままにしておいた、あの川底にある菅―という意味である。「笠に編む」は、相手の女性と結婚することの喩えで、この歌は、愛していた女性と何かの事情で別れた男の回想の歌である。

■倉橋の山

倉橋の山は、『万葉集』には、「倉椅山（くらはしのやま）」「倉橋の山（くらはしのやま）」「椋橋山（くらはしやま）」と表記されている。桜井市倉橋の東南方向に聳える音羽山（おとわやま）（標高八五一メートル）とするのが一般的であるが、経ケ塚山（きょうがつかやま）（標高八八九メートル）、熊ケ岳（くまがだけ）（標高九〇四メートル）を含む山塊とする説もある。『大和名所圖會（やまとめいしょずえ）』では、多武峰またはその北方の山を比定している。一方、『大和志（やまとし）』には、「倉椅村上方、峰名小倉山」、『大和志料（やまとしりょう）』には、「多武峰村大字倉椅（おおあざくらはし）の上方にあり、其峰を小倉山と曰ふ」とある。
『古事記』仁徳天皇（にんとくてんのう）段には、「仁徳天皇がまだ皇太子であったころ、異母妹の女鳥王（めどりのみこ）に想いを寄せていたが、女鳥王は弟の速総別王（はやぶさわけのみこ）とともに逃げて、倉椅山に登った」とある。
『万葉集』には、「倉橋の山」は次のように詠まれている。

倉橋の　山を高みか　夜隠り（よごもり）に
出（い）でくる月の　片待ち難き　九・一七六三

この歌は—沙弥女王（さみのおほきみ）の作で—倉橋の、山が高いせいか、夜遅く、出で来る月が、待ち遠しいことだ—という意味である。倉橋山が高いために、月の出が遅いのを嘆いている。
この歌の左注に、「右の一首、間人宿禰大浦（はしひとのすくねおおうら）の歌の中に既に見えたり。ただし、末の一句相換（あひかは）れり。また作歌の両主、正指（せいし）に敢（あ）へず。因以（よりて）累（かさ）ね載（の）す」とある。この歌は、間人宿禰大浦の歌（二九〇番歌）

間人宿禰大浦　伝未詳。『新撰姓氏録』に「仲哀天皇の皇子、誉屋別命の後」「神魂命の五世孫、玉櫛比古命の後」と、二系統が見える。『万葉集』に短歌一首を残す。

沙弥女王　伝未詳。『万葉集』に短歌一首を残す。『万葉集』には、間人宿禰大浦の作として、一七六三番歌の結句と異なった二九〇番歌が見える。大浦作とする歌の結句の「光ともしき」は直観的趣があるが、女王作の歌の方が合理的で分かりやすい。『万葉集私注』では、女王が結句を変えて作歌したとする。

の中にすでに見えているが、末の一句が入れ替わっている。また、作者の二人、どちらが正しいか指摘できない。それで重ねて載せておく、としている。

この歌が飛鳥で詠まれたとすると、月の出をさえぎる山は、音羽山、多武峰、あるいはその北方の山ということになる。藤原京で詠まれたとすると、多武峰の上に音羽山の山塊の稜線がかろうじて見えるので、音羽山もその範疇に入ってくる。

さらに、「倉椅山」と詠んだ次の歌がある。

梯立の　倉椅山に　立てる白雲
見まく欲り　我がするなへに　立てる白雲　七・一二八二

この歌は――（梯立の）、倉椅山に、立っている白雲、見たいと思う、ちょうどそのとき、立っている白雲――という意味である。倉橋山にかかる白雲を見て、女性の魂が白雲になって立ち上っていると思い、

多武峰　桜井市南部の寺川上流一帯を総称する峰で、頂上付近に藤原鎌足を祀る談山神社がある。談山神社の背後の標高約六〇八メートルの御破裂山を主峰とする。中臣（藤原）鎌足と中大兄皇子がこの地で蘇我入鹿を討伐する計画を練ったことから、談山神社の背後の地は「談山」「談所ケ森」と呼ばれ、その北に隣接して藤原鎌足の廟所がある。多武峰から西に細川谷を下ると石舞台古墳の東に至る。

急に恋人に会いたいという思いを詠んだ歌である。

九頭神社

■九頭龍神社・九頭神社

聖林寺から東へ進み、寺川に沿って南へ行くと、九頭龍神社・九頭神社がある。祭神は、正勝吾勝勝速日天之忍穂耳命、栲機千々姫命である。俗に「おしほみの夫婦神」と呼ばれている。上社と下社の二社からなり、ともに社殿はない。

上社は男神で、「九頭龍神社」の扁額を掲げる石造の鳥居の背後に磐座があり、橿の大木を神木とする。下社は女神で、「九頭神社」の扁額を掲げる木製の赤塗りの鳥居の背後に、長径約一・三メートル、短径約〇・九メートル、高さ約〇・六メートルの「鎮護石」と呼ばれる磐座があり、その背後の橿の木を神木とする。社前には、「奉造立九頭神御寶前　下村　貞享二年十一月吉日」と刻まれた四角形の標柱がある。

崇峻天皇陵

■崇峻天皇陵（倉梯岡陵）

九頭龍神社から寺川に沿って上流に進むと、崇峻天皇陵がある。「倉梯岡陵」と呼ばれる。『日本書紀』崇峻天皇五年の条には、「この日天皇を倉梯岡陵に葬る」、『延喜式』諸陵寮には、「在大和国十市郡。無陵地幷陵戸」とある。

崇峻天皇陵は、平安時代には、すでに所在地が不明になっていた。元禄一〇年（一六九七）の江戸幕府の諸陵探索では、奈良奉行所は当陵を未分明陵とし、赤坂天王山古墳と天皇屋敷を候補地とした。幕末の修陵時にも決定できなかったが、明治九年（一八七六）、教部省は、「天皇屋鋪」と呼ばれていた倉橋村雀塚が記紀の記載に合致するとして、「倉梯岡陵」と決定し、天皇屋敷の地を陵付属地とした。しかし、明治二二年（一八八九）、柴垣宮伝承地と観音堂がある天皇屋敷の両所を一廓として、「倉梯岡陵」と改定した。

崇峻天皇は、諱を泊瀬部皇子と称し、父は欽明天皇、母は蘇我稲

蘇我馬子　敏達朝から推古朝までの大臣で、嶋大臣とも称された。稲目の子、蝦夷の父。大王家との姻戚関係を基軸に権勢を拡大し、用明天皇二年（五八七）大連の物部守屋を倒した。崇峻天皇五年（五九二）崇峻天皇を暗殺し、推古天皇を即位させ、厩戸皇子とともに政治を主導した。仏教興隆に努め、法興寺を創建した。奈良県明日香村の石舞台古墳がその墓といわれている。

目の娘・小姉君である。用明天皇の崩御後、大臣の蘇我馬子は泊瀬部皇子を、また、大連の物部守屋は穴穂部皇子をそれぞれ即位させようとしたが、蘇我馬子は、穴穂部皇子を殺害して、泊瀬部皇子を即位させて崇峻天皇を擁立し、倉梯に宮を営ませた。しかし、崇峻天皇は、蘇我馬子に支援されて天皇になったが、馬子が大臣として政権を牛耳っていたので、蘇我馬子との関係が次第に悪化していった。

『日本書紀』崇峻天皇四年（五九一）の条には、「任那復興のため、新羅を討つ目的で、天皇は紀男麻呂宿禰、巨勢猿臣、大伴囓連、葛城烏奈良臣を大将軍とし、臣・連の氏々を裨将（副将軍）や部隊として従えさせ、二万余の軍兵を率いて筑紫に出向かせた」。

また、同書の崇峻天皇五年（五九二）の条には、「十月四日、天皇は献上された猪を指さして、『何の時かこの猪の頸を斬るがごとく、朕が嫌しと思うところの男を斬らむ』と独り言を漏らし、いつになく多くの武器を用意された。十日、この独り言を聞いた蘇我馬子は、自分が憎まれていることを恐れ、徒党を招集して、天皇を弑することを謀った」、そして、十一月の条には「馬子宿禰、群臣にいつわって、『今日、東国の調を奉ることにする』といい、東漢直駒に命じて、天皇を弑させた。この日、天皇を倉梯岡陵に葬り奉った」とある。

このように、崇峻天皇は、暗殺されて崩御しても、殯宮儀礼もなく、その日のうちに、あわただしく埋葬された。また、『延喜式』諸陵寮に「無陵地并陵戸」とあり、平安時代には、すでに陵地、陵戸も不明になるなど、前例のない哀れな末路をたどった。

■総合福祉センターの万葉歌碑

崇峻天皇陵から倉橋の集落の東の高台に登っていくと、総合福祉センターがある。愛称「竜吟荘」と呼ばれ、人々の文化教養と活

物部守屋　物部尾輿の子、母は弓削倭古の娘・阿佐姫。排仏派として、崇仏派の大臣蘇我馬子と対立し、敏達天皇一四年諸国に疫病が流行すると、守屋はこの疫病の流行を馬子が仏像を礼拝し、寺塔を建立したためとして、寺塔を焼き、仏像を難波堀江に捨てた。敏達天皇の死後、その後継者として穴穂部皇子を擁立したが、失敗に終わった。その後、河内国の渋川に退いたが、王族・大臣・群臣らの討伐軍によって攻められて滅んだ。

総合福祉センターの万葉歌碑

動の場として、また、コミュニケーションづくりと生きがいづくりの場となっている。

駐車場入り口付近に、次の歌が刻まれた万葉歌碑がある。

梯立の　倉椅山に　立てる白雲
見まく欲り　我がするなへに　立てる白雲　　七・一二八二

この歌は、柿本人麻呂の作で――（梯立の）、倉椅山に、立っている白雲、山を見ようとすればするほど、わたしにしたがって、白雲が湧き立って邪魔をする――という意味である。

■倉橋溜池

総合福祉センターから東へ行くと、奈良県の四大溜池の一つに数えられている倉橋溜池がある。別名「竜吟鏡」とも呼ばれる。堤

倉橋溜池

長約二四五メートル、堤高約三一・五メートル、面積約八六〇ヘクタール、総貯水量約一七一万四〇〇〇立方メートルである。昭和一〇年（一九三五）頃、関係町村の有志により貯水池計画が発案され、昭和一四年（一九三九）に着工されたが、第二次世界大戦の勃発で終戦後まで工事が中断され、二二年の歳月を要して、昭和三二年（一九五七）に完成した。

この溜池は、栗原川（おおばらがわ）の支流の瀬戸谷をアース式ダムで塞き止めたもので、日本初の開渠式余水捌方式（かいきょしきよすいはけほうしき）が採用されていること、日本で七番目に大きな土壌堤（どじょうつつみ）にセメントを注入する「グラフト」と呼ばれる方式が採用されていること、放水時の決壊を防ぐために、内法（うちのり）を石畳（いしだたみ）にしていること、などを特徴とする。

池の周囲には、桜、梅、松などが植栽され、佳景寂寞とした遊歩道があるので、東に栗原の山々、北に鳥見山（とみやま）、南に音羽山（おとわやま）、西に小倉山（おぐらやま）の雄姿を眺めながらの散策が楽しめる。

倉橋溜池中央南畔の万葉歌碑

■倉橋溜池中央南畔の万葉歌碑

倉橋溜池中央南畔に、次の歌が刻まれた万葉歌碑がある。

大君は　神にしませは　真木の立つ
あら山中に　海をなす可も
三・二四一

この歌は、柿本人麻呂の作で―わが大君は、神でいらっしゃるので、そのご威光で、檜の茂り立つ、恐ろしい荒れた山中にも、海をこしらえることだ―という意味である。この歌碑は、宇野哲人氏の揮毫により、昭和四七年（一九七二）に建立された。

■天王山古墳

倉橋溜池から東へ進むと、天王山古墳がある。東西約四五メート

天王山古墳

ル、南北約四二メートル、高さ約九メートル、墳頂が一辺約一二メートルの平坦面となった三段築成の方墳である。

内部構造は、花崗岩の巨石を用いて構築された壮大なもので、南に開口した両袖式の横穴式石室がある。羨道は、長さ約八・五メートル、幅約一・七メートル、高さ約一・八メートルである。玄室は、長さ約六・四メートル、幅約三メートル、高さ約四・二メートルで、河原石が敷かれている。

玄室の中央のやや北寄りに、長さ約二・四メートル、幅約一・七メートル、高さ約一・八メートルの凝灰岩の刳抜式家形石棺が置かれている。石棺には、前後各一、左右各二の縄掛突起がある。

この古墳は、往古に盗掘されたので、副葬品、埋葬品などは不明である。埋葬者は明らかではないが、江戸時代の御陵図や文書では、使用されている石材、石室や石棺の規模、二つの陪塚などから、崇峻天皇の倉梯岡陵に比定されている。古墳時代後期の六世紀後半の築造と推定されるので、舒明天皇陵とする説もある。

忍阪

■忍阪

忍阪は、寺川支流の粟原川(おおばらがわ)の中流域に位置し、粟原川右岸の谷筋に集落が形成されている。地名は、宇陀(うだ)に抜ける女寄峠(めよりとうげ)にかけての長い坂道、あるいは、押し迫った地域という地形語に由来するという。多武峰から初瀬に延びる外鎌山西麓の古道は、「おむろ越え」と称されている。

『日本書紀』神武天皇即位前期に、「神武東征時、宇陀から峠を越え、土蜘蛛八十梟帥(つちぐもやそたける)を征伐した」とある忍坂(おしさか)の大室屋(おおむろや)の伝承地でもある。神武天皇は、道臣命(みちのおみのみこと)に命令して、大来目部(おおくめら)を率いて大室屋を忍坂邑(おしさかのむら)につくり、饗宴を行って賊を誘い、賊兵を全滅させた、と伝える。

允恭天皇(いんぎょうてんのう)の皇妃(こうひ)・忍坂大中姫(おしさかのおおなかつひめ)、敏達天皇(びだつてんのう)の皇子・押坂彦人(おしさかのひこひとの)

忍阪の地名の由来　「オッサカ」と訓むが、「オシサカ」「オサカ」ともいい、「押坂」「践坂」「忍嶝」「男坂」「意柴沙加」「於佐箇」「意佐加」の表記がある。地名の「オシ」は忍海(大海)、押熊(大隈)などと同様に、大の意味をもつ。女寄峠にかけての長い道、または、押し迫った地域という地形語に由来するという説、さらに、神武東征のとき、敵軍がこの地に押しかけてきたという説、天皇がお忍びでこの地を通ったという説、などがある。

大兄皇子は、忍坂に宮を営み、皇子の妃・糠手姫皇女、子の舒明天皇の陵墓もこの地に置かれた、と伝える。

また、最古の金石文の一つである和歌山県橋本市の隅田八幡宮の人物画像鏡の銘文に、「意柴沙加宮」の名が見え、この宮は忍坂宮であるといわれている。

さらに、『日本書紀』垂仁天皇三十九年の条には、「天皇は、楯部、倭文部、神刑部など、合わせて十箇の品部を五十瓊敷命に賜り、その千口の太刀を忍坂邑に納めた」とあり、忍坂邑には、武器を貯蔵する大規模な兵庫が存在し、ここに収められていた太刀は、後に、石上神宮へ移された、という。

このように、忍阪は、神武東征の舞台、允恭天皇の皇后の忍坂宮などが伝承され、大伴氏や久米氏の武器類を製作する鍛冶工房や武器庫があるなど、古代王権の軍事力を支える重要な地であった、といわれる。

押坂彦人大兄皇子　父は敏達天皇、母は息長真手王の娘・広姫。異母妹・糠手姫皇女との間に舒明天皇をもうけた。蘇我氏の血を引かない敏達王統の最有力者で、忍坂部（刑部氏）、丸子部などの独立した財政基盤を持っていたので、王都を離れて水派宮（みまたのみや）に住んでいた。用明天皇二年（五八七）、天皇が崩御すると、物部氏らに擁立されて、王位継承者の候補に挙がったが、対立する蘇我系王族が台頭したため、以後の史料には活動が一切見えず、蘇我氏によって暗殺されたという説もある。

忍坂道傳稱地の石標

■忍坂道傳稱地の石標

天王山古墳から東へ進み、国道一六六号に出て、粟原川を渡り、下尾口バス停で左折して、国道に沿って北へ進み、忍阪の集落への道を入ると、すぐ右側の高台に、「忍坂道傳稱地」と刻まれた石標がある。約一・七メートルで、裏面に「紀元二千六百年、奈良縣奉祝會、昭和十五年十一月」とある。

「忍坂道」は、天武天皇の臣・椎根津彦が兄磯城らを討つとき、女軍を忍坂道に出して敵軍を誘い、本体の男軍を墨坂に迂回させ、挟み撃ちにして、兄磯城らを討つことに成功したといわれ、外鎌山の南方の忍阪の集落を通る道が「忍坂道」と伝承されている。

■石位寺

忍坂道の石標からさらに北へ進むと、忍阪の集落の中ほどに石位

石位寺

寺がある。高円山と号する融通念仏宗の寺で、本尊は薬師三尊である。創建年代は未詳である。本堂は、桁行三間、梁行二間の四柱造、桟瓦葺である。

本堂の裏に収蔵庫があり、願主が額田王と伝える石造の薬師三尊像（重文）を安置する。この石像は、わが国に現存する最古の石彫三尊仏といわれる。縦約一・二メートル、横約一・三メートル、厚さ約〇・三五メートルの砂岩に、高さ約〇・六メートルの像が半肉彫りされている。本尊は、頭上に天蓋を頂いて倚座し、両脇侍は、立って合掌する姿が陽刻されている。三尊とも薄い法衣を通して、肉体の起伏がよく表現され、上から下に見下ろしているような姿をしているので、ほのぼのとした温かさが感じられる。

■舒明天皇陵（押坂内陵）

石位寺から北へ進み、三叉路の角に建つ「舒明天皇陵」と刻ま

舒明天皇陵

れた石標で左折して、東へ坂を登っていくと、舒明天皇陵がある。古墳名は段ノ塚古墳である。舒明天皇陵は、古くは所伝を失っていたが、元禄一〇年（一六九七）、江戸幕府の諸陵探索で、奈良奉行所が、「段ノ塚」と呼ばれていたこの古墳を舒明天皇の不分明陵として報告したことから、舒明天皇陵に治定された。

墳丘は三段築成の横穴式石室を持つ上円下方墳である。下方部の幅は下段約一〇五メートル、中段約七八メートル、上段約五四メートル、高さは下段約七メートル、中段・上段各約四メートル、上円部は、高さ約一二メートル、直径約四五メートルである。一説には、円形または八角形の墳丘の前面に、裾広がりに三段の方形段が設けられている、といわれる。

舒明天皇は、父が敏達天皇の皇子・押坂彦人大兄皇子、母は糠手姫皇女である。宝皇女（後の皇極・斉明天皇）との間に中大兄皇子（後の天智天皇）、大海人皇子（後の天武天皇）、間人皇女（後の孝徳天皇の妃）を儲けた。飛鳥岡本に宮を営み、死後、「百済の大殯」と呼ばれる盛大な殯宮儀礼を経て、押坂陵に葬られた。『万葉集』には、長歌二首、短歌五首を残すとされるが、確実なのは「万葉の夜明けの歌」と称される二番歌のみである。

■舒明天皇の万葉歌

『万葉集』には、舒明天皇の次の歌がある。

大和には　群山あれど　とりよろふ　天の香具山
登り立ち　国見をすれば　国原は　煙立ち立つ　海原は
かまめ立ち立つ　うまし国そ　あきづ島　大和の国は　　一・二

この歌は――大和の国には、たくさんの山があるが、その中でもとくによい、天の香具山に、登って、国見をすると、人々が住んでいる広々とした平野には、かまどの煙があちこちから立ち上がってい

推古天皇後の皇位争い　舒明天皇の名は田村皇子、父は敏達天皇の子の押坂彦人大兄皇子、母は糠手姫皇女。推古天皇の崩御後、皇嗣を定めていなかったので、皇位をめぐり争いが起きた。大臣の蘇我蝦夷は田村皇子を、巨勢臣大麻呂らは、聖徳太子の子の山背大兄王を推挙した。その結果、皇位継承争いが起こり、蘇我蝦夷が山背大兄王方の一人で蝦夷の叔父である境部摩理勢を殺害することによって、田村皇子が即位することで決着がついた。

る。広々とした水面には、かもめが盛んに飛び立っている。ほんとうに結構な国だなあ、(あきづ島)、大和の国は―という意味である。
この歌は、「万葉集の夜明けの歌」と称されており、豊年を神に祈願する年の初めの予祝(よしゅく)の歌である。国見は、天皇が丘に登って単に国を眺めるのを意味するのではなく、春の初めに、聖なる山に登って、国土の賑わいを褒め讃え、秋の豊かな実りを予祝する春の国家的行事である。

■鏡王女の万葉歌碑

舒明天皇陵から小川に沿ってさらに東へ坂を登っていくと、小川の横に、次の歌が刻まれた万葉歌碑がある。

秋山の　木の下隠り(したがくり)　行く水の
我れこそ益さめ　思ほすよりは　　二・九二

鏡女王　『万葉集』では鏡王女と表記。系譜は未詳。額田王の姉という説があるが、『日本書紀』などには、二人が姉妹であるという記述はない。父は近江国野洲郡鏡里に居住していた鏡王という説もある。はじめ、天智天皇の妃であったが、後に、中臣鎌足の正室となった。天智天皇八年(六六九)、鎌足の病気平癒を祈願して山階寺(やましなでら、後の興福寺)を建立した。『万葉集』には、短歌五首を残す。

鏡王女の万葉歌碑

この歌は、鏡王女(かがみのおほきみ)の作で―秋の山の、木陰にひそかに、流れていく水のように、わたしの心は外から見えませんが、あなたが思ってくださるよりわたしの方が、ずっと深くお慕いしておりましょう―という意味である。三句までが、四句以下を起こす序で、表面は何事もないように見えて、心の底では深く思いつづけていることを表している。この歌碑は、国文学者・犬養孝(いぬかいたかし)氏の揮毫により、昭和四七年（一九七二）に建立された。

■鏡女王押坂墓

万葉歌碑からさらに東へ坂を登っていくと、鏡女王押坂墓(かがみのおほきみおしさかのはか)がある。『延喜式(えんぎしき)』諸陵寮(しょりょうりょう)に、「鏡女王。大和国城上郡押坂陵域内(やまとのくにしきのかみのこほりおしさかりょういきない)東南に在り、守戸(しゅこ)なし」とあり、女王の墓所が舒明天皇の陵域内の東南にあると伝える。

鏡女王押坂墓

鏡女王の系譜は未詳である。一説には、近江国野洲郡鏡里(やすのこほりかがみのさと)の豪族・鏡王(かがみおう)の娘とされる。中臣鎌足の正室で、額田王(ぬかたのおおきみ)と姉妹であるとの説もある。奈良の興福寺の起源となる山階寺(やましなでら)は、中臣鎌足が病気のとき、病気平癒を祈願して、鏡女王によって建立された、と伝える。『日本書紀』には、「天武天皇十二年（六八三）七月四日、天武天皇は、鏡女王の宮へ行き見舞ったが、彼女はその翌日に亡くなった」と記されている。

『万葉集』に五首の短歌を残し、その中に次の歌がある。

風をだに　恋ふるは羨(とも)し　風をだに
来(こ)むとし待たば　何か嘆かむ　　四・四八九

この歌は―風でさえも、それかと思って待ち焦がれているのは羨ましい、せめて風にでも、あの人が来たのかしらと、待ち焦がれることができるのなら、何を嘆くことがありましょう―という意味で

大伴皇女押坂内墓

ある。

■大伴皇女押坂内墓

鏡女王押坂墓の東で左折して、北へ坂を登っていくと、欽明天皇の皇女・大伴皇女の押坂内墓がある。古墳の規模や形状は明確ではないが、直径約二〇メートル、高さ約二メートルの円墳と推定されている。

大伴皇女については、『日本書紀』に、欽明天皇と蘇我稲目の娘・堅塩媛との間に生まれた七男六女の名前の中に、大兄皇子（後の用明天皇）や豊御食炊屋姫（後の推古天皇）の名があり、第九番目に大伴皇女の名が見える。しかし、それにつづいて様々な異伝が注記され、名前や順番が入り乱れているので、どれが正しいのか判別し難く、詳細は不明である。『古事記』では、「大伴王」と記されているのみで、『万葉集』には歌を残していない。

犬養孝氏の『万葉とともに』（犬養先生の喜寿を祝う会刊）には、「やや高みのところに欽明天皇の皇女、大伴皇女の墓がある。ここから南を振り返れば、中央すぐ下にこんもりとした鏡王女墓をおいて、遠く左手に音羽山の大きな山塊を、右手には多武峰（とうのみね）の山容をのぞみ、今日の大和では珍しく、ただ一軒の家もなしに、晩秋紅葉の頃など、四周は黄に褐色して紅に染められて、満山寂（まんざんじゃく）として声なしといってよい。静寂の山懐（やまふところ）となるのである。将来は分からないにしても、せめてこの山懐の静けさだけでも、この国の未来にかけてこのまま残っていって欲しいものである。そこには千三百年の声々が、心と言葉の美しさに昇華してまざまざと生きづいているのだから」と記されている。

■玉津島神社

大伴皇女押坂内墓から忍坂道まで戻り、すこし北へ進むと、小さ

玉津島神社

な祠の玉津島神社がある。祭神は衣通姫（そとおりひめ）である。社地は、衣通姫の生誕地と伝え、祠の右に、衣通姫の「産湯井」がある。女子が生まれたとき、この井戸の水を産湯に用いると、美人になるという。

『古事記』には、衣通姫は、遠飛鳥宮に宮を営んだ第一九代・允恭天皇の第五皇女で、軽大郎女（かるのおおいらつめ）ともいい、母は忍坂大中姫とある。絶世の美人で、身体の光が衣より出ていたので、衣通姫と名付けられたといわれ、和歌の名手であった。同母の兄の木梨軽王子（軽（かるの）太子（ひつぎのみこ））と姦通したので、兄が伊予国（現愛媛県）の道後温泉に流されたが、姫も後を追って伊予国へ行き、兄妹心中をとげた、と伝える。

『万葉集』には、「衣通姫」は「衣通王（そとほりのおほきみ）」とあり、次の歌がある。

君が行き　日（け）長くなりぬ　やまたづの
迎へを行かむ　待つには待たじ　　二・九〇

忍坂坐生根神社

この歌は―あなたの旅は、日数が長くなった、（やまたづの）、迎えに行こう、待とうとしても待ってはいられない―という意味である。この歌の題詞に、「古事記に曰く、軽太子（かるのひつぎのみこ）、軽太郎女（かるのおほいらつめ）に奸（たは）けぬ。故（このゆえ）にその太子を伊予の湯に流す。この時に、衣通王、恋慕（おもひ）に堪へずして、追ひ往（ゆ）く時に、歌ひて曰く」とある。軽太子が伊予の湯に流されたとき、いてもたってても居られなくなった衣通姫の一途な思いが詠まれている。

■忍坂坐生根神社

玉津島神社から北へ進むと、忍坂坐生根神社（おしさかにますいくねじんじゃ）がある。江戸時代には、「生根神社」と呼ばれていた。『延喜式』神名帳に載る式内大社で、祭神は少彦名命（すくなひこなのみこと）であるが、生根神（いくねのかみ）とする説もある。生根神は、「生根大明神」とも呼ばれ、三輪大明神の御子神（みこがみ）とされる。拝殿は、一間社の切妻造、銅板葺、吹き放しで、本殿はなく、背後の

忍坂坐生根神社の境内

宮山をご神体とする。

拝殿の北側に、石位寺の東方から移した春日造、銅板葺の天満神社（菅原道真）、拝殿下の左右に神女神社（陰石）、愛宕神社（将軍地蔵）、拝殿北に「神石」と呼ばれる一九個の扁平な花崗岩の丸石からなる石神（磐座）がある。

拝殿の下には、延宝二年（一六七四）、享保二年（一七一七）、享保三年（一七一八）、享保一一年（一七二六）銘など二三基の石燈籠、正面登り口には、正徳五年（一七一五）銘の石橋、拝殿前には、慶応二年（一八六六）銘の大手水鉢がある。

この神社の社地は、神武天皇が東征の際の、次の逸話の忍坂大室屋の伝承地とされている。

神日本磐余彦命（神武天皇）が宇陀から峠を越えてこの地へやって来たとき、八十梟帥の軍が大室屋（洞穴）に集結して待ち構えていた。そこで、神日本磐余彦命は、一計を案じ、ご馳走を八十梟帥に持って行くことにした。相手が八十梟帥ならこっちも八十膳夫（た

忍坂坐生根神社境内の万葉歌碑

くさんの料理人）でいこうと、大勢の料理人を集めて、各料理人に太刀（たち）を佩（は）かせて、「歌を聞いたら、一斉に斬りかかれ」と言って、八十梟帥を攻撃するよう指示した。そして、御馳走を持参したとき、歌を合図に、太刀を抜いて一斉に斬りかかり、八十梟帥を討ち殺した、と。

さらに、この宮地は、継体天皇（けいたいてんのう）が磐余玉穂宮（いわれたまほのみや）で即位する前に居住していた意柴沙加宮（おしさかのみや）の伝承地という説もある。

■忍坂坐生根神社境内の万葉歌碑

忍坂坐生根神社の境内に、次の歌が刻まれた万葉歌碑がある。

こもりくの　泊瀬（はつせ）の山　青旗（あおはた）の　忍坂（おさか）の山は　走（はし）り出（で）の
宜（よろ）しき山の　出で立ちの　くはしき山ぞ　あたらしき山の
荒れまく惜（を）しも　　一三・三三三一

忍坂の山（外鎌山）

この歌は——（こもりくの）、泊瀬の山の、（青旗の）、忍坂の山は、山並が麓のほうに緩やかに延びている、美しい山で、聳えぐあいの、みごとな山だ、もったいなくて捨て置けない、この山が、荒れていくのは惜しい——という意味である。この歌碑は、有島生馬氏の揮毫により、平成三年（一九九一）に建立された。

■忍坂の山（外鎌山）

忍坂の山は、生根神社の東北に聳える標高約二九三メートルの外鎌山が比定されている。円錐形をした山容の美しい山で、「朝倉富士」と呼ばれる。頂上には、三等三角点があり、南北朝時代に築かれた南朝の忠臣・玉井西阿の最後の砦跡があり、西阿公の碑と二竜王を祀る碑がある。

『大和志料』や『磯城郡誌』には、「忍坂山は、城島村大字忍坂の東にありて、慈恩寺、龍谷の二村に連互す、支別に高圓山、小倉山あり」とあり、『万葉集』の一五一一番歌に詠まれた「小倉山」は、この山を指すとしている。

■意柴沙加宮

忍坂坐生根神社の社地は、意柴沙加宮の伝承地とされ、境内に説明板がある。一方、近鉄大和朝倉駅の南五〇〇メートルの宅地造成地から、東西三柱間（約五・三メートル）、南北三柱間（四・五メートル）の建物跡が発掘され、意柴沙加宮の建物遺構ではないかと注目されたが、宮跡の確証が得られていない。

意柴沙加宮は、和歌山県橋本市の隅田八幡宮の人物画像鏡の銘文によって脚光を浴びるようになった。その銘文には、「癸未の年八月十日、大王年、男弟王が意柴沙加の宮におられるとき、斯麻が長寿を念じて開中費直穢人、今州利の二人らを遣わして、白

允恭天皇　第一九代の天皇。諱は雄朝津間稚子宿禰尊（おあさづまわくごのすくねのみこと）。父は仁徳天皇、母は磐之媛。忍坂大中姫を皇后とし、木梨軽皇子、安康・雄略天皇をもうけた。『日本書紀』では、允恭天皇の皇后の妹（『古事記』では允恭天皇の皇女）・衣通姫を妃とし、藤原宮を建て、藤原部を定めた。甘樫丘で盟神探湯（くかたち）を行って、天下八十友緒（あめのしたのやそとものお）の氏姓を定めた。『魏志倭人伝』の倭の五王のうち済にあてるのが定説。

忍坂山口坐神社

上同二百旱をもってこの鏡を作る」とある。

この銘文の「穢人」は漢人、「白上同」は真新しい上質の銅の意である。「癸未年」は西暦四四三年と五〇三年の二つの説があり、四四三年とすれば、「大王」は允恭天皇で、「意柴沙加宮」は皇后の忍坂大中姫が居住していた「忍坂宮」になる。五〇三年とすれば、大王は仁賢天皇か武烈天皇であるので、「男弟王」は継体天皇になる。

■忍坂山口坐神社

忍坂坐生根神社から粟原川を渡り、赤尾の集落に入っていくと、忍坂山口坐神社がある。祭神は大山祇命で、『延喜式』神名帳に載る式内大社である。江戸時代には「天一明神」とも称した。天一明神は、陰陽家が祀る暦神の一つで、俗に「なかがみ」と呼ばれていた。

拝殿は桁行三間、梁行二間の切妻造、桟瓦葺で、本殿はない。『郷村社取調帳』には「山を神となす」とあるが、山を拝する形

忍坂山口坐神社境内の磐座

を取っていない。拝殿の背後の広さ三〇～四〇平方メートルの一角に、鋭三角状の巻入岩が立ち、拝殿の右側に二基の磐座がある。

大和地方には、式内社の山口神社が一四社あり、中でも、『式祝詞』に示される飛鳥、石寸、忍坂、長谷、畝火、耳無の大和六所山口神社が最も格式の高い神社とされ、この神社はその一つに数えられていた。しかし、現在では、神域はわずか約七七平方メートルに縮小され、やや寂れている。

境内には、樹齢約一〇〇〇年といわれるクスノキの大木がある。足利義満が京都北山に金閣寺を造営したとき、天井板を一枚張りにするために、この神社のクスノキの巨樹を切り出したという伝承がある。さらに、元禄二年（一六八九）、元禄六年（一六九三）銘などの八基の石燈籠、享保一一年（一七二六）銘の狛犬がある。

忍坂山口坐神社から再び粟原川を渡り、朝倉団地を北に抜け、近鉄大阪線大和朝倉駅に出て今回の散策を終えた。

第二章　阿騎野コース

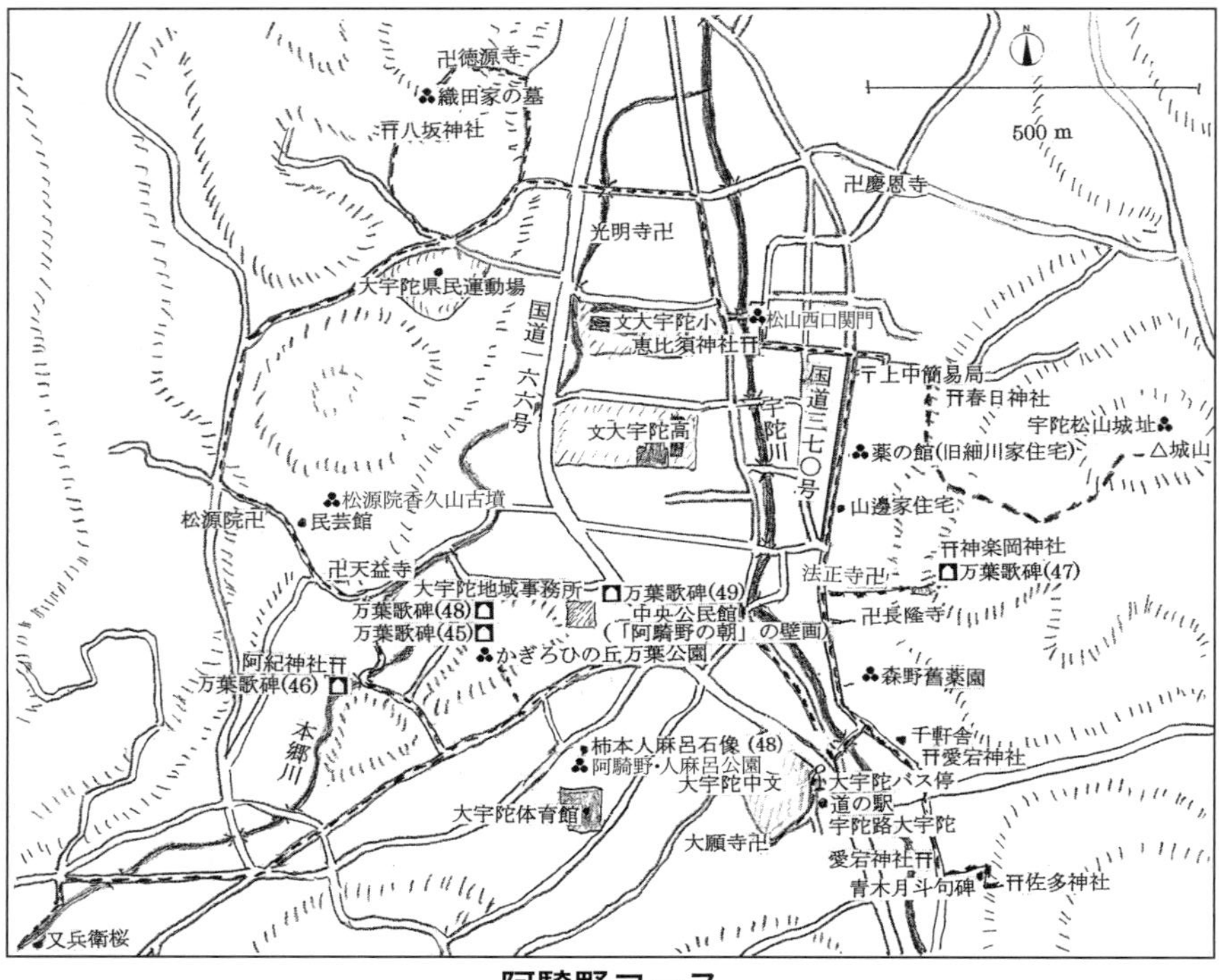

卍徳源寺
織田家の墓
⛩八坂神社
500 m
卍慶恩寺
光明寺卍
大宇陀県民運動場
国道一六六号
文大宇陀小
恵比須神社⛩
松山西口関門
〒上中簡易局
⛩春日神社
宇陀松山城址
国道三七〇号
宇陀川
文大宇陀高
薬の館(旧細川家住宅)
△城山
山邊家住宅
松源院香久山古墳
松源院卍
民芸館
⛩神楽岡神社
万葉歌碑(47)
卍天益寺
法正寺卍
大宇陀地域事務所
万葉歌碑(49)
中央公民館
(「阿騎野の朝」の壁画)
卍長隆寺
万葉歌碑(48)
万葉歌碑(45)
かぎろひの丘万葉公園
阿紀神社⛩
万葉歌碑(46)
森野旧薬園
本郷川
千軒舎
⛩愛宕神社
柿本人麻呂石像 (48)
阿騎野・人麻呂公園
大宇陀中文
大宇陀バス停
道の駅
宇陀路大宇陀
大宇陀体育館
大願寺卍
愛宕神社⛩
青木月斗句碑
⛩佐多神社
又兵衛桜

阿騎野コース

宇陀　奈良県宇陀市南西の宇陀山地一帯に位置する。「ウダ」は広い台地を意味する古語といわれ、「アタ」（阿田、阿多、阿陁）と同義語で、農耕に適した地域の称呼とされる。神武天皇東征の伝承に、踏み穿（うが）ちを越えて宇陀に到着したので、その地を宇陀の穿ちと称したとある。垂仁天皇の時代に倭姫命が一時的に天照大神を鎮座させるところを求めて、「菟田（うだ）の篠幡（しのはた）」に至った地、大海人皇子が壬申の乱の際に訪れた「宇陀の吾城（あき）」の地とされる。中世に築かれた宇陀松山城址、江戸時代の町屋が残る。

近鉄大阪線榛原駅から大宇陀行きのバスに乗り、道の駅大宇陀で下車する。道の駅の背後の丘陵に大願寺がある。大願寺から東の宇陀川を渡ると、旧伊勢街道（通称松山街道）に出る。右折して南へ進むと、青木月斗の句碑、佐多神社がある。旧伊勢街道まで戻り、街道に沿って北へ進むと、森野舊薬園、長隆寺、法正寺、神楽岡神社、山邊家住宅、薬の館がある。さらに北へ進むと、春日神社があり、その横から城山へ登っていくと、宇陀松山城址がある。春日神社まで戻り、参道を直進すると、正面に恵比須神社、この神社の前の枡形の道に沿って進むと、松山西口関門、その東に光明寺がある。その先で左折して北へ進み、右手の参道を登っていくと、徳源寺、織田家の墓がある。来た道まで戻り、西の丘陵地に登っていくと、松源院、天益寺がある。その南に阿紀神社、その南東にかぎろひの丘があり、その南に阿騎野が拡がっている。今回は、伊勢街道沿いの城下町の旧跡、寺社、『万葉集』ゆかりの「かぎろひの丘」をめぐり、柿本人麻呂が詠んだ「阿騎野」を偲ぶことにする。

大宇陀

大宇陀については、『日本書紀』垂仁天皇二十五年（前四）の条に、「倭姫命が天照大神を鎮座させるところを求めて、『菟田の篠幡』に至った」、『皇太神宮儀式帳』に、「宇太の阿貴宮」とあり、宮廷に祀られていた天照大神が、倭姫命によって一時的に宇陀の阿貴宮に祀られた、と伝える。

また、『日本書紀』推古天皇十九年（六一一）五月五日の条には、「菟田野で薬猟をもよおした」とある。菟田野には、推古天皇の時代には、すでに薬猟をする禁料地があり、薬猟の行事が催されていた。参加した諸臣は、王権内での冠位の色に合わせ、それぞれ髻花を頭にさすなど、権力を誇示する服装をしていたという。

さらに、『皇太神宮儀式帳』には、「倭姫命が天照大神の宮処を求めて、美和の諸宮を発し、宇太の阿貴宮、次いで佐々波多宮に座したが、その際、大倭国造らが『神御田并神戸』を寄進した」、

皇太神宮儀式帳　皇大神宮に関する儀式・行事など二三カ条を撰録した書。延暦二三年（八〇四）、宮司・大中臣真継、禰宜・荒木田公成、大内人・磯部小紲らが神祇官に提出した解文（げぶみ）で、年中行事をはじめとする諸事項を詳述。『止由気宮（とゆけぐう）儀式帳』と合わせて、『伊勢大神宮儀式帳』『延暦儀式帳』と呼ばれる。

『日本書紀』崇神天皇即位二十五年の条に、「天照坐皇大神が大和国宇陀郡に天降り座した時、神戸を進めた」、『神宮雑例集』に、「大和国宇陀神戸十五戸」とあり、阿貴宮付近には、神戸が置かれていたことが知れる。

飛鳥時代の壬申の乱では、大海人皇子が吉野を発つときには、皇子に従った人々は、鸕野讃良皇女、草壁皇子、忍壁皇子らわずか三十余人であったが、宇陀の吾城で大伴馬来田、黄書大伴が一行に追いつき、さらに、二〇人余りの猟師が一行に加わり、その後の軍事力の増強に繋がっていく起点の地になった。

さらに、宇陀は、軽皇子（後の文武天皇）が阿騎野に薬猟に出掛け、それに従駕した柿本人麻呂が長歌と短歌四首からなる「かぎろひ」の歌を詠んだ地である。

また、『万葉集』には、「宇陀」を詠んだ次の歌がある。

大和の　宇陀の真赤土の　さ丹つかば

神宮雑例集　神宮や朝廷の記録文書に基づいて、伊勢神宮の由緒、経営、行事などについて、上代から鎌倉時代初期までの伊勢神宮の歴史、神宮領、年中行事など一〇項目について編述。全二巻。鎌倉時代初期の建仁二年（一二〇二）～承元四年（一二一〇）頃の成立。

そこもか人の　我(わ)を言(こと)なさむ　七・一三七六

この歌は——大和の、宇陀の里の赤土の色が、着物に赤くついたら、そのことで人は、わたくしのことをかれこれと噂するであろうか——という意味である。「さ丹つかば」は、馴れ親しんだことが人目に付くほどになることの喩えである。この歌から、宇陀では赤土が産出していたことが知れる。

中世になると、大宇陀は、春日社の秋山荘(あきやまそう)になり、地侍(じざむらい)の秋山氏が荘官に就任し、城山(しろやま)に山城を築いた。天正(てんしょう)一三年（一五八五）、羽柴(はしば)（後の豊臣）秀長(ひでなが)の大和国への入国により、大和旧勢力が一掃され、秀長の家臣の伊藤掃部頭義之(いとうかもんのかみよしゆき)が秋山城へ入部した。その後、加藤作内(かとうさくない)、羽田長門守正親(はねだながとのかみまさちか)、多賀出雲守秀種(たがいずものかみひでたね)の支配を経て、慶長(けいちょう)二年（一五九七）、豊臣秀吉の直轄地となり、福島掃部頭孝治(ふくしまかもんのかみたかはる)が入部したが、元和元年（一六一五）、織田信長(おだのぶなが)の次男・織田信雄(おだのぶかつ)が宇陀松山藩五万石を拝領して入部した。これに伴って、宇陀川を挟む

秋山氏　神戸社の神主で、後に興福寺の被官となり、興福寺宇陀郡秋山荘を領した。南北朝時代には、南朝方となり、隣接する北畠氏と密接な関係を築き、応仁の乱以降は、北畠氏に属し、北畠氏の家臣として地盤を築き、沢氏、芳野氏と並んで、宇陀三将の一人に数えられた。永禄三年（一五六〇）頃には、松永氏に組みしたが、羽柴秀長が大和国国主として入封すると、追放された。

大願寺の本堂

一帯が城下町として整備され、大和地方では、奈良、大和郡山につぐ規模の町となって、政治、経済、文化の中心地として栄えた。現在、旧伊勢街道沿いには、江戸時代に建てられた数多くの町家が並び、町の繁栄が偲ばれる。

松山街道（旧伊勢街道）

■大願寺

道の駅大宇陀から少し北へ進み、大宇陀中学校の東側の坂を登っていくと、大願寺（だいがんじ）がある。薩埵山成就院（さったさんじょうじゅいん）と号する真言宗御室派仁和寺の末寺で、本尊は十一面観世音菩薩である。この寺は、約一四〇〇年前の推古天皇の時代に、聖徳太子（しょうとくたいし）が蘇我馬子（そがのうまこ）に命じて創建されたと伝える。

本堂は、桁行四間、梁行三間の入母屋造（いりもやづくり）、桟瓦葺（さんかわらぶき）、向拝付（こうはいつき）である。

大願寺境内の仏足石

堂内には、本尊の十一面観世音菩薩像を祀る。この像は弘仁式で、神亀元年（七二四）、弘法大師の作と伝え、一説には徳道上人の作とされる。度重なる火災でも焼失しなかったことから、「やけずの観音」と呼ばれ、災難除けの観音として親しまれている。

本堂の手前左側に毘沙門堂がある。桁行三間、梁行三間の宝形造、向拝付で、宇陀松山城主・織田信武が室生の一本の大杉で建立したと伝える。堂内の毘沙門天像は、藩主・長頼が鞍馬の毘沙門天像を模刻して作らせたという。

境内の南東隅に、釈迦の足裏の文様を刻んだ仏足石がある。この仏足石は、文化元年（一八〇四）、森野薬園を開いた森野賽郭の孫で、本草学者の森野好徳によって寄進されたものである。長さが約四八・五センチメートル、中央に千福輪という紋、周りに吉祥を意味する福紋が刻まれている。保存状態がよく、線刻が非常に鮮明で、造形的にも美しい。

毘沙門堂の南の稲荷社の横から裏山に登っていくと、白山神社が

青木月斗の句碑

ある。祭神は菊理姫命（くくりひめのみこと）で、縁結び、水・山の神である。社殿は、一間社（いっけんしゃ）春日造（かすがづくり）、銅板葺（どういたぶき）の小さな祠で、神門につづく木製の瑞垣（みずがき）に囲まれている。加賀国の白山神社が遠く、参拝が難しかったので、延宝（えんぽう）二年（一六七四）、藩主・長頼（ながより）が白山神社の神霊を勧請したと伝える。

一一月中旬から下旬頃になると、参道から本堂周辺にかけて色鮮やかな紅葉が広がる。また、この寺では、予約すれば、精進料理が楽しめる。

■青木月斗の句碑

大願寺から宇陀川を渡り、松山街道（旧伊勢街道）で右折して南へ進むと、正岡子規（まさおかしき）の門人の青木月斗（あおきげっと）の句碑の表示がある。民家の間を抜けると、佐多神社（さたじんじゃ）の鳥居があり、それをくぐり抜けたすぐ右側に、次の句が刻まれた句碑がある。

佐多神社

山より野より　水より起こる　秋の聲

青木月斗は、大阪生まれの俳人で、名は新護、別号は月兎、図書で、正岡子規に師事し、大阪満月会を起こし、俳誌『車百合』を創刊するなど、ホトトギス派の俳人として大阪俳壇の確立に貢献した。句集に『月斗翁句抄』、著書に『子規名句評釈』がある。

■佐多神社

青木月斗の句碑の前の石段を登っていくと、佐多神社がある。祭神は朝日大神である。朝日大神は、別名、倉稲魂命とも呼ばれ、素盞嗚命の子神で、稲荷神社の祭神と同じで、名前の通り、稲をはじめ穀物をつかさどる神（保食神）とされる。稲荷は、「稲生り」が転じたもので、稲を育成するはつらつとした形を意味しており、五穀豊穣、家内安全、商売繁盛にご利益があるという。

愛宕神社

拝殿は、切妻造、銅板葺、吹き放し、本殿は、幅四尺（約一・三メートル）ほどの三間社流造（さんげんしゃながれづくり）、銅板葺の小さな社殿である。本殿横の朱塗の二の鳥居に「朝日大神」の扁額を掲げる。本殿前の両側には、稲荷神社の眷属（けんぞく）のキツネの像が祀られている。

■愛宕神社

佐多神社から松山街道まで戻り、来た道を引き返す。少し先の左手に小さな祠の愛宕神社（あたごじんじゃ）がある。祭神は火産霊命（ほむすびのみこと）である。京都市右京区嵯峨（さが）愛宕町（あたごちょう）の愛宕山の山上に鎮座する愛宕神社が総本社で、古くから愛宕権現（あたごごんげん）の名で親しまれ、全国的に、防火の神として崇拝されている。

大宇陀の町を歩くと、町内ごとに一間社春日造の愛宕神社の小祠（しょうし）が祀られているのが目にとまる。これは、江戸時代に、町内が大火災にあったので、松山城主・織田長頼が、城下町の火災防止のため、

森野吉野葛本舗（森野舊薬園）

京都の愛宕神社の神霊を勧請して、各町内に奉祀させたといわれる。

■森野舊薬園（森野吉野葛本舗）

街道に沿ってさらに北へ進むと、森野吉野葛本舗がある。天文年間（一五三二～一五五五）、森野家の祖・兵部為定は、農業の傍ら葛粉の製造・販売を始め、商品を「吉野葛」と名付けた。以来、約四六〇年間、昔ながらの伝統工法を今も守って、全国各地に「吉野葛」を提供している。店では、吉野葛の他、薬園の大きなハナノキに因んだ「花の木せんべい」、葛菓子「賽翁餘薫」などを販売している。

葛工場の裏から急傾斜の石段を登った裏山に、森野舊薬園がある。江戸時代中期に、一〇代目当主の森野賽郭（初代・藤助）は、幕府の採薬使の植村左平次とともに、近畿・北陸地方の山野から薬草を採取して歩き、それを幕府に献上した。その報償として、幕府から中国産の薬草が下付され、享保一四年（一七二九）、森野薬園

森野舊薬園のカタクリの花

を開設した。

この薬園は、私設では日本最古のもので、国産の漢方薬の普及に貢献した。園内には、約二五〇種の薬草が植えられ、昔の薬草研究所の桃岳庵（とうがくあん）、初代の森野藤助を祀る賽郭祠堂（さいかくしどう）があり、「御涼（おすずみ）」と呼ばれる展望台から大宇陀の美しい町家の家並みが望める。

舊薬園への登り坂に沿って、カタクリが群生する一角がある。薬草から漢方薬を製造する傍ら、片栗粉の製造にも手がけていた名残である。カタクリは、古くは「堅香子（かたかご）」と表記され、『万葉集』には、次のように詠まれている。

もののふの　八十娘子（やそをとめ）らが　汲（く）みまがふ
寺井（てらい）の上の　堅香子（かたかご）の花　　九・四一四三

この歌は、大伴家持（おおとものやかもち）の作で——（もののふの）、たくさんの娘子たちが、水を汲んで賑わっている、寺の井戸のほとりに咲いている、かたかごの花よ―という意味である。大伴家持が越中守（えっちゅうのかみ）として、現在の高岡市に赴任していたときに詠んだ歌である。

越中の春は、冬が陰鬱（いんうつ）で長いだけに、春が待ち遠しい。かたかごの花が咲く四月は、待ち焦がれていた春になったときであるので、たくさんの乙女たちが寺の井戸の傍に集まって、ペチャクチャしゃべりながら、春の到来を喜んでいる情景が映し出されている。

カタクリは、山野に自生する多年草で、小さなユリのような姿で、三月末から四月初めに、やや下向きに、薄紫の可憐で清楚な花を咲かせ、本格的な春の訪れを告げてくれる。開花時期は、桜の開花時期と符合しているので、その土地に合わせて開花時期を判断することができる。以前は、片栗粉の製造のために、全国で植栽されていたが、最近では、植栽されている所が少なくなり、近畿地方では、これだけ密集して群生して植えられているのは非常に珍しい。

越中国　七世紀末、越国（高志国）が分割され、越前国、越中国、越後国の前身となる行政区分が置かれた。大宝二年（七〇二）、礪波郡、射水郡、婦負郡、新川郡の四郡で構成される越中国となった。越中国は、現在の富山県と領域がほぼ同一であった。天平一八年（七四六）、大伴家持は越中国へ国司として赴任し、天平勝宝三年（七五一）、五年間の任を果てて、少納言となって帰京。この間、約二二〇首の歌を詠んだ。

長隆寺

■長隆寺

森野舊薬園からさらに北へ進むと、右側の高台に長隆寺がある。日蓮宗妙願寺の末寺で、本尊は、寛文一二年（一六七二）銘の題目塔釈迦多宝木像である。この寺の創建は応永三一年（一四二四）で、天正年間（一五七三〜一五九二）、松山城主・福島掃部頭が城の裏鬼門除けのために、本堂や庫裡を再建した、と伝える。

本堂は、桁行三間、梁行三・五間の入母屋造、鉄筋コンクリート造、本瓦葺、向拝付である。堂内中央には、本尊の題目塔釈迦多宝木像、その周囲に、延宝四年（一六七六）銘の四大菩薩像、不動明王坐像、日蓮上人像、聖徳太子立像を安置する。

境内の南隅に、慶長一一年（一六〇六）銘の五輪塔、日蓮上人立像、稲荷神社がある。

法正寺

■法正寺

長隆寺の北に法正寺がある。曹洞宗の寺で、本尊は阿弥陀如来である。延徳元年（一四八九）、僧・鷹室の創建と伝え、藩主・秋山左近将監の菩提寺で、僧・珍慶の中興開山である。近世には、織田常真（信雄）が帰依し、代々織田家の信仰を得ていた。寛文七年（一六六七）銘の織田山城守長頼、元禄四年（一六九一）銘の織田伊豆守信武からの墨印が残されている。津田蔵人助の菩提所で、境内の墓所には墓碑がある。

水戸黄門でお馴染みの助さん・佐々介三郎は、父・佐々直尚が宇陀松山藩の織田高長に仕えていた関係で、幼少時代をこの地で過ごし、承応三年（一六五四）、一五歳で京都妙心寺に入門し、僧となり「祖淳」と号した。還俗後、水戸光圀に仕え、『大日本史』の編纂の史料採集に尽力した。父・佐々直尚の墓と位牌がこの寺に保存されている。

法正寺境内の北向き地蔵

山門は、桁行一間の薬医門で、棟札に嘉永六年（一八五三）の銘がある。本堂は、桁行五間、梁行三間の入母屋造で、江戸時代初期の建立である。山門の左手には、愛染堂があり、愛染明王が祀られている。

寺宝には、文殊菩薩像、普賢菩薩像、涅槃・十六羅漢・釈迦・文殊・普賢などの画像、愛染明王像などがある。

山門を入った左側に、「北向き地蔵」と呼ばれる石像がある。安政二年（一八五五）、丹波の石工・丹波佐吉による彫像である。目を閉じて、両手を合わせて拝む姿が印象的で、光背の前面と後面の彫刻も見応えがある。台座には、「維時安政乙卯二歳四月如意日神光山十七世天秀比丘敬建焉」「但州竹田産　作師照信花押」と刻まれている。この台座に掘られた照信は、丹波佐吉の通称名である。

丹波佐吉は、江戸時代末期に大和、大坂を中心に活躍した石工で、丹波生まれの石工・難波伊助のもとで修業したことから、丹波佐吉

神楽岡神社

と名乗るようになった。「旅の石工」とも呼ばれ、全国を行脚しながら、多くの狛犬、石仏、石燈籠などを残したが、とくに狛犬に優れた技量を発揮した。

奈良県には、佐吉が手がけた狛犬が多く分布している。バランスのとれた姿態、力強く躍動感のある表現、細部まで行き届いた繊細な彫り、とくに、基台に刻まれた「奉献」の文字の彫りの深さ、などに顕著な特色がある。

■神楽岡神社

法正寺の前の石段を登り詰めると、神楽岡神社がある。祭神は天照大神である。拝殿は、桁行三間、梁行二間の切妻造、桟瓦葺、割拝殿、本殿は、一間社春日造、檜皮葺で、朱色に塗られ、蟇股に二頭の鹿が彫られている。

この神社の創建年代は詳らかではないが、社号の神楽岡は、坐地の名から起こったといわれ、由緒については次の諸説がある。

その一つは、この付近に「甘羅」という地名が古くから存在し、それが「神楽」に転訛した、という説である。他の一つは、『和州旧跡幽考』秋宮の項に、「明山とて、宇陀の町の東に城跡あり。其処に神楽石というあり。明秋よみ同し、これらにや」、『宇陀旧事記』に、「神楽岡神社、吾城村、阿貴ノ峯ニ神霊神楽石奉斎広庭アリ。天武天皇 従 吉野宮 到 菟田吾城同九年三月辛卯菟田吾城」とあり、境内に存在する神楽石が社号の起こりとされる。

この神楽石については、次の民間伝承がある。

崇神天皇六一年、天照大神が大和の笠縫の里から、伊勢の五十鈴川上に遷幸されたとき、大宇陀の阿紀山の麓に一時留まった。このとき、侍従の諸神らが大神に神楽を奏し、神楽器を霊石の上に置いたので、それ以来、この霊石は「神楽石」と呼ばれるようになった、と。

文禄三年（一五九四）の『阿貴町絵図』には、神楽岡社とある社

笠縫邑（かさぬいむら） 崇神天皇六年に、豊鍬入姫命に託して、宮中に奉祀していた天照大神を移し祀らせた場所。その比定地については、奈良県内の檜原神社（桜井市三輪）、多神社（磯城郡田原本町多）、笠縫神社（磯城郡田原本町秦庄）、笠山荒神社（笠山坐神社、桜井市笠）、志貴御県坐神社（桜井市金屋）、小夫天神社（桜井市小夫）、穴師坐兵主神社（桜井市穴師）、飛鳥坐神社（高市郡明日香村飛鳥）、長谷山口坐神社（桜井市初瀬）などの諸説がある。

神楽岡神社境内の万葉歌碑

地の背後に「附山」とある。また、元禄以前の織田氏が封治していたときの検地帳には、「境内山林四段四畝十歩、内三段八畝十歩山林、六畝、宮敷地松山上之新町大将軍社地」とある。江戸時代には、神楽岡の名は消滅し、大将軍に変わっていたようである。

境内には、嘉永七年（一八五四）銘の丹波佐吉作の狛犬がある。台座には、「但州竹田産作師照信花押　嘉永七寅歳（一八五四）四月」と刻まれている。

■神楽岡神社境内の万葉歌碑

この神社の拝殿左前に、次の歌が刻まれた万葉歌碑がある。

ま草刈る　荒野にはあれど　黄葉の

過ぎにし君が　形見とそ来し

一・四七

山邊家住宅

この歌は、柿本人麻呂の作で―(ま草刈る)、荒れ野であるが、(黄葉の)、亡くなった皇子が、よく訪ねられた、その記念の地だと思って、訪ねてきたことだ―という意味である。この歌では、長歌の末尾を承け、寒い夜の更けゆく中、寝ても眠れないままに、旅の目的を自ら言い聞かせ、昔日、草壁皇子が阿騎野で狩りをした面影を追っている。

この歌は、柿本人麻呂が阿騎野で詠んだ長歌と短歌四首の二首目で、この歌碑は、『西本願寺本万葉集』に基づいて、昭和四九年(一九七四)に建立された。

■山邊家住宅

神楽岡神社から旧伊勢街道まで戻り、右折すると、山邊家住宅がある。この住宅は、切妻造、つし二階、桟瓦葺、平入の構造で、下見世があり、格子、摺り上げ戸、五つの虫籠窓などが設けられてい

宇陀市歴史文化館（薬の館）

る。規模は間口七間で、二列六室の座敷構成である。正面の格子の下には、建物の腰を保護するために、割り竹を曲げて作った犬矢来がある。江戸時代の天明五年（一七八五）の建造で、この地区の中でも最も古い民家建築といわれている。

山邊家は、宇陀紙の総元締めを家業とし、「山邊長助」を世襲していたので、藩札の原版や宿札などが残されている。

■宇陀市歴史文化館（薬の館）

旧伊勢街道に沿ってさらに進むと、宇陀市歴史文化館「薬の館」がある。この館は、文化三年（一八〇六）から薬問屋を営んでいた細川家住宅を改修して、平成四年（一九九二）、開館された。

この住宅は、間口が八間半と広く、座敷が三列に並んだ町家である。座敷列の屋根は一段高くなり、北の二間半の座敷列は増築され、中央部を含む主体部は、明治に入って大改造されている。

「人参五臓圓」「天壽丸」の看板

細川家は、文化三年（一八〇六）、薬商を始め、天保七年（一八三六）、「人参五臓圓」「天壽丸」という腹薬を販売するようになった。この館の正面の屋根に掲げる銅板葺唐破風付のこの薬名を書いた看板は、軒下の組み物に精緻を凝らしており、他に類を見ない見事なものである。松山地区のシンボルになっており、当時の薬問屋の繁栄を物語っている。

館内の大広間や蔵部分には、「薬関係資料コーナー」「細川家ゆかりのコーナー」があり、昔の薬の看板や薬のパッケージ、町の歴史・文化、薬に関する資料などが数多く展示され、歴史を感じさせる木製看板などを見て楽しめる。

細川家から藤沢家に養子に出た藤沢友吉氏が、後の藤沢薬品工業（現アステラス製薬）の創設者であるので、「藤沢薬品コーナー」には、藤沢薬品工業関連の展示もある。

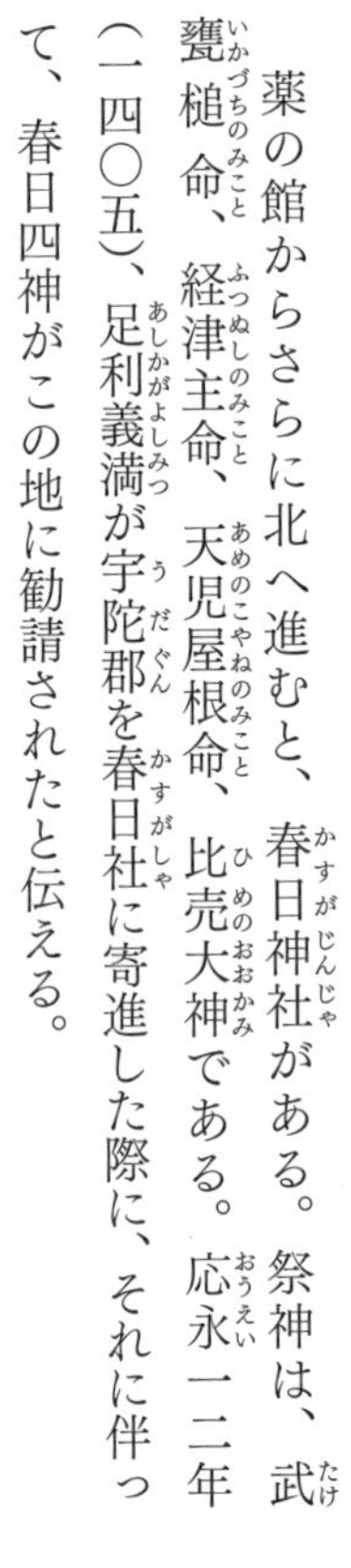

春日神社

宇陀松山城址

■春日神社

薬の館からさらに北へ進むと、春日神社がある。祭神は、武甕槌命、経津主命、天児屋根命、比売大神である。応永一二年(一四〇五)、足利義満が宇陀郡を春日社に寄進した際に、それに伴って、春日四神がこの地に勧請されたと伝える。

拝殿は、桁行三間、梁行二間の切妻造、銅板葺で、手前二間が吹き放し、本殿は、一間社春日造、檜皮葺で、朱色に塗られている。左手に八幡神社を合祀する。

境内には、神饌所、門、社務所、桁行二間、梁行二間の宝形造の阿弥陀堂、伊行末作の水盤、三五基の石造燈籠がある。

伊行末は、現在の中国浙江省生まれの石工で、鎌倉時代初期に渡来して、石工、仏師として活躍し、その子孫も同じ分野で活躍し

宇陀松山城址

た。東大寺の大仏殿内の石像の両脇侍像、南大門の石造獅子、さらに、大蔵寺・般若寺の十三重石塔なども伊行末の作である。

元禄七年（一六九四）、松山藩主・信武が乱心して、重臣を切り殺し、自害して果てた、という「宇陀崩れ」と呼ばれるお家騒動が発生した。春日神社では、毎年、七月一八日に例祭が催されるが、ちょうどその日が春日神社の宵宮であったので、今でもこの神社の祭りには宵宮がない。

当社の旧宮司と伝える佐々岡家には、祭礼記など数通の古文書が保存されている。

■宇陀松山城址

春日神社の横から指導標にしたがって山道を登っていくと、約二〇分で城山頂上の宇陀松山城址に着く。わずかに石垣の一部が残るのみである。この地に、当初、南北朝時代から宇陀に勢力を持っ

恵比須神社

ていた秋山氏の秋山城があったが、天正一三年（一五八五）、羽柴秀長の大和入国により、大和の旧勢力が一掃され、秋山城には、秀長の家臣・伊藤掃部頭義之が入部した。慶長二年（一五九七）、豊臣秀吉の直轄地となり、慶長五年（一六〇〇）、福島掃部頭孝治が入部したが、同年、織田信雄が五万石を与えられて入部し、宇陀松山城を築き、宇陀川を挟む一帯を城下町として整備した。

城山の山頂から、北に鳥見山（標高約七三五メートル）、貝ケ平山（標高約八二二メートル）、額井岳（大和富士、標高約八一二メートル）、東に国見山（標高約一〇一六メートル）、南に大峰山系の美しい景観が望める。

■恵比須神社

春日神社から西へ直進すると、正面に恵比須神社がある。愛宕神社、恵比須神社、愛宕寺の神仏混合社である。桁行二間、梁行二間

松山西口関門

の切妻造、桟瓦葺の覆屋の中に、一間社春日造、板葺の三つの社殿が並んで建っている。

愛宕神社の祭神は火産霊命で、城下町の火災防止のため、松山城主・織田長頼が京都の愛宕神社の神霊を勧請して奉祀させた。恵比須神社の祭神は蛭子神で、町内の茶町から移された。江戸時代以来、毎年二月八日に、初えびすが催されている。

■松山西口関門

恵比須神社から城下町独特の迷路状の枡形の道を東へ進むと、松山西口関門がある。黒塗りされているので、地元の人たちから「黒門」と呼ばれて親しまれている。春日神社の傍にあった春日門から大手筋が西に延びた城下町の西端にある。今から約四〇〇年前、福島掃部頭孝治が松山城を居城としたとき、城下町への出入り口の西門として建造した。

解説文には、「舊松山城ノ西口門ナリ門ノ所在地域ハ桝形ヲ成シ建築ハ徳川初期ノモノト認メラル正面ノ柱間十三尺五寸軒ノ高サ十二尺三寸両内開ニシテ左右ニ袖垣ヲ附セル薬醫門ニ属シ舊位置ニ現存セル城下町ノ門トシテ稀観ノモノナリ」とある。

この門は高麗門で、二本の鏡柱と内側の二本の控柱で構成され、鏡柱の上に冠木を渡して、小さな切妻屋根を被せ、鏡柱と内側の控柱の間にも小さな切妻屋根が載せられている。正面の柱間は約四・一メートル、軒の高さは約三・七メートルで、比較的簡素な構造である。扉は石を用いた軸受けで支えられ、両開きで、鉄金具を打った格子戸がある。門の付近は、防備上から門口の橋詰めで道路は直角に曲げられ、門に入ってからも道路が直角に折れている。

松山藩時代の名残をとどめる唯一の建造物で、昭和六年（一九三一）に国の史跡に指定された。この地域独特の竜門山地からの風雪にもよく耐え、封建領主の交替劇に巻き込まれることなく、松山藩がこの地に存在していたことを示す証言者として建っている。

宇陀松山藩　慶長五年（一六〇〇）、福島孝治が三万石余で立藩。慶長二〇年（一六一五）の大坂夏の陣で、孝治は豊臣氏に内通した嫌疑で改易、織田信雄が大和国と上野国両国内に合わせて五万石を与えられて入封。寛永七年（一六三〇）に信雄が死去すると、五男の高長が継ぎ、その後、長頼・信武と続くが、藩内に混乱が起こり信武は自殺した（宇陀崩れ）。信武の子・信休への家督相続は認められたが、所領を二万石に減らされ、丹波柏原藩へ減移封。宇陀松山藩はこれをもって廃藩。

光明寺

■光明寺

松山西口関門から橋を渡って右折して、東へしばらく進むと、光明寺がある。光明寺は、遍照山朝徳院と号する融通念仏宗の寺で、本尊は阿弥陀如来である。本堂は、桁行七間、梁行四・五間の入母屋造、本瓦葺、向拝付である。創建年代は詳らかではないが、草創は宇多法皇の時代といわれ、応永一〇年（一四〇三）、大念仏宗本山の恵観浄善の弟子・永欣和尚によって中興され、天正一四年（一五八六）、法俊上人によって再興された。

本堂は、寛政五年（一七九三）の建造で、堂内には、藤原時代の阿弥陀如来立像、大日如来像、多聞天像、八幡大菩薩像、永欣和尚坐像、観音堂には、観世音菩薩像を安置する。山門は、入母屋造、檜皮葺の楼門で、鐘楼を兼ねており、松山・神戸地区で最も古い建物の一つである。境内には、南北朝時代に建立された高さ約四メートルの十三重石塔がある。

徳源寺

天益寺

■徳源寺

光明寺の東側の道を北へ行き、坂を少し登ったところで右折して、東へしばらく進むと、徳源寺の参道があり、それに沿って石段を登っていくと、本堂がある。

徳源寺は、長泉山と号する臨済宗大徳寺派の寺で、寛永五年（一六二八）、仏海祖燈禅師（天祐紹杲）による開山である。寛永九年（一六三二）、織田山城守長頼が亡き父・信雄の菩提を弔うために、数棟の建物を建立して、長泉山徳源寺とした。

本堂は、桁行八間、梁行三間の切妻造、桟瓦葺、京都北野の徳源院から古寝殿を移築したものである。堂内には、本尊の釈迦如来像の他に、千手観世音菩薩像、開山像、国照禅師像、織田家位牌、代々の住職の位牌を併祀する。寺宝には、開山像、扁額、狩野元信筆の

織田家の墓

絵戸、錫杖などがある。

織田家の墓への登り口に、丹波佐吉作の石造りの布袋像がある。丸々とした顔に、満面の笑みをたたえ、大きな袋に寄りかかって、おだやかな風貌を見せている。

境内には、約三〇〇株のアジサイが植栽されており、六月中旬から七月中旬にかけて一斉に花をつけ、雨にしっとりと濡れた姿は沈みがちな気分を癒やしてくれる。

■織田家の墓

境内から左手奥の木立の中の参道を登っていくと、織田家の墓がある。藩祖・信雄、高長、長頼、信武の四代の四基の五輪塔が並んで建っている。その手前にも家臣の墓碑といわれる八基の五輪塔が並んでいる。

織田信雄は、織田信長の次男で、永禄一二年（一五六九）、北畠

八坂神社

氏の養子となり、南伊勢、伊賀、尾張を拝領した。信長の後継争いに敗れ、天正一二年（一五八四）、徳川家康と結んで、小牧・長久手で羽柴（後の豊臣）秀吉と戦ったが和睦した。天正一八年（一五九〇）、秀吉の転封命令を拒否して下野国へ配流されたが、後に許され、徳川家康から大和国松山に五万石が与えられた。

墓の周辺は鬱蒼とした樹木が茂り、木立の間から松山の城下町が見下ろせ、かつての町の繁栄を今でも見守っているように見える。

■八坂神社

徳源寺から大通りまで戻り、右折して坂を西へ登っていくと、八坂神社の参道がある。参道に沿って坂を登っていくと、突き当たりに八坂神社がある。祭神は素盞嗚命である。拝殿は、桁行三間、梁行二間の切妻造、銅板葺、吹き放し、本殿は、三間社流造、銅板葺である。境内には、稲荷神社を併祀する。

松源院

■松源院

八坂神社から元の道まで戻り、右折してしばらく道なりに坂を登っていくと、天益寺の看板があり、そこで左折するとすぐ先に松源院がある。松源院は、臨済宗大徳寺派の寺で、本尊は阿弥陀如来である。創建年代は未詳であるが、大徳寺（臨済宗）の塔頭寺院で、明治初期に廃仏毀釈で廃絶したが、昭和五五年（一九八〇）、大徳寺如意庵の立花大亀和尚（当時）が、江戸時代末期の大庄屋であった山岡家の住宅を移築して再興した。大きな長屋門、切妻造の茅葺屋根、石垣の上の白い塀など、風情のある佇まいである。

道路を挟んだ東側に、桁行六間、梁行四間の寄棟造、本瓦葺の東山堂がある。屋根の両側に鴟尾を置き、正面に「東山」の扁額を掲げる。松源院再興の際、東大寺の大仏殿の五分の一の伽藍指図で造立された。

大亀和尚民芸館

■大亀和尚民芸館

松源院の東南に大亀和尚民芸館がある。この民芸館は、平成二年（一九九〇）、松源院を再興した大徳寺如意庵の元住職・立花大亀和尚が所持する墨蹟、茶道具などの美術品および宇陀の民具などを永久保存するとともに、広く一般に公開して、美術品の鑑賞・学術研究に資する目的で開設された。

立花大亀和尚は、二〇歳のとき、堺市の南宗寺で清隠道厳和尚から無門関の話を聞き、感ずるところがあって、即座に弟子となり、翌年得度し、その後、大徳寺塔頭・徳禅寺の住職、大徳寺の執事、宗務総長を務めた。

建物の外観は、切妻造の蔵造風で、館内の一階には、宇陀・吉野地方の民具、旧山岡家の道具類、二階には、立花大亀和尚の墨蹟・作品、蒐集された掛物、茶陶器、美術品の数々、松源院香久山古墳から出土した須恵器などが展示されている。

松源院香久山古墳

この民芸館の二階の一角には、柿本人麻呂像が描かれた掛け軸、赤膚焼（あかはだやき）の柿本人麻呂像、立花大亀和尚筆の『万葉集』四八番歌の掛け軸などが展示されている。この民芸館を紹介した万葉関連の文献はないので、ここを訪れて、これらの展示物を目にすると、その感慨もひとしおである。かぎろひの丘、阿紀神社に加えて、万葉ファン必見の場所として、この民芸館を訪れることをお薦めする。

■松源院香久山古墳

民芸館の左側から背後の香久山（かぐやま）に登っていくと、松源院香久山（しょうげんいんかぐやま）古墳（こふん）がある。南西側に石室が開口し、入り口に柵がある。直径約一八メートル、高さ約四・二メートルの円墳である。石室は、段差の少ない両袖式石室（りょうそでしきせきしつ）で、羨道（せんどう）の長さは約四・七メートル、幅約一・三メートル、高さ約一・四メートル、玄室（げんしつ）の長さ約三・八メートル、幅約二メートル、高さ約三メートルである。玄室は奥壁、側壁とも

天益寺（仮本堂）

比較的大きな割石を積み重ねて構築されている。この古墳から、須恵器、土師器、鉄鏃、鉄釘、鉄斧、刀子、耳環などが出土している。

■天益寺

松源院から少し坂を下り、その途中の左手の小道を入ると、その先に天益寺がある。天益寺は、高野山真言宗御室仁和寺派の寺で、本尊は薬師如来、正和二年（一三一三）の創建である。松山藩主・織田信雄の祈願寺であった。本堂は、茅葺のいかにも山寺という感じの建物であったが、平成一一年（一九九九）、不審火により、本堂、大威徳堂、倉庫を焼失し、見る影もない状態になっている。

境内には、樹齢約三五〇年の枝垂れ桜の大木があり、枝垂れ桜の名所として知られる。桜が開花する時節には、「夜桜コンサート」が催され、多くの花見客で賑わう。

天益寺は、「かぎろひ」を観察することでも知られる。

阿紀神社の本殿

境内から遥か東方に望まれる台高山脈の山々の上空に「かぎろひ」が見えるという。「かぎろひ」は、厳寒期の晴天の日に、ご来光の約一時間前に、太陽光線のスペクトルにより、山の端の上部が茜色に輝く気象現象である。

阿騎野

■阿紀神社

天益寺からもと来た道まで戻り、坂を下ると、阿紀神社がある。往古、社地は伊勢神宮の神戸の一つで、「阿貴宮」「神戸大神宮」、通称「神戸明神」とも称した。祭神は、天照大神、天手力男命、秋田比売命、邇邇杵命、八意思兼命である。拝殿はなく、本殿は、桁行三間、梁行二間の神明造、銅板葺で、神門につづく素木の瑞垣で囲まれている。本殿は、高床式で、棟の両側に二つの千木、一〇

阿紀神社全景

本の堅魚木を載せるなど、伊勢神宮の正殿と同じ造りになっている。境内には、天水分神、菅原道真、金山彦神、金山姫神を併祀する。

この神社の創建については、社伝には、「人皇十代崇神天皇七庚寅年に諸国に神所定め、神戸の号を祀り、御勅に依って神戸大神宮と贈号を賜わる。和洲宇陀郡神楽岡と申すは、神代伊弉諾・伊弉冊尊より旧地の由にて、天照大神宮御鎮座有之、神戸大神宮と奉唱旧地にて候、依之文禄年中御検地の節、神戸大神宮御神領屋内膳正より神主・禰宜・社人・御子に墨印を下付す。また当時の領主、織田山城守長頼および織田伊豆守信武よりも同様寄付す」とある。

この神社の創建については諸説があり、混沌としている。その一つは、神武天皇が宇陀に入ったとき、阿騎野に祖神の天照大神を奉斎し、大和へ進軍すると、日神の威勢に背中を後押しされて、賊軍を打ち払うことができたと伝え、神武天皇がこの地に天照大神を奉斎したのに始まるという説である。

阿紀神社の能舞台

他の一つは、垂仁天皇の時代に、皇女・倭姫命を御杖代として、天照大神が三輪の笠縫邑より阿騎野の照巣にあった吾城宮（阿貴宮）に遷され、その後、佐々並多宮、伊賀の穴穂宮、阿閇拓殖宮、近江の坂田宮、美濃の伊久良賀波宮、伊勢の桑名野代宮、鈴鹿小山宮、壱志藤方片樋宮、飯野高宮、多気佐々牟迤宮、玉岐波流磯宮、宇治家田上宮などから五十鈴川上に斎き祀ったという。一時、阿貴宮に留まられた縁で、天照大神を祀ったのが始まりという。

さらに、素盞嗚命の子孫の秋田比売命が阿騎野の照巣に天照大神を祀り、持統天皇が高天原に遷座し、さらに、天正年間（一五七三～一五九二）、高天原より現在地に遷座されて、そのとき「阿紀神社」の社名に改められた、という説である。

境内の中央には、質素な能舞台がある。宇陀の地は、元和年間（一六一五～一六二四）、織田藩の治所となり、江戸時代前期の寛文年間（一六六一～一六七三）、織田信長の子孫の織田長頼の寄進

阿紀神社境内の万葉歌碑

により、能舞台が建設されて、能楽が奉納され、大正時代まで能楽が演じられていた。その後、長らく中断されていたが、平成四年（一九九二）、この能舞台で薪能の上演が再開され、平成七年（一九九五）、「あきの蛍能」と名称を変えて、毎年六月中旬に開催されている。神社の前の本郷川に蛍が飛びかう時節に、幽玄なひと時を過ごすことができる。

■阿紀神社境内の万葉歌碑

阿紀神社の境内に、次の歌が刻まれた万葉歌碑がある。

阿騎の野に　宿る旅人　打ち靡き
いも寝らめやも　古思ふに　　一・四六

この歌は、柿本人麻呂の作で—阿騎野で、仮寝する旅人は、ここが昔、父の草壁皇子（くさかべのみこ）がたびたび狩りをされていたところだから、昔のことを思うと、くつろいで、寝るにも寝られない――という意味である。軽皇子（かるのみこ）に従駕（じゅうが）した人麻呂が、軽皇子の父の草壁皇子の狩りの様子を思い起こして、興奮のあまり寝られない様子を詠んでいる。
　この歌は、柿本人麻呂が阿騎野で詠んだ長歌と短歌四首の一首目の短歌で、この歌碑は、『元暦校本万葉集（げんりゃくこうほんまんようしゅう）』に基づいて、昭和四九年（一九七四）に建立された。

■高天原（阿紀神社旧社地）

　阿紀神社の南にこんもりと木が茂った「高天原（たかまがはら）」と称する丘がある。この丘に登っていくと、頂上に阿紀神社の旧社地がある。グリ石を積んで石垣が組まれた基壇の中央に、一三個の自然石が四角形に組まれ、その中央にやや大きな石が置かれ、磐座（いわくら）のような様相を呈している。

元暦校本　平安時代の『万葉集』の書写本。『桂本』『藍紙本』『金沢本』『天治本』とともに「五大万葉集」と呼ばれる。書名は、巻第二〇に、元暦元年（一一八四）に校合（きょうごう）したという奥書があることによる。これらの写本中で最も歌の数が多いこと、能書による寄合書（よりあいがき）になることなどから、とくに重要視される写本である。紫と藍の飛雲をすき込んだ鳥の子紙に淡墨の罫線を引き、万葉仮名と仮名とで書かれる。

高天原（阿紀神社旧社地）

この地は、持統天皇が阿騎野の照巣から天照大神を遷した所といわれ、阿紀神社の旧社地とされている。周囲はヒノキの木に囲まれ、石垣は苔むして、神々しい雰囲気が漂っている。

■かぎろひの丘万葉公園

高天原の東にかぎろひの丘万葉公園がある。南側に回り、駐車場から丘（長山）に登る。公園には、万葉植物が植栽され、二基の万葉歌碑、吾妻屋、遊歩道がある。

この丘から、遙か遠方に台高山脈の山々が展望され、厳冬の晴天日の早朝に、その上空に茜色のかぎろひが現れるといわれ、毎年、旧暦の一一月一七日に、「かぎろひを観る会」が催されている。

かぎろひの丘

■かぎろひの丘の万葉歌碑（佐佐木信綱氏揮毫）

かぎろひの丘に、次の歌が刻まれた万葉歌碑がある。

ひむがしの　野（の）にかぎろひの　立つみえて
かへりみすれば　月かたぶきぬ　　一・四八

この歌は、柿本人麻呂の作で—東の野を見ると、かぎろひが立つのが見え、振り返って見ると、月は西に傾いている—という意味である。この歌は、夜明けの大景を詠（うた）っている。この歌では、寝苦しかった夜が明けかかり、黒々と連なる東の山の端に「かぎろひ」が立って、空を茜色に染め、曙光（しょこう）が揺らめいている。一方、振り返って西方を眺めると、月が寒々とした光を放ちつつ落ちかかっている、という緊張感をほぐすような雰囲気が詠まれている。

阿騎野は、それほど広くはない所であるが、この歌から広漠（こうばく）とし

かぎろひの丘の万葉歌碑（佐佐木信綱氏揮毫）

た広がりが感じ取れる。草壁皇子は、日並皇子とも呼ばれていたので、日と並ぶというイメージに月を重ね、また、幼く未来に輝く軽皇子に「かぎろひ」を感じるという心が、人麻呂の胸の内に暗々裡に兆しているように思われる。したがって、この歌は、単なる叙景歌でなく、複雑な陰影に富む心象風景を詠んだ歌であるといえる。

この歌は、柿本人麻呂が軽皇子の阿騎野の薬猟に従駕して詠んだ長歌と短歌四首の三首目の短歌で、この歌碑は、佐佐木信綱氏の揮毫により、昭和一五年（一九四〇）に建立された。人形のような形をしたユニークな細長い歌碑であるので、この歌碑を見ると、周囲の景観と相まって、忘れがたい印象が脳裏に残る。

■かぎろひの丘の万葉歌碑（『寛永版本万葉集』）

この万葉歌碑の傍に、次の歌が刻まれた万葉歌碑がある。

かぎろひの丘の万葉歌碑（『寛永版本万葉集』）

やすみしし　我が大君　高照らす　日の皇子　神ながら　神さびせすと　太しかす　京を置きて　こもりくの　泊瀬の山は　真木立つ　荒き山道を　岩が根　禁樹押しなべ　坂鳥の　朝越えまして　玉かぎる　夕さり来れば　み雪降る　阿騎の大野に　はたすすき　小竹を押しなべ　草枕　旅宿りせす　古思ひて

一・四五

この歌は――（やすみしし）、わが大君である、（高照らす）、日の神の皇子の軽皇子は、神様そのままの神業をされるので、天皇のいらっしゃる、都を後にして、（こもりくの）、泊瀬の山は、ヒノキが茂り立つ、険しい山道であるのに、岩石や、邪魔な潅木を押し別け、（坂鳥の）、朝越えて来られて、（玉かぎる）、夕暮れになった時分、雪の降る、阿騎の大野に、すすきの穂や、小竹を押し別けて、（草枕）、そこで旅の宿りをされた、以前、草壁皇子がたびたびここへ狩りに来られた古を偲びながら――という意味である。この歌碑は、寛永版

かぎろひの丘から高台山脈展望

本(ぼん)に基づいて、昭和四九年（一九七四）に建立された。

この歌は、「軽皇子、阿騎野に宿る時に、柿本人麻呂の作る歌」と題する長歌である。短歌は、各歌碑のところで紹介したが、歌全体の流れを分かりやすくするために、次に短歌四首を再記する。

阿騎(あき)の野に　宿る旅人(たびびと)　うちなびき
いも寝(ぬ)らめやも　古思(いにしへおも)ふに　一・四六

ま草(くさ)刈る　荒野(あらの)にはあれど　黄葉(もみちば)の
過ぎにし君が　形見(かたみ)とぞ来し　一・四七

東(ひむがし)の　野(の)にかぎろひの　立つ見えて
かへり見すれば　月かたぶきぬ　一・四八

日並(ひなみし)の　皇子(みこ)の尊(みこと)の　馬並(な)めて

み狩り立たしし　時は来向（き）かふ　一・四九

第一首目の歌は―阿騎野で、仮寝する旅人は、ここが昔、父の草壁皇子（くさかべのみこ）がたびたび狩りをされていたところだから、昔のことを思うと、くつろいで、寝るにも寝られない―、第二首目の歌は―（ま草刈る）、荒れ野であるが、（黄葉の）、亡くなった皇子が、よく訪ねられた、その記念の地だと思って、訪ねて来たことだ―、第三首目の歌は―東の野を見ると、かぎろひが立つのが見え、振り返って見ると、月は西に傾いている―、第四首目の歌は―日並皇子尊（ひなみしのみこのみこと）（草壁皇子）が馬を並べてここまでやって来て、御猟（ごりょう）を挙行された、同じ時刻が今まさに来た―という意味である。

長歌では、持統天皇（じとうてんのう）六年（六九二）の冬、軽皇子（かるのみこ）（後の文武天皇（もんむてんのう））を中心とした一行は、飛鳥浄御原宮（あすかきよみはらのみや）を早朝に発って、まず泊瀬の山へ向かい、杉、檜、柏などの真木（まき）が茂る山道を踏破して、夕べになってようやく阿騎野へ入り、ススキや篠竹（しのだけ）を折り敷いて、昔を

柿本人麻呂　天武・持統天皇の時代を中心に活動した万葉第二期の宮廷歌人。後世、山部赤人とともに「歌聖」と称された。生涯は不明な点が多いが、宮廷歌人として活躍する傍ら、地方官として石見国に赴任し、鴨山で死去したとされる。『万葉集』に長歌一八首、短歌六六首を収め、『柿本人麻呂歌集』の中の歌とされる約三六五首が『万葉集』の各巻に散らばっている。

偲んで旅寝した様子が詠まれている。

このように、長歌では、日の御子である軽皇子が、父が薬猟をしたときのことを回想するために、統治している都を後にして、阿騎野に出掛けていった様子が叙事的に詠われ、「古思ひて」と余韻を残して、古を偲ぶ心の深さを強調しているが、それがいつのことかは明らかにしていない。

それにつづく四首の短歌は、起、承、転、結の構成で、相互に緊密に結びつき、意図することを明かしていく連作となっている。

第一首目では、長歌の末尾を受けて、古を思うと寝ても寝られないと、長歌の叙述の言い換えに止まっている。ここでも、宵から夜にかけて時間が経過する中で、「思う」内容は明かされていない。

第二首目では、第一首を受けて、荒涼たる地に来たのは、草壁皇子の形見の地であり、その生前の故地を慕っての狩猟であったと、眠れぬ理由と旅の目的を明らかにしている。

第三首目では、大きく転じて、寝苦しかった夜が明けかかり、黒々

軽皇子（文武天皇）　漢風諡号は文武天皇、和風諡号は天之真宗豊祖父天皇。持統称制三年（六八九）、七歳のとき、皇太子であった父草壁皇子が薨去。持統天皇一一年（六九七）二月、立太子、同年八月、持統の譲位を受け、一五歳の若さで文武天皇として即位。大宝元年（七〇一）、『大宝律令』を施行し、官名位号を改正、律令の整備に尽力する一方、南島に使いを派遣し薩摩・種子島を征討するなど領土拡大に努めた。慶雲四年（七〇七）六月一五日、二五歳で崩御。

かぎろひの丘全景

と連なる東の山の端を茜色に染めて曙光が輝き、振り返って西の方を眺めると、月が寒々と光を放ちながら落ちかかっていると、夜明けの大景が詠われている。

第四首目では、早逝した日並皇子（ひなみしのみこ）の尊称が高らかに掲げられ、かつて皇子が猟に立ったその時刻・状態と全く同一の環境が今まさに来ようとしていると、時の到来の緊張感を詠っている。

このように、長歌の叙述は、軽皇子の行動に終始し、わずかに草壁皇子の回想を暗示するだけであるが、短歌の一首目、二首目と進むにつれて、回想の中に、草壁皇子の姿が立ち現れ、三首目、四首目で、軽皇子と草壁皇子が重なり合い、「時は来向かふ」でそれが頂点に達している。約束されていた皇位を目前にして逝った草壁皇子の映像とその皇子の軽皇子のそれとを合致させることによって、軽皇子の皇位継承者としてのイメージを見事に形成している。

■壬申の乱の回想

草壁皇子の遺児の軽皇子が阿騎野へ薬猟に出かけた目的については諸説があるが、軽皇子の亡き父・草壁皇子を追慕するため、というのが最も一般的であるので、壬申の乱を回想してみよう。

天武天皇元年（六七二）、壬申の乱が始まる六月二四日、大海人皇子は、吉野宮を出て、津振川を経て、宇陀の吾城に到着した。これに随う者は、男二十余人、女十余人の僅かな人数であった。その中に、わずか一一歳の草壁皇子もいた。

その後、宇陀の吾城から東進するにしたがって、大海人皇子に加勢する者が増え、兵力が次第に増強されていった。宇陀の吾城（阿騎）は、その第一歩の地で、草壁皇子にとって、父の大海人皇子の偉業を目の当たりにする記念すべき土地であった。

大海人皇子の軍は、伊賀国で数百人の軍勢を得るものの、苦しい行軍を続けて美濃国に入った。ここで尾張守の小子部連鉏鈎が二万

大友皇子　天智天皇の子。伊賀皇子とも呼ばれた。明治三年（一八七〇）弘文天皇として追贈。天智天皇一〇年（六七一）わが国最初の太政大臣に任ぜられ、同年、天智天皇が崩御するや、左大臣蘇我臣赤兄、右大臣中臣連金らとともに近江朝の政務を執った。翌年の壬申の乱で、大海人皇子と皇位継承を争ったが、敗退し、山前で自ら縊死した。文武両道に優れ、漢詩集『懐風藻』に漢詩二首を残す。

阿騎野展望

人の軍を率いて帰服した。七月に入って、大海人皇子の軍は近江国に入り、近江朝廷軍と各地で激戦を展開したが、近江朝廷軍は瀬田の橋を挟む最後の決戦で大敗した。大友皇子は身を以て逃れたが、山前でくびれて死んだ。ここに古代史上最大の内乱である壬申の乱は終焉を迎えた。

大海人皇子は、九月に入って、飛鳥に帰還し、嶋宮を経て岡本宮に入り、その冬に、岡本宮の南に新しく飛鳥浄御原宮を造営して移り、翌年二月に、大海人皇子は即位して、天武天皇となった。

天武一〇年（六八一）、皇太子となった草壁皇子は、天武天皇の後継者としての揺るぎない姿を舎人たちに印象づけるために、狩猟にふさわしい冬のある日、阿騎野で盛大な狩猟を催した。

しかし、間もなくして、草壁皇子は即位することなく、病気で薨じた。時に二八歳であった。舎人たちの期待は消失し、後継者としての喜びは、大きな哀しみと落胆に変わった。

草壁皇子の遺皇子の軽皇子は、持統天皇六年（六九二）、阿騎野

宇陀市阿騎野・人麻呂公園の柿本人麻呂像

へ薬猟（くすりがり）に出掛けたときは、御年（おんとし）一〇歳であった。この薬猟に付き従った一部の人たちは、かつて草壁皇子と行動をともにしていた。四五番歌から四九番歌は、同行の草壁皇子の追慕であると同時に、その再来としての軽皇子の将来を期待し、約束する讃歌としての効果を十分持つものになっており、人麻呂の胸の内を表していると同時に、同行の人たちの気持ちを代弁している。

■宇陀市阿騎野・人麻呂公園

かぎろひの丘から東に進むと、宇陀市阿騎野・人麻呂公園（うだしあきのひとまろこうえん）がある。この公園の地は、往古、人々が居住していた中之庄遺跡（なかのしょういせき）であったが、万葉の時代には、狩場、牧場になり、阿騎野の中心地になっていた。平成七年（一九九五）に発掘調査が行われ、遺跡公園として整備された。公園内には、掘立柱建物（ほったてばしらたてもの）二棟、竪穴式住居（たてあなしきじゅうきょ）一棟や、発掘跡などが復元され、柿本人麻呂像（かきのもとひとまろぞう）が建てられている。

柿本人麻呂像の台座に、次の歌が刻まれている。

東の　野に炎の　立つ見えて
かへり見すれば　月傾きぬ　　一・四八

この像は、平成九年（一九九七）に建立され、歌は旧大宇陀町長・芳岡一夫氏（当時）の揮毫である。

■宇陀の大野

『万葉集』巻二に、「宇陀の大野」を詠んだ次の歌がある。

けころもを　時かたまけて　出でましし
宇陀の大野は　思ほえむかも　　二・一九一

中之庄遺跡　弥生時代、飛鳥時代、中・近世の三時期にわたる遺跡。弥生時代前期から中期にかけての土壙、方形に溝をめぐらした墓、飛鳥時代後期の桁行五間、梁行二間の規模を持つ大型の掘立柱建物を中心にして、付属する建物群や、石敷溝、苑池状遺構などが発掘された。これらの遺構は、古代の狩り（薬猟）場とされた「阿騎野」の重要施設と推定されている。

中之庄遺跡（阿騎野・人麻呂公園）

この歌は―（けころもを）、冬から春にかけての狩りの時期が来て、たびたび狩猟に出掛けられた、宇陀の大野は、これからも思い出されるであろう―という意味である。「けころもを」は、普段着を脱ぐという意味から、「時」に掛かる枕詞（まくらことば）である。「かたまく」は、ある時期が近づいてくるの意である。この歌に詠まれた宇陀の大野は阿騎野であるといわれている。

■宇陀の野

『万葉集』巻八に、「宇陀の野（うだのの）」を詠んだ次の歌もある。

宇陀（うだ）の野（の）の　秋萩（あきはぎ）しのぎ　鳴く鹿も
妻に恋（こ）ふらく　我にはまさじ
八・一六〇九

この歌は―宇陀（うだ）の野（の）の、秋ハギを踏み分け踏み分けて、妻恋しさ

又兵衛桜

に鳴く鹿も、妻を恋することにかけては、わたしにはとても及ばない――という意味である。この歌に詠まれた宇陀の野も阿騎野といわれている。

■又兵衛桜（瀧桜）

阿騎野・人麻呂公園から二〇分ほど西へ行くと、樹齢約三〇〇年といわれる、通称「瀧桜（たきざくら）」と呼ばれる見事な枝垂れ桜がある。安土桃山時代から江戸時代にかけての戦国武将で、黒田氏、豊臣氏の家臣であった後藤又兵衛（ごとうまたべえ）（基次（もとつぐ））に因み、「又兵衛桜（またべえざくら）」と呼ばれている。

高さ一三メートル、幹周り三メートルを超える桜の巨木が枝を広げ、薄桃色の花をいっぱいに咲かせる。傍を流れる本郷川の周囲は公園として整備され、吾妻屋（あずまや）、遊歩道が設けられている。

四月上旬から中旬の開花に合わせて、毎年、「桜まつり」が開催され、夜間のライトアップ、特産品の販売などがなされ、数万人の花見客で賑わう。

　後藤又兵衛（基次）は黒田孝高・長政に仕え、豊臣秀吉の九州出兵、文禄・慶長の役、関ケ原の戦いで功をあげたが、その後、長政に疎んぜられて黒田家を退去し、諸国流浪の後、豊臣秀頼に招かれて大坂城に入った。慶長一九年（一六一四）の大坂冬の陣で、先駆けて大坂城に入城して活躍したが、慶長二〇年（一六一五）の大坂夏の陣の初日に闘死した。

　一説には、後藤又兵衛は、大坂夏の陣の後、宇陀へ落ち延び、僧侶となって一生を終えたという伝説が残り、この枝垂れ桜が残る地に又兵衛の屋敷があったとされていることから、地元ではこの枝垂れ桜を「又兵衛桜」と呼んでいる。

大坂の陣　大坂冬の陣と大坂夏の陣の総称。前者の陣では、慶長五年（一六〇〇）、関ケ原の戦いで勝利した徳川家康は、大坂城にいた豊臣秀頼に臣従させようとしたが、奏功せず、慶長一九年（一六一四）、軍勢二〇万人で大坂城を包囲した。しかし、攻め落とすことができず、外堀を埋めることで講和した。後者の陣では、慶長二〇年（一六一五）、徳川家康が豊臣秀頼に牢人の召し放ちか大和への国替えかを迫り、豊臣方を再戦に追い込み、豊臣方の奮戦もむなしく、大坂城は落城して、豊臣宗家は滅亡した。

大宇陀地域事務所前庭の万葉歌碑

■宇陀市中央公民館の壁画

又兵衛桜からかぎろひの丘まで戻り、東へ進むと、宇陀市中央公民館がある。この公民館には、画家・中山正實氏が描いた「阿騎野の朝」と題する壁画がある。中央に白馬にまたがり、その周囲に従者をしたがえて、狩りをする勇壮な軽皇子の姿が描かれている。

中山氏は、昭和一四年（一九三九）の冬、現在のかぎろひの丘に登って実地に観測し、東京天文台の技師の助力を得て、かぎろひが立つ冬の日を旧暦の一一月一七日に定めた。以来、毎年、この日に「かぎろひを観る会」が催されている。

■大宇陀地域事務所前庭の万葉歌碑

宇陀市中央公民館の前に、大宇陀地域事務所がある。その前庭の鐘塔の北に、次の歌が刻まれた万葉歌碑がある。

日並(ひなみし)の　皇子(みこ)の尊(みこと)の　馬並(な)めて
み狩り立たしし　時は来(き)向かふ　　一・四九

この歌は、柿本人麻呂作で──日並皇子尊(ひなみしのみこのみこと)（草壁皇子(くさかべのみこ)）が、馬を並べてここまでやって来て、猟を挙行された、同じ時刻が今まさに来た──という意味である。夜が明けて、まさに狩りに出発するというとき、すなわち、草壁皇子が猟に立ったのと同じ時刻、状態が来たその瞬間に、高まる興奮が抑えきれず、現実の軽皇子の姿に父君(ちちぎみ)の草壁皇子の姿を重ねて詠んでいる。

この歌は、いよいよ猟に出で立つ瞬間の歌である。柿本人麻呂が阿騎野で詠んだ長歌と短歌四首の四首目の短歌で、この歌碑は、『紀州本万葉集(きしゅうぼんまんようしゅう)』に基づいて、昭和四九年（一九七四）に建立された。

地域事務所から道の駅大宇陀まで戻り、バスで近鉄大阪線榛原(はいばら)駅に出て今回の散策を終えた。

『紀州本万葉集』　全二〇巻の完本で、第一巻から第一〇巻は、鎌倉時代末期の書写、第一一巻から第二〇巻は、室町時代末期の書写と推定されている。表紙は、金銀を用いて華やかに花鳥などが描かれている。明治四五年（一九一二）に編纂が始まった校本万葉集の対校本として採り挙げられた際には、神田家に蔵せられていたので、『神田本万葉集』とされたが、古く紀州徳川家に伝来し、契沖の『万葉代匠記』にも紀州本として引用されていることから、昭和の初めに『紀州本万葉集』に戻された。

第三章　恭仁京コース

恭仁京コース

恭仁京　聖武天皇が天平一二年（七四〇）〜天平一五年（七四三）まで営んだ都。その後、都は、天平一五年に紫香楽宮、天平一六年（七四四）に難波宮へ遷都され、天平一七年（七四五）に平城京に戻された。恭仁京は、相楽郡恭仁郷の地に位置していたことによる命名。都城制にのっとった宮都で、内裏や官公庁などの宮域は左京、人民が住む京域は右京に建設する計画で造営が進められていたが、道半ばで都の造営は中止された。

ＪＲ木津駅から西へ行くと、天王神社があり、その前に山背古道が北に延びている。古道に沿って北へ進むと、正覚寺、和泉式部の墓があり、木津川に突き当たる。かつてここに泉橋が架けられていた。木津川の土手下の道を東進すると、泉橋の橋柱から刻まれた文殊菩薩像を安置する大智寺、国道二四号の東に平重衡ゆかりの安福寺、東隣に御霊神社があり、その北側に、平城京の外港の泉津の上津遺跡がある。下流の泉大橋を渡ると、行基が創建した泉橋寺がある。さらに北へ進むと、高句麗から渡来してきた狛氏が居住していた狛の里、その中心部で古道を分けて東へ行くと、高麗寺阯がある。古道まで戻り、北へ進むと、松尾神社、椿井大塚山古墳がある。ここで再び古道を分けて東へ進むと、神童寺がある。桜峠を越えると、鹿背山と狛山が対峙する木津川河畔に出る。その東の瓶原盆地の中心部に恭仁宮跡、山城国分寺跡、その北に海住山寺、東に流岡山（活道の岡）がある。今回は、平城京の外港の泉津、狛の里、恭仁京跡をめぐりながら、万葉の時代を偲ぶことにする。

山背

「やましろ」という国名の表記には、「山代」「山背」「山城」の三通りがある。「山代」は、壬申の乱以前に用いられていた表記である。「山背」は、それ以後に用いられた表記で、平城京の北に連なる奈良山の向こう側、すなわち、「山の背」を意味する。大宝元年（七〇一）に制定された大宝律令以後にそれが定着した。

「山背」が「山城」に改められたのは、延暦一三年（七九四）の平安遷都のときである。『日本紀略』延暦十三年十一月八日の条に、「此の国山河襟帯して自然に城を作す、斯の形勝に因りて、新号を制すべし。宜しく山背国を改めて山城国と為すべし」とある。「山城」は、地形が山をめぐらした城のようであることに由来する。

『万葉集』に詠まれた山背国の歌は、南山背に集中しており、木津川両岸を北上する古北陸道と古山陰道沿い、東の恭仁宮跡の周辺、北の宇治周辺にかかわる歌は七十余首を数える。これらの地域

山城国　京都府南部に位置する旧国名で、奈良時代までに天皇の宮殿（宮京）は、継体天皇の筒城宮（現京田辺市）と弟国宮（現長岡京市）、聖武天皇の恭仁京が、また、国府は当初相楽郡（現木津川市）に置かれたが、葛野郡（現京都市右京区太秦）、乙訓郡（現大山崎町）へと三転した。寺院は恭仁宮跡に山城国国分寺が造営された。

天王神社

は、北陸、山陰を結ぶ陸路の要衝の地であったのみならず、宇治川、木津川を利用した南都の官衙や寺院の建築用材の水上搬送、さらには、宇治の西に位置していた巨椋池を経て、淀川を下り、難波津に至る人々の往来、物資の輸送、大陸文化の平城京への流入など、水上交通の要衝でもあった。

山背古道

■天王神社

ＪＲ奈良線木津駅西側から正面の大通りを西へ進むと、山背古道に面して天王神社がある。祭神は牛頭天王（素盞嗚命）である。拝殿は、桁行一間、梁行一間の入母屋造、桟瓦葺、吹き放し、本殿は、一間社春日造、銅板葺で、室町時代後期の建立である。応永年間（一三九四〜一四二八）、京都・八坂神社の神霊を勧請したのに始まると伝える。この神社では、毎年、一月「恵比寿さん」、七月七日に室町時代から続く「七夕祭」が催される。

■山背古道（古北陸道）

天王神社の前から北に延びる道は、「山背古道」と呼ばれている。この道は、平城京と北陸を結ぶ古北陸道を前身とする。平城京から、奈良山の「コナベ越」で山背国に入り、木津から木津川右岸を北上して、宇治川を渡り、阿後尼の原、山科を経て、近江国の大津に入り、琵琶湖西岸を北上して、北陸へと通じていた。『万葉集』巻一三には、この古北陸道を詠んだ次の歌がある。

そらみつ　大和の国　あをによし　奈良山越えて　山背の　管木の原　ちはやぶる　宇治の渡り　滝屋の　阿後尼の原を　千年に　欠くることなく　万代に　あり通はむと　山科の　石田の社の

山背道　万葉の時代には、畿内の東北の境界点は、近江国の狭々波（ささなみ）の合坂山で、平城京、木津、宇治、山科、近江を経て北陸へ通じる幹線道路は「山背道」と呼ばれた。外交使節が難波から大和の朝廷に入るとき、南山背域内の山背道が利用され、壬申の乱のときにも、大津皇子の軍や大海人皇子に呼応した軍がこの道を通った。大伴家持は、天平一八年（七四六）、越中国の国守となって赴任し、天平勝宝三年（七五一）少納言となって帰京する際に、この道を往来した。

山背古道

皇神に　幣取り向けて　我は越えゆく　逢坂山を

一三・三二三六

反歌

逢坂を　うち出でて見れば　近江の海
白木綿花に　波立ち渡る

一三・三二三八

長歌は—（そらみつ）、大和の国の、（あをによし）、奈良山を越えて、山背の、管木の原を通り、（ちはやぶる）、宇治の渡しの、滝屋の、阿後尼の原を、千年経っても、ここを通らない年はなく、万年経っても、通いつづけたいと、山科の、石田の社におられる、尊い神様に、幣を捧げて、わたしは越えて行くことだ、逢坂山を—、
反歌は—逢坂山の、視界が遮られていた所から急に広々とした所に出て見ると、近江の湖水には、白い木綿で作った造花のように、真っ白に波が立ち渡っているのが見える—という意味である。

万葉の時代の幹線道路　大化改新の詔によって、畿内及び山陽道で駅路や駅家（うまや）が整備され、六八〇年頃までには、筑紫の大宰府から関東に至るまでの広範囲にわたって、幹線道路が敷設された。『大宝令』には、大路として山陽道、中路として東海道、東山道、その他小路が、また、『延喜式』には、七道駅路、すなわち、東海道、東山道、北陸道、山陰道、山陽道、南海道、西国道が記されている。大伴家持は、天平一八年（七四六）、越中国守として、現在の富山県高岡市に赴任していることから、その頃までには、北陸道も整備されていたと想像される。

この歌では、平城京から奈良山を越え、木津川沿いを北上し、管木の原を経て、宇治川を渡り、その北の阿後尼の原から、山科の石田の杜を通り、逢坂山を越え、近江に至るルートが詠まれている。

■山背道の夫婦愛の歌

『万葉集』巻一三に、山背道を詠んだ次の夫婦愛の歌がある。

つぎねふ　山背道を　他夫の　馬より行くに　己夫し　徒歩より
行けば　見るごとに　音のみし泣かゆ　そこ思ふに　心し痛し
たらちねの　母が形見と　我が持てる　まそみ鏡に　蜻蛉領巾
負ひ並め持ちて　馬買へ我が背
一三・三三一四

反歌

泉川　渡り瀬深み　我が背子が
旅行き衣　濡れひたむかも　一三・三三一五

或本の反歌に曰く

まそ鏡　持てれど我は　験なし
君が徒歩より　なづみ行く見れば　一三・三三一六

馬買はば　妹徒歩ならむ　よしゑやし
石は踏むとも　我は二人行かむ　一三・三三一七

長歌は――（つぎねふ）、山背へ通う道を、よその主人は、馬で行くのに、わたしの夫は、歩いて行くので、それを見るたびに、泣けてくる、そのことを思うと、心が痛んでくる、（たらちねの）、母の形見として、わたしが大事に持っている、澄み切った鏡に、蜻蛉の

駅家　駅家は、原則として三〇里（約一六キロメートル）ごとに設置され、各駅家には、駅使が往来に必要な駅馬、乗具、駅子が準備され、駅馬を飼育するための厩舎、水飲場が設けられ、駅長、駅子が業務を行うための部屋、駅使が宿泊・休憩するための施設、駅使に食事を提供するための給湯室、調理場、さらに、食料、馬具、駅稲（えきとう）、酒塩などを収納する倉庫などが設置された。また、外国からの使節が通行する山陽道の駅家は、建物は瓦葺で、壁は塗壁とされた。

永泉寺

羽のように薄い領巾（ひれ）を、合わせて持っていって、馬を買って下さい、あなた—、反歌は—泉川を、渡る瀬が深いので、愛しいあなたの、旅行の着物の裾が、濡れはしないでしょうか—という意味である。或本の反歌の第一首目は—澄み切った鏡を、持っているわたしには、何の役にも立ちません、あなたが徒歩で、難渋して行くのを見ると—、第二首目は—わたしが馬を買ったら、おまえが徒歩で行くことになるだろう、えいままよ、石の上を踏んで行ってもかまわない、われわれ二人は歩いて行こう—という意味である。

■永泉寺

天王神社から山背古道に沿って北へ進むと、永泉寺（えいせんじ）がある。無量山（むりょうさん）と号する真宗大谷派の寺で、本尊は阿弥陀如来である。本堂は、桁行五間、梁行六・五間の入母屋造、桟瓦葺、向拝付（こうはいつき）である。大永（たいえい）二年（一五二二）、高味覚春（たかみかくしゅん）が神津村に創建し、慶長（けいちょう）二年

正覚寺

（一五九七）、高味道活がこの地に移転して再興した。

■正覚寺

永泉寺からさらに北へ進むと、正覚寺がある。暁天山五劫思惟院と号する真宗大谷派の寺で、本尊は阿弥陀如来である。創建年代は詳らかではないが、安土桃山時代に暁譽上人によって開山された、と伝える。本堂は、桁行六間、梁行五・五間の入母屋造、本瓦葺、向拝付である。本堂の左前には十三重石塔、その奥には墓があり、その中には古い宝篋印塔がある。

山門を入った右側に、高さ約一・三メートルの洪水供養石仏がある。六角形の台座には、次の銘文が刻まれている。

「正徳二年（一七一二）八月十九日洪水によって、この川筋の近在辺境の人民溺れ死す者幾千人といふ数を知らず。今日第三回忌にあたれるをもって、彼亡者の菩提のため、この阿弥陀仏を造立し、

和泉式部寺

長くここに安置し奉る。かねては又往来の貴賤男女総じてその尊像を拝し、心々の回向をなさしめ、自他平等の利益とせんことを願うのみ。正徳四年（一七一四）甲午天八月十九日（後略）」

往古、木津川は氾濫を繰り返し、江戸時代には、三〇回以上の洪水が記録され、中でも、正徳二年（一七一二）八月の大洪水では、木津で流家・潰家約七〇〇軒、死者約一〇〇名の大惨事になった、と伝える。この石仏は、当初、木津川の堤防上に安置されていたが、洪水から守るために、正覚寺の境内に移された。

■和泉式部寺

正覚寺からさらに北へ進むと、木津川の手前に、無住職のやや荒廃した和泉式部寺がある。本堂前には、供養一切仏と刻まれた香炉がある。本堂は、桁行六間、梁行五・五間の重層寄棟造、桟瓦葺、向拝付で、堂内には、和泉式部像を祀る。境内には、末広大神

和泉式部の墓

を併祀し、関東・但馬・丹後大震火災死者大菩提の石塔がある。

■和泉式部の墓

和泉式部寺の本堂の裏に五輪塔があり、「いつみ式部墓」と刻まれた石標が建っている。和泉式部の墓は、京都市新京極の誠心院、真如堂と吉田山の間の東北院、兵庫県伊丹市など全国十数カ所にあり、謎が多いが、新京極の誠心院にある宝篋印塔が本命の墓といわれる。この地の墓は、和泉式部が木津の生まれで、宮仕えの後、再び木津に戻り、余生を過ごした、という伝説に基づいて造られたようだ。

和泉式部は、紫式部、清少納言とともに、平安時代中期を代表する女流歌人で、三十六歌仙の一人である。父は越前守・大江雅致、母は越中守・平保衡の娘である。和泉式部という名は、最初の夫の橘道貞が和泉守で、父の官名が式部であったことに由来する。二〇歳前半で和泉守・橘道貞の妻となり、結婚後、道貞の赴任国の和泉国に赴いたが、夫の在任中の後半に京都に戻り、道貞と別居状態になった。その後、冷泉天皇の第三皇子・為尊親王との熱愛が世に喧伝されるようになり、親から勘当を受けた。為尊親王の死後、その同母弟・敦道親王の求愛を受けた。一条天皇の中宮・彰子に仕え、彰子の父・藤原道長の家司の藤原保昌と再婚し、夫の任国・丹後に下ったが、晩年の動静は不明である。

藤原保昌と結婚する以前の、敦道親王との奔放な恋愛生活を記した『和泉式部日記』、秀歌を選りすぐった『宸翰本和泉式部集』などを残した。『拾遺和歌集』以下、勅撰和歌集に二四六首の和歌が採録され、とくに、『後拾遺和歌集』では、最多入集歌人の栄誉を得ている。

大智寺

泉津

■大智寺

和泉式部の墓から木津川の堤防下の道を東へしばらく進むと、大智寺（だいちじ）がある。橋柱山（きょうちゅうさん）と号する真言宗西大寺派の寺で、本尊は文殊菩薩（もんじゅぼさつ）である。鎌倉時代に西大寺の慈心和尚（じしんおしょう）によって開基された。

山門を入ると、参道正面に本堂、参道の北側に鐘楼堂がある。本堂は、桁行三間、梁行二・五間の入母屋造、本瓦葺、向拝付である。江戸時代中期の建築様式を伝える貴重な建物である。本堂から渡り廊下で庫裡（くり）に繋がっている。

この寺の縁起は、寺伝によると、「奈良時代に、行基（ぎょうき）によって木津川に泉橋（いづみばし）が架けられたが、その後、橋は流れ落ち、鎌倉時代には橋柱のみが残されていた。西大寺の慈心和尚は、残された橋柱を利用して文殊菩薩像を刻み、伽藍を建立してこの像を安置し、

首洗池・不成柿

した。

橋柱寺を創建した」とある。その後、寺は衰退したが、寛文九年（一六六九）、東福門院の本寂上人が中興し、橋柱山大智寺と改号した。

本堂内には、本尊の文殊菩薩坐像（重文）、十一面観世音菩薩像（重文）を祀る。文殊菩薩坐像は、弘安年間（一二七八～一二八八）の作と伝える寄木造の像である。高さ約〇・六五メートルで、唐風の衣装をまとい、左手に経巻を載せた蓮華、右手に宝剣を持って、獅子の上の蓮華座に左足を垂らして座る半跏坐像である。頭髪は群青、肉身部は金泥、着衣部は金泥で彩色され、玉眼である。

十一面観世音菩薩像は、平安時代後期の作で、高さ約一・一メートルの一木造の像である。腕釧が一木で刻み出されており、体に内刳りがないなどに古様が認められ、穏やかな表情で佇んでいる。

安福寺

■首洗池・不成柿

大智寺から国道二四号の下をくぐり、吉川医院の先の筋で左折して、民家の間を進むと、JR奈良線の土盛りの下に、首洗池（くびあらいいけ）と不成柿（ならずのかき）があり、「不成柿」と刻まれた石標が建っている。

首洗池は、平重衡（たいらのしげひら）が斬首されたとき、首を洗った池と伝えられるが、首を洗ったとは思えないほど非常に小さな形ばかりの池で、草で覆われて、ほとんど水面が見えない状態になっている。

その側に不成柿がある。この柿には、重衡が斬首されるとき、この世の名残に柿を食べたいと欲し、柿を食べさせてもらった。この様子を見た村人が哀れに思って、重衡の死後、柿の種を植えたところ、実がならない柿の木に成長したので、「不成柿」と呼ばれるようになった、という伝承がある。現在の柿の木は、何代目か不明であるが、たわわに実を付けており、秋空に映える小ぶりの柿の実は、寂しさを誘っているように見える。

平重衡卿之墓

■安福寺

不成柿からもとの道まで戻り、さらに東へ進み、JR奈良線のガードをくぐると、安福寺がある。心身山と号する浄土宗西山派の寺で、本尊は平重衡の引導仏と伝える阿弥陀如来である。重衡が斬首されるとき、近くの寺から阿弥陀如来像を持ち出し、木津川の土手に安置し、その像に紐をかけ、その片側を重衡が持って、「浄土に迎えられますように」と念仏を唱えながら果てた、という故事が伝わる。

本堂は、桁行四間、梁行五・五間の入母屋造、本瓦葺、向拝付である。堂内には、本尊の阿弥陀如来像を祀る。この本堂は、重衡の斬首の伝承に基づいて、「哀堂」と呼ばれている。

山門を入った左側に、「平重衡卿之墓」と刻まれた石標が建ち、十三重石塔がある。この石塔は、重衡の死後、二〇〇〜三〇〇年後に、重衡が供養された寺の境内に、村人たちによって供養塔として建てられたと伝える。

平重衡　平安時代末期の平氏の武将・公卿。平清盛の五男。極官は左近衛権中将。治承四年（一一八〇）、清盛の命により、南都焼き打ちを実行した。この焼き打ちは、平氏の悪行の最たるものとして非難され、南都の衆徒から憎まれた。源平争乱では、墨俣川の戦い、水島の戦いで勝利して活躍したが、一の谷の戦いで源氏の捕虜となり、鎌倉に護送された。平氏の滅亡後、東大寺、興福寺の衆徒の要求で奈良に移送され、その途中、山城国木津で斬首された。

平重衡は、清盛の命を受けて、平家に反旗を翻していた南都を攻め、東大寺、興福寺などの寺社をことごとく焼き打ちした。元暦元年（一一八四）、一の谷の合戦で敗れ、源氏の捕虜となり、鎌倉に護送されて拘束されたが、重衡の潔さに感銘した源頼朝によって厚遇された。

しかし、文治元年（一一八五）、東大寺や興福寺の僧侶の強い要求により、奈良へ護送された。『平家物語』には、護送の一行が妻・輔子の住んでいる山城国伏見の日野の近くを通ったときに、重衡が「せめて一目、妻と会いたい」と願って許され、輔子が駆けつけ、涙ながらの別れの対面をし、重衡が形見にと、額にかかる髪を噛み切って渡した、という哀話が記されている。

その後、一二月二八日、木津川に達したとき、老僧たちの判断により、木津川の河原で警護の兵士により斬首された。享年二九歳であった。

重衡の遺骸は捨て置かれ、首は南都・般若寺の前に曝された。輔

御霊神社

子は、うち捨てられていた重衡の遺骸を引き取り、南都大衆から首も貰い受けて、荼毘にふし、山城国伏見の日野に墓を建て、高野山にも遺骨を葬った。現在、重衡の墓は、京都市伏見区日野の団地の中にある。

■御霊神社

安福寺の東に隣接して御霊神社がある。祭神は藤原広嗣、早良親王、伊豫親王である。創建年代は詳らかではないが、一説には、貞観一八年(八七六)の創建と伝える。往古、灯明寺の鎮守社であったが、現在、兎並地区の氏神になっている。

拝殿は、桁行五間、梁行二間の切妻造、銅板葺、唐向拝付、本殿は、三間社流造、銅板葺で、南北朝時代の造立、享保一五年(一七三〇)の改修である。本殿の左側に、稲荷神社を併祀する。

この神社で毎年一〇月に催される秋祭りは、「木津御輿太鼓祭(木

上津遺跡

津祭）」と呼ばれ、「布団太鼓台（ふとんだいこだい）」と呼ばれる神輿が各町内をめぐる。

■上津遺跡

御霊神社の北側の住宅地の一角に空き地があり、「上津遺跡（かみついせき）」と刻まれた石標が建っている。この遺跡は、奈良時代に、泉川（いづみがわ）（木津（きづ）川（がわ））の水運を利用して、奈良に物資を運ぶために、「泉津（いづみつ）」と呼ばれた河港の官衙施設の跡である。

木津川（泉川）の南岸には、「泉津（いづみつ）」、別名「泉木津（いづみきづ）」と呼ばれる河港があり、官衙や南都諸寺の港湾施設が設けられ、平城京の外港の役割を果たしていた。木津（きづ）という地名は、藤原京、平城京、南都の大寺院への建築用材の陸揚げの港より派生した。

この遺跡から、直径一五～三〇センチメートルほどの掘立柱建物跡（ほったてばしらたてものあと）が約五〇見つかり、配置から二棟以上の倉庫があったと推測されている。倉庫群とみられる掘立柱建物跡から、内側に漆の付いた

木津川河畔の泉津跡

須恵器の長頸壺が約二〇個、高さ・幅各四〇～五〇センチメートルの甕三個が出土した。さらに、製塩土器の破片、水銀朱が付いた須恵器、人名の一部とみられる「足」と記された墨書土器なども出土した。

東大寺、興福寺などの南都の大寺院や平城京の宮殿を造営するためには、大量の木材を必要とした。これらの木材は、泉川上流の伊賀国の和束山や、宇治川上流の近江国の田上山で伐採され、筏に組まれて「泉津」まで運ばれて、陸揚げされ、奈良山を陸路で運んで、佐保川で再び筏に組まれて、平城京や南都の諸寺まで運ばれた。平城宮や南都諸寺は、その造営・維持のため、木材の運搬、購入、加工などの仕事をする出先機関の「木屋所」をこの「泉津」に構えた。

上津遺跡の北の木津川の堤防に登ると、かつて「泉津」があった木津川河畔には、川に沿って帯状に竹やぶが茂り、往時を偲ぶよすがは全く残されていない。

木津川

■泉川（木津川）

木津川は、『古事記』には「山代之和訶羅河」、『日本書紀』には「輪韓河」、『万葉集』には「泉川」「泉河」「泉之河」「伊豆美乃河」「出見河」「山代川」「山背川」と表記され、『日本書紀』崇神天皇の条に、「大彦命と武埴安命の両軍が川を挟んで挑んだので、時の人は改めて伊杼美（挑）河と名付けた」とあり、この名が訛って「泉川」になったという説がある。「木津川」に改称された時期は詳らかではないが、一説には、平安時代後期から鎌倉時代初期といわれている。

木津川は、青山高原に端を発し、伊賀市東部を北流し、伊賀市北部で柘植川、服部川と合流して、京都府に入る辺りから河谷を形成し、鹿背山の北裾の谷あいから南山城盆地に流れ出し、木津付近で北に流れの方向を変え、南山城盆地を南から北へ貫流し、八幡市付近で宇治川、桂川と合流して、淀川となって大阪湾に注ぐ、総延長約九〇キロメートルの淀川水系に属する一級河川である。
現在の木津川（泉川）は、上流にダムや発電所が造られて、著しく水量が減っているが、往古、泉川は水量の多い激しい川であったようで、『万葉集』には、次のように詠まれている。

川の瀬の　激(たぎ)ちを見れば　玉かも
散り乱れたる　川の常かも

九・一六八五

この歌は、間人宿禰(はしひとのすくね)の作で―川の浅瀬の、激しく流れるのを見ると、美しい玉でも、散り乱れているのかと思われる、この川の習性なのか―という意味である。題詞に「泉川の辺(へ)にして間人宿禰の作る歌二首」とある一首目の歌である。泉川を目にして、ほとばしる流れの水しぶきを玉に譬えて、この激しい川の流れがこの川の習性なのか、と詠嘆している。

泉川（木津川）の川名の由来　木津川は、流域によって種々の呼び名があるが、古代には、「泉津」付近から下流は「泉川」と呼ばれていた。この「いづみ」という名は、泉津があった地域が、『和名類聚抄』に見える「山城国相楽郡相楽、水泉（いづみ）郷」の「出水郷」に該当し、古くから「いづみ」という地名があったことに由来する。

■泉川の用材運搬に関わる歌

『万葉集』巻一に、泉川（木津川）を利用した用材の運搬に関わる次の歌がある。

藤原宮の役民の作る歌

やすみしし　我が大君　高照らす　日の皇子　あらたへの　藤原が上に　食す国を　見したまはむと　みあらかは　高知らさむと　神ながら　思ほすなへに　天地も　依りてあれこそ　いはばしる　近江の国の　衣手の　田上山の　真木さく　檜のつまでを　もののふの　八十宇治川に　玉藻なす　浮かべ流せれ　そを取ると　騒ぐ御民も　家忘れ　身もたな知らず　鴨じもの　水に浮き居て　我が作る　日の御門に　知らぬ国　よし巨勢道より　我が国は　常世にならむ　図負へる　くすしき亀も　新た代と　泉の

藤原宮　持統天皇八年（六九四）から和銅三年（七一〇）までの一六年間、現在の橿原市に所在していた飛鳥時代の宮。約九〇〇メートル四方の区画に、内裏、大極殿、朝堂院が南北に並び、その両側に官衙があった。現在、大極殿跡に「大宮土壇」と呼ばれる基壇が残る。藤原宮の宮殿用材は、近江国の田上山で伐り出され、筏に組まれて、宇治川と木津川の水運を利用して泉津まで運ばれ、陸路で奈良山を越えて、再び佐保川の水運を利用して、藤原宮の建設現場まで運ばれた。

川に持ち越せる　真木のつまでを　百足らず　筏に作り　のぼすらむ　いそはく見れば　神からならし　一・五〇

この歌は――（やすみしし）わが大君の、（高照らす）日の神の御子の軽皇子が、（あらたへの）藤原のほとりで、統治される国を、ご覧になろうと、宮殿を、高く建てようと、神のみ心そのまま、思い立ちになると同時に、天地の神々も、心を一つにお助け申し上げるつもりか、（いはばしる）近江の国の、（衣手の）田上山の、（真木さく）檜の丸太を、もののふの八十宇治川に、（玉藻なす）まるで水に浮く玉藻のように、浮かべて流しているのだ、それを取ろうと、一生懸命に働く役民も、家のことを忘れ、自分のことなど少しも考えず、（鴨じもの）水に浮かんでいて――我々の造る、天皇の宮廷に、見知らぬ国を授けてくれという名の、巨勢道から、わが国が、不老不死の理想郷になるという、めでたい模様を背に負った、不思議な亀も、新時代を祝福して――泉の川に、運び入れた、檜の丸太を、

「藤原宮の役民の作る歌」の亀　わが国が常世になるというめでたい模様を甲羅に負った亀が、藤原宮造営を祝って出現したという。甲羅に神秘な文様を負った亀は、正倉院の青斑石鼈合子（せいはんせきべつごうす）の背甲に北斗七星図が描かれた例がある。『続日本紀』には、大瑞で七星を背に負った亀が出現したために「霊亀」と改元したという記述がある。神亀と宝亀への年号の改年も、白亀の出現に拠るとされている。ただ、『日本書紀』には、藤原宮造営の際に霊亀が出現した記事はない。

泉大橋

（百足らず）、筏にして、川を上らせているのであろう、一生懸命に働いているのを見ると、神業としか思えない――という意味である。
この歌から、藤原宮の建築用材となる檜材は、近江国の田上山で伐り出され、筏を組んで宇治川から巨椋池まで流し、ここから泉川を遡って泉津で陸揚げした後、陸路で奈良山を越えて大和国に入り、佐保川から飛鳥川を水上輸送して、藤原宮に運んだ様子が分かる。

■鴨川

『万葉集』巻一一に、「鴨川」を詠んだ次の歌がある。

鴨川の　後瀬静けく　後も逢はむ
妹には我は　今ならずとも
一一・二四三一

この歌は――鴨川の、後瀬でゆっくり、後にでも逢おう、あの娘にわたしは、今でなくても——という意味である。この歌に詠まれた「鴨川」は、京都府木津川市加茂町付近を流れる木津川であるという説がある。

■泉大橋

上津遺跡から木津川の堤防の上を下流方向に進み、国道二四号に出ると、木津川に架かる泉大橋（いづみおおはし）がある。この橋は、全長約三八四メートルのカレンチレバー（ゲルバー）式トラス橋で、昭和二六年（一九五一）に架橋された。下流側には、歩道橋が架けられている。

天平一三年（七四一）、行基（ぎょうき）が泉川に初めて架橋したといわれる泉橋（いづみばし）は、現在の泉大橋よりやや下流の山背古道の延長線上にあった。古道の北の上狛（かみこま）の集落の道沿いには、「東造道（ひがしつくりみち）」「西造道（にしつくりみち）」という小字名が残され、古代の幹線道路が上狛の集落を南北に貫いていたことを物語っている。

泉橋寺

恭仁京の造営時には、京域の三カ所に橋が架けられたが、泉橋は貞観一八年（八七六）、洪水で流され、明治一〇年（一八七七）まで架橋されず、渡船が利用されていた。明治二六年（一八九三）になってようやくこの地に架橋された。

狛の里

■泉橋寺

泉大橋を渡り、堤防の上を下流方向に進むと、泉橋寺がある。玉龍山と号する浄土宗の寺で、本尊は阿弥陀如来である。「橋寺」とも称される。本堂は、桁行四・五間、梁行四間の重層切妻造、桟瓦葺、向拝付である。

『類聚三代格』には、「件の寺（泉橋寺）は、故大僧正行基の建立せる卌九院の其の一也。惣て本意を尋ぬるに、泉河仮橋の為に建

泉橋寺境内の五輪塔

立する所也。而して河の体たるや、流沙水に交り、橋梁留め難く、洪水に遭ふ毎に、往還擁滞す。仍りて人馬を渡さむが為に、道俗に相唱へ、馬船二艘、小船二艘を買ひ置き、件の寺に付属せしむ」とある。

泉橋寺は、天平一二年（七四〇）、行基が泉川に泉橋を架けたときに創建された発菩薩院、隆福尼院を前身とする寺で、行基が建立した五畿内四十九院の一つである。創建当時は、金堂、三重塔、講堂など、多数の堂宇を配する大寺院であったが、治承四年（一一八〇）、平重衡の南都焼き打ちで焼失した。その後、再建されたが、元弘の乱の兵火で、堂宇は炎上して焼失し、その後、衰退の一途をたどり、現在、観音堂、本堂、庫裡、表門を残すのみとなっている。

本堂の東側に、室町時代に建立された五輪塔（重文）がある。この塔は、重衡が南都を焼き打ちした際の犠牲者を供養したものといわれる。『平家物語』には、「猛火は正しうおしかけたり、喚き叫ぶ

山城大仏

声、焦熱、大焦熱、無間阿鼻、焔の底の罪人も、これに過ぎじとぞ見えし」と、焼き打ちのものすごさを伝えている。この塔の前に立って、焼き打ちの際に焼死した人々に思いを馳せると、思わず掌を合わせざるを得なくなる感情に迫られる。

表門の左手に、「山城大仏」と呼ばれる高さ約四・八メートルの石造地蔵菩薩坐像がある。永仁三年（一二九五）、般若寺の真円上人が願主になって採石・彫像され、徳治三年（一三〇八）、地蔵堂が建立されて、その堂内に安置された。しかし、文明三年（一四七一）、応仁の乱で、大内政弘の軍勢が木津、上狛を攻めたとき、地蔵堂も兵火にかかって焼失した。このとき、地蔵菩薩像も損傷し、約二〇〇年間放置されたままになっていたが、元禄三年（一六九〇）、頭部と両腕が補修された。現在でも、この地蔵菩薩像は風雨に曝されたままになっているが、その周りには、堂の礎石が残り、堂内に安置されていた様子が偲ばれる。

狛の里の環濠の名残

■圓成寺

泉橋寺の西に圓成寺（えんじょうじ）がある。浄土真宗本願寺派の寺で、本尊は阿弥陀如来である。本堂は、桁行三間、梁行四間の入母屋造、本瓦葺、向拝付である。寺は、蔵造風（くらつくりふう）の塀で囲まれている。

■上狛の環濠集落

圓成寺の西の山背古道を北へ進み、国道二四号を横切ると、その先に幅の狭い「浦の川（うらのかわ）」が流れている。この川は、かつての上狛（かみこま）の大里（おおさと）の環濠集落（かんごうしゅうらく）の堀の名残である。中世には、集落は、周囲が長径約六〇〇メートル、短径約三〇〇メートルの楕円形をした濠で囲まれていた。濠の内側には、土塁が築かれ、竹やぶや雑木林の中に家を建て、「郷（ごう）」「垣内（かいと）」と呼ばれる単位で共同生活が営まれていた。この単位は、今でも生きていて、角垣内（かどかいと）、城垣内（しろかいと）、御堂垣内（みどうかいと）、磯垣内、殿前、小仲小路、野目代という七つの郷名が通称名になって残されている。

■狛の里

『日本書紀』欽明天皇二十六年（五六五）の条には、「高麗人頭霧唎耶陛ら、筑紫に投化して、山背国に置り。今の畝原、奈羅、山村の高麗人の先祖なり」とある。頭霧唎耶陛という人物を中心とする高句麗系の人々が渡来したので、山背国に住まわせたという。

『日本三代実録』貞観三年（八六一）の条には、「欽明天皇の世、百済、高麗の寇を以て、使を遣わして救いを乞ふ。狭手彦また大将軍として高麗を伐つ。其の王、墻を踰へて遁ぐ。勝ちに乗じて宮に入り、ことごとく珍宝貨賂を得、以てこれを献ず。磯城嶋天皇の世、渡り来て高麗の因を献ず。今の山城国の狛人是也」とある。欽明天皇の時代に、大伴狭手彦が百済の救援に応じて出陣し、高句麗を

高句麗からの渡来路　朝鮮半島からの大和への渡来ルートは、朝鮮半島から九州へ、ついで瀬戸内海を経て、難波から大和川を遡って大和へ、または、難波から淀川を遡り、巨椋池を経て、木津川を遡り、奈良山を越えて大和へ、という道筋が一般的であった。一方、高句麗東岸から日本海を横断して北陸地方に上陸し、琵琶湖北岸へ陸路で越え、水路で琵琶湖を南下し、宇治川を下り、巨椋池を経て、木津川を遡り、奈良山を陸路で越える古北陸道を通って大和へ入るルートもあった。

高麗寺阯

破り、敏達天皇の時代にわが国に戻った。そのときに献上した高句麗の捕虜が、今の山城国の狛人に当たるという。

両者の記述では、高句麗から人々が渡来したり、捕虜が連れてこられた経緯や時期が異なるが、いずれにしても、六世紀の後半頃、高句麗系の人々がわが国に渡来したことが分かる。

渡来人は、山背国相楽郡内に住みつき、狛郷を形成した。「狛郷」は、『和名抄』に「相楽郡大狛、下狛郷」と見える。この地方では、渡来人が次第に勢力を拡大し、大狛連、狛造、山背狛、狛など、伴造が統率する氏族が盤踞するようになった。

『日本書紀』欽明天皇三十一年の条には、「山背の高槭館に入らせ、東漢坂上直子麻呂、錦部首大石を遣わして、警護にあたらせた」とある。高槭館の所在地は詳らかではないが、上狛大里付近、高麗寺阯付近、字新在家の台地、相楽神社付近とする説がある。

このように、狛の地名は、高句麗からの渡来人が居住していたことに由来する。渡来した狛人は、農耕、養蚕、土木、古墳の築造などの技術をわが国に伝え、さらに、高麗寺などを造営して、仏教文化の発展にも貢献した。

■高麗寺阯

浦の川に沿って東へ進み、JR奈良線の踏切を渡って、しばらく東へ行くと、木津川を南に望む低い段丘の上に高麗寺阯がある。江戸時代の地誌『山州名跡志』には、「旧跡泉橋寺の艮五町許りにあり、礎の跡存す。伝へ云ふ、古へ本尊薬師仏なり。用明帝勅して唐僧恵弁をこの寺に住ましむ」とあり、高麗寺は、用明天皇の時代に、唐僧・恵弁によって創建されたと伝える。

一方、上狛の法蓮寺の薬師三尊像の厨子には、「人皇三十代敏達天皇御宇に開基。高麗僧・恵使大僧都の建立。瑠璃光山百済院高麗寺」という墨書きがあり、敏達天皇の時代に、高麗僧・恵使によって創建されたと伝える。

『日本霊異記』中巻第十八話　山城国の相楽郡内に一人の俗人がいた。その同じ郡内の高麗寺の僧栄常は、いつも『法華経』を誦していた。さて、その俗人は、栄常と高麗寺でしばしの間、碁を打った。栄常は一目置くごとに、口癖のように、「栄常さまの碁の打ち方だ」といった。俗人は栄常をあざけって、ことさら自分の口をゆがめて真似をし「栄常さまの碁の打ち方だ」と言い返した。このようにして、いく度も真似ていると、たちまち俗人の口がゆがんだ。驚いて手であごを押さえて、寺から出て行った。寺を出ていくらも行かないうちに、俗人はばったり地面に倒れ、たちまちのうちに死んだ。

いずれにしても、高麗寺は、欽明天皇から敏達天皇の時代に、高麗から渡来してきた高句麗系の僧によって創建されたようである。高麗寺阯には、東西二つの土壇跡が残り、土壇上には礎石が点在し、塔跡と金堂跡と推定されている。

塔跡は、一辺約一二・四メートル、高さ約〇・七メートルで、その周囲には、平瓦を積んで化粧した瓦積基壇の構造が見られる。中央には、約〇・七メートルの柱を受ける円柱孔を彫り込んだ心礎があり、舎利を納める穴はなく、礎石の横に舎利を入れる舎利奉安孔が穿たれた極めて珍しい構造である。

金堂跡は、東西約一六メートル、南北約一三・四メートルで、桁行五間、梁行四間の建物があり、出土した瓦から、白鳳期に造営されたと推定されている。その構造は、栗石敷、瓦積みで、塔跡とほとんど同じであるが、塔跡のように、内側に石積みされた基壇は存在しない。

講堂跡は、金堂と塔跡の北側に位置し、基壇の崩壊が著しく、円

山城郷土資料館

形の繰り出しのある礎石が地表に二個残存しているにすぎない。

■山城郷土資料館

高麗寺阯からさらに東へ進み、国道一六三号に出て、左折してさらに東へ行くと、山城郷土資料館（やましろきょうどしりょうかん）がある。この資料館は、南山城地方の歴史と文化を考古、歴史、民俗の各分野で調査研究し、その風土と文化がつくられた歴史的背景や変遷を明らかにするとともに、その成果を体系的に展示、公開することによって、訪れる人たちの歴史的学習・啓蒙を行うことを目的として開設された。

館内には、南山城の歴史資料、考古資料、民俗資料などが展示されており、企画展、特別展、文化財セミナー、各種講座、子ども向けの体験教室などのイベントが開催されている。

山城郷土資料館前庭の万葉歌碑（右側）

■山城郷土資料館前庭の万葉歌碑（右側）

山城郷土資料館の前庭に、二基の万葉歌碑がある。右側の歌碑には、次の歌が刻まれている。

狛山（こまやま）に　鳴くほととぎす　泉川（いづみかは）
渡りを遠み　ここに通（かよ）はず

六・一〇五八

この歌は、田辺福麻呂（たなべのさきまろ）の作で―狛山に、鳴くほととぎすは、泉川の渡り場が遠いので、ここに通ってこない―という意味である。この歌碑は、哲学者・山本幹夫（やまもとみきお）氏の揮毫により、平成元年（一九八九）に建立された。歌は白文で刻まれている。

山城郷土資料館前庭の万葉歌碑（左側）

■山城郷土資料館前庭の万葉歌碑（左側）

前碑の左側に、次の歌が刻まれた万葉歌碑がある。

娘子(をとめ)らが　続麻(うみを)かくといふ　鹿背(かせ)の山(やま)
時し行ければ　都となりぬ　　六・一〇五六

この歌は、田辺福麻呂(たなべのさきまろ)の作で—娘子たちが、麻を紡いだ糸を掛ける道具の桛(かせ)という名前を持った、鹿背の山も、時が過ぎると、都となった—という意味である。この歌碑は、哲学者・山本幹夫氏の揮毫により、平成元年（一九八九）に建立された。歌は白文で刻まれている。

山城茶業之碑

■山城茶業之碑

山城郷土資料館から、山背古道まで戻り、古道に沿って北へ進むと、山城茶業之碑（やましろちゃぎょうのひ）がある。南山城地方では、幕末からお茶の栽培が盛んになり、明治になって、開港した神戸港から海外へ山城茶が輸出されるようになって、上狛地区では、多くの茶問屋が誕生し、最盛期には、約一二〇軒の茶問屋が営まれて、繁盛した。現在でも、この地区には、約四〇軒の茶問屋が軒を連ね、この付近の古道は、「茶問屋（ちゃどんや）ストリート」と呼ばれている。

平成一六年（二〇〇四）、山城茶業組合創立一二〇周年を記念して、山城茶業之碑が建立された。

西福寺

■西福寺

山城茶業之碑からさらに北へ進むと、西福寺がある。西福寺は、念仏山浄雲院と号する浄土宗の寺で、本尊は阿弥陀如来である。創建年代は未詳であるが、往古、狛氏の氏寺であったが、衰退し、永禄三年（一五六〇）、僧・道春が中興したと伝える。

本堂は、桁行三間、梁行二・五間の寄棟造、本瓦葺、向拝付である。堂内には、本尊の阿弥陀如来立像、聖観世音菩薩立像、不動明王立像、地蔵菩薩立像を安置する。

この寺には、山城国一揆を組織した国人衆（土着武士）の一人である狛山城守秀の子孫の狛佐馬進秀綱の肖像画がある。さらに、天正一二年（一五八四）四月九日の秀綱の没年月日、「常雲祥定門」の戒名には、狛佐馬進秀綱の遺像などの墨書がある。

松尾神社の拝殿

■廻照寺

西福寺からさらに北へ進むと、正面にやや荒廃した無住職の廻照寺がある。西山浄土宗の寺で、本尊は阿弥陀如来である。本堂は、桁行四間、梁行三間の入母屋造、桟瓦葺、向拝付である。本堂の前には、ソテツの巨木がある。

■松尾神社

廻照寺からさらに山背古道を北へ進み、突き当たりで民家の間の道に入り、ＪＲ奈良線の踏切を渡ってしばらく北に進むと、御霊山の麓に松尾神社がある。祭神は月読之命である。江戸時代まで、御霊神社が「下の宮」と呼ばれていたのに対し、「上の宮」と呼ばれていた。

拝殿は、桁行六間、梁行二間の切妻造、桟瓦葺である。本殿（重文）

松尾神社の本殿

は、一間社春日造、檜皮葺で、天明六年（一七八六）に造営された奈良の春日社の若宮社の本殿を、文化五年（一八〇八）に移築したものである。殿内には、ご神体、木造牛頭天王半跏像などを祀る。本殿右に隣接して、素盞嗚命を祀る御霊神社がある。この社殿は、文政六年（一八二三）、春日社の三の宮を上の宮に移築し、明治一三年（一八八〇）の神社併合により、この地へ再移築したものである。

この神社の起源については、説明板によると、天武天皇が吉野山より東国へ向かうとき、この地で大山咋命の化身の樺井翁と軍談し、翁が姿を消した後に残された宝珠をこの地の鎮めとして埋めた。大宝元年（七〇一）、秦都理がこの宝珠を埋めた場所を霊夢に見て、宝珠を掘り出して、社殿を建てて、神体として奉安したのに始まる、という。

表門の両脇の格子で囲まれた中の土塀は、鎌倉時代の瓦込め練塀で、わが国最古のものといわれる。本殿前には、弘治二年（一五五六）銘の石燈籠がある。

椿井大塚山古墳

■延命寺

松尾神社から北西に進むと、延命寺（えんめいじ）がある。寶燈山（ほうとうさん）と号する高野山真言宗の寺で、本尊は阿弥陀如来である。本堂は、桁行六間、梁行六間の寄棟造、桟瓦葺である。境内には、十三重石塔（じゅうさんじゅうせきとう）、五輪塔（ごりんとう）がある。

■椿井大塚山古墳

延命寺から北へ進むと、JR奈良線の東に椿井大塚山古墳（つばいおおつかやまこふん）（国史跡）がある。全長約一七五メートル、後円部の径約一一〇メートル、高さ約二〇メートル、前方部の長さ約八〇メートル、高さ約一〇メートルの前方後円墳である。墳丘の大部分は、自然の山を利用して造られているので、一見すると丘陵のように見える。古墳時代前期の築造と推定され、わが国最古の古墳に位置づけられている。

墳丘の内部に竪穴式石室（たてあなしきせきしつ）がある。南北長約六・九メートル、幅約一メートル、高さ約三メートルで、板石（いたいし）、割石（わりいし）を積んで壁を構成し、天井は板石を置いて　その上を粘土で厚く覆っている。床は板石、礫（れき）、砂を敷いて、その上に粘土を載せ、石室の壁には朱が塗られ、粘土床には一〇キログラムを超える水銀朱がまかれていた。

　この古墳から、三角縁神獣鏡（さんかくぶちしんじゅうきょう）三二面、内行花文鏡（ないこうかもんきょう）二面、方格規矩鏡（ほうかくきくきょう）一面、画文帯神獣鏡（がもんたいしんじゅうきょう）一面など計三六面の銅鏡（どうきょう）、鉄刀（てっとう）七本、鉄剣（てっけん）十数本、鉄矛（てっほこ）七本、鉄鏃（てつやじり）二〇〇本、銅鏃（どうやじり）一七本、鉄製甲冑（てっせいかっちゅう）一領（りょう）などの武具、鉄鎌（てつがま）三本、鉄斧（てつおの）一〇個、鉄刀一七本、鉄製ヤリカンナ七本、鉄錐（てつきり）八本、鉄ノミ三本などの工具、鉄銛（てつもり）十数本、鉄ヤス数本、鉄製釣針（てっせいつりばり）一本などの漁具が出土した。

　被埋葬者は未詳であるが、この古墳は、木津川の左岸に位置していること、ヤス、銛、釣針などの漁具が発見されていることから、泉川を往来していた船舶の管理者、あるいは泉津の管掌者ではないか、と推測されている。

三角縁神獣鏡　古墳時代前期の畿内の古墳から出土し、鏡の面径は平均約二〇センチメートルで、縁部の断面が三角形状で、内区に中国の神像や霊獣の姿を鋳出した文様を持つ。『魏志倭人伝』に魏の皇帝が邪馬台国の卑弥呼に約一〇〇枚の銅鏡を下賜したとあることから、三角縁神獣鏡がその鏡とする説もある。魏の年号を記すものがあるが、中国では出土例を見ない。このため、倭への下賜品として魏で作られたとする中国製説と、中国の工人が渡来して倭で製作したとする日本製説が対立している。

神童寺の山門

神童寺

■神童寺

椿井大塚山古墳から山背古道を分け、山道を東へ行き、川沿いの道をしばらく進むと、神童子の集落があり、その中ほどに神童寺がある。北吉野山と号する真言宗智山派の寺で、本尊は蔵王権現である。古くから吉野山と密接な関係を持つ修験道の霊地とされている。

本堂は、桁行三間、梁行三間の寄棟造、本瓦葺である。山門は、興福寺一乗院から移築されたもので、棟の両側には鯱が載せられている。

往古、この寺の周辺にはサクラが多かったので、「北の吉野山」と呼ばれ、これが神童寺の山号の「北吉野山」になったという説もある。現在、本堂の裏山には、サクラに変わって、数多くの「ミツバツツジ」が見られる。

神童寺の本堂

『神童寺縁起』によれば、推古天皇四年（五九六）、聖徳太子が千手観世音菩薩像を刻んで、これを本尊として、法相宗の大観世音教寺を創建したのに始まるという。

その後、天武天皇四年（六七五）、役行者が来山して、シャクナゲの大樹の下で修行していたところ、吉野の子守、勝手、金精の三神が童子となって現れ、シャクナゲの木で霊像を刻むことを勧めた。役行者が蔵王権現像を刻んでいると、天八百日尊と天三下尊の神童二人が助力したので、たちまち霊像が完成した。役行者は、蔵王堂を建て、この霊像を本尊として安置し、山号を北吉野山、寺号を神童教護国寺に改めた。

その後、寺は衰退の一途をたどったが、興福寺の僧・願安によって中興され、山岳修験の道場として行場が開かれ、白不動明王立像が祀られた。この白不動明王像は、園城寺の黄不動明王像、高野山の赤不動明王像、青蓮院の青不動明王像と並び称されている。

寺宝には、「蔵王権現像（重文）」「白不動明王像（重文）」「阿弥

陀如来立像（重文）」「愛染明王坐像（重文）」「毘沙門天立像（重文）」「日光・月光菩薩立像（重文）」「役行者と前鬼・後鬼の三体像（重文）」「鬼瓦（重文）」「修理棟札（重文）」など、数多くの重文級の宝物がある。

狛山

■狛山（神童子山・高麗山）

神童寺の南に、狛山（神童子山・高麗山）が聳えている。標高約二〇二メートルで、『地名辞書』に「狛山は高麗村の東の嶺なるべし」、『山城志』に「狛山は在上狛村東」とある。木津川を挟んで、南の鹿背山と対峙する。

狛山の西に上狛の集落があり、『和名抄』には「相楽郡大狛郷、下狛郷」とある。狛郷は、高句麗からの渡来人が居住していたところで、渡来人たちは、農耕、養蚕、土木、古墳築造などの技術を伝え、農地の開拓による農業の発展、高麗寺、下狛寺などの造営によ

天神神社

る仏教文化の発展、建築・土木技術の開発に貢献した。『万葉集』には、「狛山」は次のように詠まれている。

狛山に　鳴くほととぎす　泉川
渡りを遠み　ここに通はず
六・一〇五八

この歌は、田辺福麻呂の作で――狛山に、鳴くほととぎす、泉川の渡り場所が遠いので、ここには通ってこない――という意味である。

■天神神社

神童寺から東へ進むと、天神神社がある。吉野の子守、勝手、金精の三神を勧請して祭神とし、神童寺の鎮守として祀られたといわれる。拝殿は、桁行五間、梁行四間の切妻造、桟瓦葺である。本殿は、一間社春日造、檜皮葺で、室町時代の造立である。殿内に

鹿背山

は、木造男神坐像、女神坐像を安置する。境内には、金比羅社、天満社、恵比寿社を合祀する。
境内には、十三重石塔（重文）がある。花崗岩製の高さ約四・二メートル、基礎幅約〇・七メートルの塔で、塔身の四面には、二重円光背に石仏坐像が厚肉彫され、建治三年（一二七七）の銘がある。
社殿左手には、石造宝塔がある。花崗岩製の高さ約〇・九メートル、基礎幅約〇・四メートルで、塔身は素面で装飾はない。笠の四隅に隅木を刻み、二重の垂木型を設けるなど、手の込んだ手法が見られる。

■鹿背山

天神神社から山道を南東に進む。桜峠を越えて坂を下り、木津川河畔に出ると、対岸に鹿背山が聳えている。鹿背山は、標高約二〇三メートルで、「賀世山」「加勢山」「桛山」と表記され、「布当の山」とも称する。

『続日本紀』天平一三年（七四一）の条に、「賀世山の西道より以東を左京と為し、以西を右京と為す」「賀世山の東河に橋を造らしむ」とあり、鹿背山は恭仁京の中心に位置していた。恭仁京は、鹿背山で左京と右京に分かれるので、賀世山西道の整備、この道路につづく泉橋の架橋などの大土木事業から新京の造営が始められた。

『万葉集』には、「鹿背山」は次のように詠まれている。

娘子らが　続麻かくといふ　鹿背の山
時し行ければ　都となりぬ　　六・一〇五六

この歌は―おとめたちが、麻を紡いだ糸を掛ける道具の桛という名を持った、鹿背の山も、時が過ぎると、都となった―という意味である。

続麻・桛　「ウミヲ」「カセ」と訓む。「ウミヲ」は、麻や苧（からむし）の繊維を紡いで糸としたもの、紡いだ麻糸、細く裂いて糸として縒った麻糸。「ウム」の表記は、「績」が正しいが、上代の例は、いずれも「續」と表記。「娘子らが　続麻かくといふ」の二句は、三句の「鹿背（かせ）」を起こす序。「カセ」は、「桛」と「鹿背」が掛けられており、「桛」は、「ウミヲ」を巻き付けるH字形ないしはX字形の道具、取り扱いが便利なように、一定の大きさの枠に糸を一定量巻いて束にしたもの。

また、次のようにも詠まれている。

鹿背の山　木立を繁み　朝去らず
来鳴きとよもす　うぐひすの声
六・一〇五七

この歌は――鹿背の山の、木立が茂っているので、朝になるたびに、やって来て辺りに声を響かせて鳴く、うぐいすの声よ――という意味である。いずれも美しい景観を詠んで新都を寿いでいる。

恭仁京跡

■鷲瀧寺

車が頻繁に往来する喧騒な木津川沿いの道をしばらく東へ行き、途中の脇道から山畑の集落の中に入り、中ほどで左折して北へ進む

鶯瀧寺

と、鶯瀧寺がある。この寺は、龍猛山と号する浄土宗の寺で、本尊は阿弥陀如来である。天平一四年（七四二）、良弁上人の創建、寛文一二年（一六七二）、僧・載與の中興である。本堂は、桁行四間、梁行三間の寄棟造、桟瓦葺である。

境内の薬師堂には、明治時代に荒廃した願応寺から移された薬師如来像、地蔵菩薩立像を安置する。また、地蔵堂には、享禄二年（一五二九）銘の地蔵菩薩の石像が安置され、その周囲にはたくさんの小石仏が祀られている。

寺宝には、袋中上人関係の古文書、「袋中上人絵誌伝」などがある。

■恭仁神社

集落の中を通る道まで戻り、さらに東へ進むと、恭仁神社の参道がある。参道に沿って直進して、境内に入ると、正面に舞殿、その

恭仁神社

左右に仮屋があり、その奥に拝殿、本殿がある。祭神は、菅原道真、崇道天皇、藤原太夫人である。

拝殿は、桁行一〇間、梁行二間の切妻造、桟瓦葺である。本殿（重文）は、一間社春日造、檜皮葺で、文久三年（一八六三）、奈良の春日社の若宮社の社殿を移築したものである。

この神社の創建年代は未詳であるが、当初、菅原道真を祀る天満宮として創建されたが、昭和四〇年（一九六五）、恭仁宮跡に鎮座していた御霊神社を併合し、崇道天皇と藤原太夫人が併祀された。

境内には、老松神社（老松神）、福部神社（大国主命）、金刀比羅神社（大物主命）、八幡宮（応神天皇）、合殿には、三星稲荷神社（倉稲魂命）、恵比須神社（事代主命）、水神社（水波能女神）、武内神社（武内宿禰命）、道祖神社（猿田彦命）を併祀する。

恭仁宮大極殿阯

■恭仁京

天平一二年(七四〇)、藤原宇合の子で大宰少弐の藤原広嗣が、僧・玄昉、吉備真備を除こうとして大宰府で挙兵したが、一万五千余の討伐軍により、捕らえられ斬首された、いわゆる、「藤原広嗣の乱」が起こった。この年、疫病、飢饉が流行するなど、広嗣の乱とあいまって社会不安があいついだ。

この政情・社会不安の中、聖武天皇は、天平一二年(七四〇)一〇月二九日、突然、伊勢国へ向けて東国彷徨の旅に出た。阿保、河口、赤坂、石占、不和、犬上、蒲生、野洲、禾津、玉井を経て、一二月一五日、山背国相楽郡恭仁郷の瓶原離宮に着いた。

天皇は、この地にそのまま留まり、都を遷すことを決定した。天平一三年(七四一)八月、平城京の東西市をこの地に遷し、同九月、智努王、巨勢奈氐麻呂を造営卿に任命し、大和、河内、摂津、山背から宮の造営のための役夫五五〇〇人を徴集して、平城京の大極

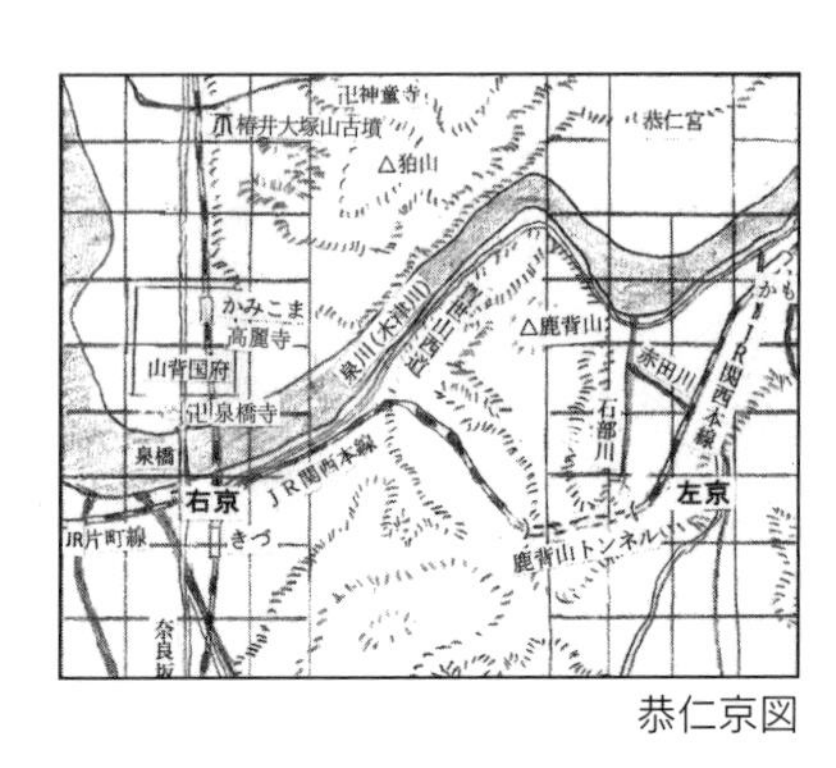

恭仁京図

殿や回廊の移築にかかり、新京を「大養徳恭仁大宮」と命名した。

この恭仁京への遷都と造営を画策したのは橘諸兄であった。諸兄は、広嗣の乱を機に、藤原不比等の勢力が強かった平城京から都を恭仁京に遷し、新京を基盤として、権勢を強化しようとしたといわれている。

この背景を推し量ることができる次の歌二首が『万葉集』に残されている。

あかねさす　昼は田賜びて　ぬばたまの
夜の暇に　摘める芹これ　　二〇・四四五五

ますらをと　思へるものを　太刀佩きて
爾波の田居に　芹そ摘みける　　二〇・四四五六

第一首目の歌は、葛城王（橘諸兄）が薛妙観命婦へ贈った歌で—（あかねさす）、昼間には班田(はんでん)を下賜(かし)していて、（ぬばたまの）、夜の手のすいた間に、摘んだセリです、これは—という意味である。

第二首目の歌は、薛妙観命婦が応えた歌で—あなたは立派な男子であると、思っていたのに、太刀を帯びたなりで、爾波の田んぼで、芹を摘んでいらっしゃったのですか—という意味である。

この歌は、葛城王（橘諸兄）が山背国の班田使(はんでんし)として派遣され、大々的に班田収受(はんでんしゅうじゅ)の整備を行っていた忙しい中で、この地の豪族の娘と過ごしたときに詠まれた。薛妙観は、山背国南部に権勢をふるっていた渡来唐人の薩弘格(さつこうかく)の娘である。葛城王は山背国井手(やましろのくにいで)に別邸を構え、山背国の渡来系豪族と深い結びつきを持っていた。遷都の候補地として、山背国相楽郡恭仁郷が選定された背景には、このような葛城王（橘諸兄）と渡来系氏族との関係が強く働いたと想像される。

恭仁京は、京域(きょういき)の中央部で、北は狛山(こまやま)、南は鹿背山(かせやま)が泉川(いずみがわ)を挟んで対峙しているので、鹿背山で左右両京を四坊(よんぼう)ずつに分け、その東側の瓶原盆地(みかのはらぼんち)を左京、西側を右京とし、南北はおのおの九条と

葛城王（橘諸兄） 敏達天皇の五代孫の美努王の子。母は県犬養三千代。安宿媛（後の光明皇后）の兄。はじめ葛城王と称したが、天平八年（七三六）、母の橘宿禰の姓を賜らんことを奏請して許され、以後、葛城王を改め、橘諸兄と称した。同九年（七三七）大納言、同一〇年（七三八）右大臣、同一五年（七四三）左大臣となったが、藤原仲麻呂の権勢が強まり、天平勝宝八年（七五六）致仕を余儀なくされ、翌年死去。大伴家持との親交があったことから、『万葉集』の撰者の一人に擬せられている。『万葉集』に短歌八首を残す。

する構想であった。

恭仁京の造営では、瓶原盆地に、東西七五〇メートル、南北約五六〇メートルの恭仁宮を設け、その大極殿の正中線を中心に左京四坊を構成し、鹿背山の西の泉橋から北に延びる山背古道を中心線として右京四坊を構成することを目指していた。

このように計画された恭仁京の造営は、順調に進むかに見えたが、泉川への架橋、賀世山西道の建設などの大工事を伴ったので、天平一四年（七四二）の正月になっても大極殿は完成せず、天皇は仮設の「四阿殿」で朝賀を受けた。

■久邇の新京賛歌

『万葉集』巻六には、「久邇の新京」を讃えた次の歌がある。

久邇の新京を讃むる歌二首并せて短歌

田辺福麻呂　天平一二年（七四〇）の恭仁京遷都後から作歌活動が見られ、難波宮で歌を詠むなど、政情に応じて歌を詠作している。柿本人麻呂・山部赤人の流れを継承する「宮廷歌人」のような立場にあったかと想像されるが、橘諸兄の勢力退潮と呼応するかのように、福麻呂の宮廷歌は見られなくなる。天平二〇年（七四八）三月、越中国守の大伴家持を訪れ、家持の館での饗宴に参席した。この時の肩書は、題詞に「左大臣橘家之使者、造酒司令史」とある。

恭仁宮跡付近から東方展望

現つ神　我が大君の　天の下　八島の中に　国はしも
多くあれども　里はしも　さはにあれども　山並の　宜しき国と
川なみの　立ち合ふ里と　山背の　鹿背山のまに　宮柱
太敷きまつり　高知らす　布当の宮は　川近み　瀬の音ぞ清き
山近み　鳥が音とよむ　秋されば　山もとどろに　さ雄鹿は
妻呼びとよめ　春されば　岡辺もしじに　巌には　花咲きををり
あなおもしろ　布当の原　いと貴　大宮所　うべしこそ
我が大君は　君ながら　聞かしたまひて　さすたけの
大宮ことと　定めけらしも　　六・一〇五〇

反歌二首

三香原　布当の野辺を　清みこそ
大宮所　定めけらしも　　六・一〇五一

恭仁宮跡付近から南方展望

六・一〇五二

山高く　川の瀬清し　百代（ももよ）まで
神（かむ）しみ行かむ　大宮所

長歌は―現人神の、我が大君は、ご領地である、大八洲（おおやしま）の中に、国は、なるほどたくさんあるが、山並みの、よい国で、川筋の、配合がよく便利な里として、山背の、鹿背山のほとりに、御所の宮柱を、しっかりと建て、きっちりと治められる、布当の宮は、川が近いので、瀬音が爽やかに聞こえてくるし、山が近いので、鳥の声があたりに響かすように聞こえてくる、秋になると、山も響くほどに、雄鹿は、妻を声高く呼び立てて鳴くし、春ともなると、岡辺もいっぱいに木の葉が茂り、岩の上には、花が咲き乱れる、こんなに見事な、布当の原は、たいへん貴い、この大宮所は、なるほどこれこそ、我が大君が、神のみ心をそのまま、聞き入れられて、大宮をここに、定められたらしい―という意味で

恭仁宮跡付近から西方展望

ある。

反歌の第一首目は―瓶原（みかのはら）の布当の野辺が、清々しくさっぱりしているので、内裏（だいり）を建てる場所を、定められたらしい―、第二首目は―山が高く聳えていて、川の瀬が清々しいので、何百年後までも、神々しく、なっていくであろう、この大宮所は―という意味である。

この歌では、まず天皇が治められる恭仁京（くにのみやこ）の景観を賛美して、次に天皇の度量の広さと諸兄（もろえ）の建策の確かさを賞賛し、最後にこの地に造営される新京の必然性を強調している。

我（わ）が大君（おほきみ）　神の命（みこと）の　高知（たかし）らす　布当（ふたぎ）の宮は　百木（ももき）もり　山は
木高（こだか）し　落ち激（たぎ）つ　瀬の音（おと）も清し　うぐひすの　来鳴く春へ
は　巌（いはほ）には　山下（やました）光り　錦（にしき）なす　花咲きををり　さ雄鹿（をしか）の　妻呼
ぶ秋は　天霧（あまき）らふ　しぐれを疾（いた）み　さにつらふ　黄葉（もみち）散りつつ
八千年（やちとせ）に　生（あ）れつかしつつ　天（あめ）の下（した）　知らしめさむと　百代（ももよ）にも
変はるましじき　大宮所　　六・一〇五三

恭仁宮跡付近から北方展望

反歌五首

泉川(いづみがは)　行く瀬の水の　絶えばこそ
大宮所　うつろひ行かめ　　六・一〇五四

布当山(ふたぎやま)　山並(やまな)み見れば　百代(ももよ)にも
変はるましじき　大宮所　　六・一〇五五

娘子(をとめ)らが　続麻(うみを)かくといふ　鹿背(かせ)の山(やま)
時し行ければ　都となりぬ　　六・一〇五六

鹿背(かせ)の山(やま)　木立(こだち)を繁(しげ)み　朝去らず
来鳴きとよもす　うぐひすの声　　六・一〇五七

狛山(こまやま)に　鳴くほととぎす　泉川
渡りを遠み　ここに通(かよ)はず
六・一〇五八

長歌は—わが天皇の、神の命(みこと)が、高々と御殿を造営される、布当(ふたぎ)の宮(みや)のまわりは、たくさんの木々が茂り、山はこんもりと盛り上がっている、激しく落ちる、瀬の音も爽やかである、うぐいすが、来て鳴く春になると、巌(いわお)には、山陰(やまかげ)も輝くばかりに、錦のように、花が咲き乱れているし、雄鹿の、妻を呼ぶ秋になると、空がかき曇って、時雨(しぐれ)が激しく降るので、赤く染まった紅葉は散っている、こういうありさまなので、幾千年経っても、天子が次々に生まれ、天下を、お治めになったにしても、幾千年までも、変わりそうになく栄えるであろう大宮所よ—という意味である。

反歌の第一首目は—泉川の、川瀬の水が、絶えないのと同じように、この大宮所も、衰えていくことはない—、第二首は—布当の山は、山のつづき具合を見ると、幾千年にも、変わりそうに思えない、

長屋王　天武天皇の孫。高市皇子の長子。母は天智天皇の娘・御名部皇女。養老二年（七一八）大納言、同四年（七二〇）藤原不比等の没後、権力を増大し、同五年（七二一）右大臣、神亀元年（七二四）左大臣となり、政界の首班になるが、聖武天皇の母・藤原宮子への称号をめぐり、聖武天皇に異を唱え、神亀六年（七二九）藤原氏の陰謀により、邸宅を藤原宇合の兵士によって囲まれ、妃の吉備内親王や子らとともに自殺に追いやられた。

恭仁京遷都の原因（1）　恭仁京遷都の第一の原因は、藤原広嗣の乱である。天平一〇年（七三八）、藤原広嗣は、親族を誹謗した罪で大宰府へ左遷された。天平一二年（七四〇）八月、藤原氏一族の劣勢を挽回しようとして、橘諸兄が重用する僧・玄昉、吉備真備を除かんとして上表を都へ送り、大宰府で約一万人の兵を率いて挙兵した。朝廷は大野東人を大将軍とする約一万七〇〇〇人の追討軍を派遣し、筑前の板櫃川で広嗣軍を破り、肥前国値嘉島で広嗣と弟の綱手を捕らえて斬殺した。この変の勃発により、聖武天皇は約五年間の彷徨の旅に出た。

大宮所よ―。第三首目は―おとめたちが、麻を紡いだ糸を掛けるという道具の桛（かせ）という名を持った、鹿背の山も、時が過ぎると、都となった―。第四首目は―鹿背山は、木立が茂っているので、朝になるたびにやって来て、辺りを響かせて鳴く、うぐいすの声よ―。第五首目は―狛山に、鳴くほととぎすは、泉川の、渡り場が遠いので、ここに通ってこないから、声が聞こえない―という意味である。

　これらの歌では、山並みが美しく、いくつもの川が合流する素晴らしい土地に、立派に造営された宮殿は、と主題を提示し、春の花、瀬の音、鳥の声、秋の鹿の声と繰り返して山川の景観を賛美し、天皇がここに都を定めたことに対して全幅の同意を示して讃えている。

■三香の原の新都

『万葉集』巻一七に、「三香（みか）の原（はら）の新都（しんと）」を詠んだ次の歌がある。

三香の原の新都を讃むる歌一首并せて短歌

山背の　久邇の都は　春されば　花咲きををり　秋されば　もみち葉にほひ　帯ばせる　泉の川の　上つ瀬に　打橋渡し　淀瀬には　浮き橋渡し　あり通ひ　仕へ奉らむ　万代までに

一七・三九〇七

短歌

楯並めて　泉の川の　水脈絶えず　仕へ奉らむ　大宮所

一七・三九〇八

山背の久邇の都は、春になると、花が咲き乱れ、秋になると、紅葉が派手に色付いており、その都を帯のように取り巻いている、泉川の、上の方の浅瀬には、打ち橋を渡し、静かに淀んでいる瀬には、浮き橋を渡して、いつもそこを通って、お仕えしたいものだ、幾千

恭仁京遷都の原因（2）　恭仁京遷都の第二の原因は、疫病の大流行である。天平九年（七三七）の春から筑紫に疫瘡（天然痘）が伝染し始め、夏から秋にかけて大流行し、藤原房前・麻呂・武智麻呂・宇合の藤原四兄弟が病死し、多くの人が病死するなど、社会不安が広がった。その後の仏教による国家鎮護の思想の広まり、行基の活躍、大仏建立の発願、国分寺・国分尼寺の建立など、この社会不安を鎮静化するための政策がとられた。

年までも―、反歌は―（楯並めて）、泉の川の、水脈が切れないのと同じように、いついつまでもお仕えしたい、大宮所だ―という意味である。

この歌でも、久邇の都は、春には花が咲き乱れ、秋には紅葉が照り輝いていると、絢爛たる都を絶賛し、都を取り巻くように流れる川に橋を架けて、いつまでも通いたいものだと、天皇に未来永劫お仕えしたいという賛意を示している。

■久邇の都

『万葉集』では、恭仁京は、「久邇乃京（くにのみやこ）」「久邇京（くにのみやこ）」「久邇乃王都（くにのみやこ）」「久邇乃京師（くにのみやこ）」「久邇能京（くにのみやこ）」「久邇能美夜古（くにのみやこ）」「久邇京都（くにのみやこ）」と表記される。『万葉集』巻四に、「久邇（くに）の都（みやこ）」を詠んだ次の歌がある。

今知らす　久邇（くに）の都（みやこ）に　妹（いも）に逢はず

恭仁京遷都の原因（3）　恭仁京遷都の第三の原因は、藤原広嗣の乱、疫病の大流行などから起こった政界の混乱である。とくに、天然痘の大流行は、藤原四兄弟の病死のみでなく、中納言・多治比縣守も死去し、八人いた公卿は、一挙に三人に減少した。武智麻呂の長男の豊成が参議に任命されたが、藤原氏の凋落は著しかった。このような状況の中で政界で最も大きな地位を得たのは橘諸兄であった。諸兄は藤原氏の影響を排斥するために、根拠地としていた山背国相楽郡の地への遷都を主導した。

久しくなりぬ　行きてはや見な　　四・七六八

この歌は、大伴家持(おおとものやかもち)の作で―今、都となっている久邇の都にいて、愛しいあなたに逢わないで、長くなってしまった、行って早く逢いたいものだ―という意味である。この歌は、久邇の都にいて、奈良の宅で留守番をしている坂上大嬢(さかのうえのおおいらつめ)を思って贈った歌である。

また、『万葉集』巻六に、「久邇の都」と詠んだ次の歌がある。

今造る　久邇(くに)の都(みやこ)は　山川(やまかは)の
さやけき見れば　うべ知らすらし　　六・一〇三七

この歌も、天平一五年（七四三）に大伴家持が久邇の都を讃えて作った歌で―今造る、久邇の都は、山川の景色が、爽やかであるのを見ると、都を造られるのも合点のいくところだ―という意味である。

さらに、『万葉集』巻八に、「久邇の都」を詠んだ次の歌もある。

大仏建立の詔　天平一五年（七四三）一〇月一五日、聖武天皇は、近江国紫香楽宮で、大仏造立の詔を発した。この詔では、国中の銅を溶かして、大仏を造り、山を削って大仏殿を造るといっている。詔のこれに続く部分には、「夫れ天下の富を有つ者は朕なり。天下の勢を有つ者も朕なり」という著名な言葉がある。聖武天皇は、自分の権勢を誇示する一方で、「一枝の草、一把の土」をもって大仏造立を手伝おうとする者があれば、それを許せ、役人は大仏造立を口実に人民から無理な租税の取り立てをしてはならない、と釘をさしている。

国分寺・国分尼寺建立の詔　天平一三年（七四一）二月一四日、聖武天皇は、国分寺建立の詔を発した。その内容は、各国に七重塔を建て、金光明最勝王経と妙法蓮華経（法華経）を写経すること、自らも金字の金光明最勝王経を写し、塔ごとに納めること、国ごとに国分僧寺と国分尼寺を一つずつ設置し、僧寺の名は金光明四天王護国之寺、尼寺の名は法華滅罪之寺とすること、などである。寺の財源として、僧寺には封戸五〇戸と水田一〇町、尼寺には水田一〇町を施すこと、僧寺には僧二〇人、尼寺には尼僧一〇人を置くことを定めた。

今造る　久邇の都に　秋の夜の
長きにひとり　寝るが苦しさ　　八・一六三一

この歌は、大伴家持の作で――今造っている、久邇の都に、秋の夜の、長い時分に一人、寝るのがつらいことだ――という意味である。この歌は、大伴家持が安倍郎女に贈った歌である。

■布当の宮

『万葉集』巻六に、「布当の宮」を詠んだ次の歌がある。

我が大君　神の命の　高知らす　布当の宮は　百木もり　山は木高し　落ち激つ　瀬の音も清し（後略）　六・一〇五三

この歌は――わが天皇の、神の命が、高々と御殿を造営される、布当の宮のまわりは、たくさんの木々が茂り、山はこんもりと盛り上がっている、激しく落ちる、瀬の音も爽やかである（後略）―という意味である。この歌に詠まれた「布当の宮」は、恭仁宮の別名とするのが一般的である。

■布当の野辺

『万葉集』巻六に、「布当(ふたぎ)の野辺(のへ)」を詠んだ次の歌がある。

三香原(みかのはら)　布当(ふたぎ)の野辺(のへ)を　清みこそ
大宮所(おおみやどころ)　定めけらしも　　六・一〇五一

この歌は―瓶原(みかのはら)の布当の野辺が、清々しくすっきりしているので、内裏を造営する場所として、定められたらしい―という意味である。

この歌の「布当の野辺」の所在地については、恭仁宮跡(くにのみやあと)付近、京都

聖武天皇の難波宮　神亀三年(七二六)、聖武天皇は、藤原宇合を知造難波宮事に任命して、難波宮の造営に着手し、中国の技法である礎石建、瓦葺屋根の宮殿を造り、平城京の副都とした。天平一六年（七四四）に遷都し、このとき難波京は造営されていたと推定されている。しかし翌年、難波宮から紫香楽宮へ遷都し、難波宮は短命に終わった。

府木津川市加茂町井平尾（かもちょういびらお）付近、同法花寺野（ほっけじの）付近などの説がある。

■布当の原

『万葉集』巻六に、「布当の原（ふたぎのはら）」を詠んだ次の歌がある。

（前略）あなおもしろ　布当の原（ふたぎのはら）　いと貴（たふと）　大宮所（おおみやどころ）　うべしこそ
我（わ）が大君（おほきみ）は　君ながら　聞かしたまひて　さすたけの
大宮ことと　定めけらしも　六・一〇五〇

この歌は――（前略）こんなに見事な、当布の原は、たいへん貴い、この大宮所は、なるほどこれこそ、我が大君が、神のみ心をそのまま、聞き入れられて、大宮をここに、定められたらしい――という意味である。この歌に詠まれた「布当の原」の所在地は、「布当の野辺」と同所とする説が一般的である。

第五四六番歌の背景　『万葉集』五四六番歌の三香原の離宮への行幸の主体は、長屋王であって、聖武天皇ではない。五四六歌は、行幸における奉呈歌ではなく、そのときに出会った女性との出来事を詠っている。笠金村は、都から従駕した人々の中では、上位に位置していたようで、三香原の離宮では、笠金村にも夜伽の女性と寝所が用意されていたと想像される。その夜伽の女性たちと夜を過ごす前に、随行者たちによって、旅の宴が開かれ、その宴で披露したような感覚でこの歌は詠まれている。

笠金村 系譜は未詳。『万葉集』から、霊亀元年（七一五）から天平五年（七三三）までの一九年間、活発に作歌活動していることが分かる。この間、神亀年間をピークに、元正・聖武天皇の行幸に従駕して、多くの歌を公の場で詠出している。『万葉集』には、長歌一一首、短歌二九首を残す。短歌は独立した短歌が少なく、ほとんどが反歌で、この観点から、長歌作家といえる。

■布当山

『万葉集』巻六に、「布当山（ふたぎやま）」を詠んだ次の歌がある。

布当山（ふたぎやま）　山並（やまなみ）見れば　百代（ももよ）にも
変はるまじき　大宮所　六・一〇五五

この歌は—布当山の、山並みを見ると、万代にも、変わりそうのない、大宮所だ—という意味である。この歌の布当山の所在地については、恭仁京跡の背後の三上山（みかみやま）から海住山寺（かいじゅうせんじ）付近の山々、京都府木津川市加茂町（かもちょう）井平尾（いびらお）、同町銭司（ぜず）の王廟山（おうびょうさん）（湾漂山（わんびょうさん））、鹿背山（かせやま）の別名とする説などがある。

■三香原の離宮

『万葉集』巻四には、「三香原(みかのはら)の離宮(とつみや)」を詠んだ次の歌がある。

二年乙丑(いっちゅう)の春三月、三香原(みかのはら)の離宮(りきゅう)に幸(いでま)せる時に、娘子(をとめ)を得て作る歌一首并せて短歌

三香(みか)の原　旅の宿(やど)りに　玉桙(たまほこ)の　道の行き逢ひに　天雲の　外(よそ)のみ見つつ　言問(ことと)はむ　よしのなければ　心のみ　むせつつあるに　天地(あめつち)の　神言寄(ことよ)せて　しきたへの　衣手(ころもで)かへて　自妻(おのづま)と　頼める今夜(こよひ)　秋の夜(よ)の　百夜(ももよ)の長さ　ありこせぬかも　四・五四六

反歌

天雲(あまぐも)の　外(よそ)に見しより　我妹子(わぎもこ)に

五四六番歌の補記　神亀二年（七二五）三月、三香原離宮行幸の際の作。行幸先で行き会った娘子に一目惚れし、言葉をかけるきっかけもないと煩悶していた折、神の計らいで夜を共に過ごすことができたが、春の夜は短い。秋の長夜を百夜重ねるほど長く共に寝ていたい、と願った歌。題詞の「娘子を得て」は、旅人が宿の主人から一夜妻をあてがわれる風習に基づく。もとより歌人の個人的な体験や心情を詠んだわけでなく、行幸に従駕した官人たちが共有する土地の娘子への思いを歌にしたようだ。

恭仁京の正式名称　『続日本紀』に、「右大臣橘宿禰諸兄奏す。此の間、朝廷何の命号を以てか万代に伝へんと。天皇勅して曰く、号して大養徳恭仁の大宮とせんと」とあるように、恭仁京は、正式には「大養徳恭仁大宮（やまとのくにのおおみや）」と呼ばれた。「大養徳」は大和のことで、天平九年（七三七）から同一九年（七四七）まで続いた国号表記である。当時の貴族たちが、大和国が本来の宮都の所在地である、という意識を持っていたことを物語る表記である。

心も身さへ　寄りにしものを　四・五四七

今夜の　早く明けなば　すべをなみ
秋の百夜を　願ひつるかも　四・五四八

この歌は、笠金村の作で、長歌は――三香原で、旅の宿りをしているとき、（玉桙の）、道で出会って、（天雲の）、遠くから見るだけで、言葉をかける、手段がないので、心の中で、咽び泣いていたところ、天地の、神の口添えで、（しきたへの）、袖をさし交わして、やっとこの人をわが妻と、思って二人で寝た今夜は、秋の夜が、百晩も重なったように、長くあってくれればよいのだが――。反歌の第一首目は――（天雲の）、遠くから見ていたときから、あなたに心も身も、慕い寄っていたのです――。反歌の第二首目は――せっかく逢った今夜が、早く明けたら、どうしようもないので、秋の百晩も重なるほどの長さを、わたしは願っています――という意味で、笠金村が行幸に従駕して、土地の娘子を妻にした喜びを詠んだ歌である。

三香原の離宮は、恭仁京へ遷都する以前に、すでにあった元明・聖武天皇の離宮である。その宮跡の所在地は未詳であるが、京都府木津川市加茂町法花寺野付近という説がある。

■恭仁京廃都の悲傷

天平一四年（七四二）二月、大極殿の完成を見ないまま、近江国甲賀郡に通じる道が開かれ、八月には甲賀郡紫香楽村に離宮が造営された。『続日本紀』によると、聖武天皇は、天平一四年（七四二）に二回、同一五年（七四三）に二回、紫香楽宮に行幸し、天平一五年の四度目の行幸の際に、盧舎那仏金銅像（大仏）を建立する詔を出した。

天平一六年（七四四）正月には、難波宮への行幸の準備を始め、二月には恭仁宮から難波宮へ、駅鈴、天皇御璽や太政官の印、高御座、大楯などを運ばせ、橘諸兄に勅して、難波宮を帝都とした。
このようにして、恭仁京は二年半余の短命に終わった。
『万葉集』巻六には、田辺福麻呂が詠んだ次の歌がある。

春の日に、三香原の荒墟を悲しび傷みて作る歌一首并せて短歌

三香原　久邇の都は　山高み　川の瀬清み　住み良しと　人は言へども　あり良しと　我は思へど　古りにし　里にしあれば　国見れど　人も通はず　里見れば　家も荒れたり　はしけやし　かくありけるか　三諸つく　鹿背山のまに　咲く花の　色めずらしく　百鳥の　声なつかしき　ありが欲し　住みよき里の　荒るらく惜しも

六・一〇五九

反歌二首

恭仁京の造営停止と廃都　恭仁京は、天平一二年（七四〇）末から、わずか二年半の間の短命な都であった。天平一五年（七四三）、紫香楽宮の建設が決められ、恭仁京の造営が停止され、天平一六年（七四四）、廃都宣言が出された。天平一七年（七四五）、都が平城京に戻され、恭仁京は完全に廃都となった。天平一八年（七四六）、恭仁京の大極殿が、山城国分寺に施入され、姿を消した。廃都の理由には、恭仁京の造営費用が膨大なうえに、紫香楽宮の建設を始めたこと、不安定な政治情勢があったことなどが挙げられている。

田辺福麻呂の人間性　久邇の新京を「百代まで神しみ行かむ」と手放しで賛美しながら、その荒れゆく姿を「はしけやしかくありけるか」と嘆く。この順応性に、楽天的で、現実肯定の一面が強い人間性が見られる。柿本人麻呂のような深い心の慟哭や詠嘆がなく、感動の希薄な装飾的な作風が見られ、この傾向は福麻呂の作品のほとんどを覆っている。宮廷歌人は、人麻呂、山部赤人、福麻呂と次第に小型化していく。これは、個人の力量にもよるが、同時に、皇室との一体感が徐々に弱まる時代の空気とも密接につながる現象といえる。

三香原　久邇の都は　荒れにけり
大宮人（おおみやひと）の　うつろひぬれば　六・一〇六〇

咲く花の　色は変わらず　ももしきの
大宮人ぞ　立ちかはりける　六・一〇六一

長歌は——三香原（瓶香原〔みかのはら〕）の久邇の都は、あたりの山が高く、川の瀬の景色も爽やかなので、住みよいと人は言うけれど、居やすいと、わたしは思っているけれど、古びてさびれた里であるから、国を見ても人も行き来せず、里を見ると家も荒れ果てている、ああ、こんなにまでなっていたのか、神を祀る鹿背山のほとりに、咲いている花の、色はすばらしく、百鳥の声もすてがたい、いつまでも住みつづけたい、住みよい里が荒れるのは惜しいことだ——という意味である。

恭仁宮大極殿跡（山城国分寺金堂跡）

反歌の第一首目は―三香原の久邇の都は、荒れてしまった、大宮人が移っていってしまったので―。第二首目は―咲いている花の、色は昔のままで変わってはいない、（ももしきの）、大宮人だけが移り変わってしまった―という意味である。

都の荒廃は、人々の心に人の世と自然に対する情感を、奥深い所で微妙に交響させたようで、すべての大宮人が難波宮へ移った後の恭仁京は、人通りもなく荒墟（こうきょ）に等しかったようである。あるのはただ悲しみのみであり、この地で権勢を欲しいままにしようともくろんだ橘諸兄の無念さまでもが伝わってくる。

天平一六年（七四四）五月に入って、太政官が官人らに、どこに都をすべきかを問うたところ、官人らはこぞって平城（へいじょう）と答えた。天皇は、官人らの希望を聞き入れ、翌年、平城に帰り、約五年にわたる奇怪な彷徨（ほうこう）にやっと終止符が打たれた。かくして、幾千年までもと手放しで喜ばれ、讃えられた恭仁京は、日ならずして荒廃の運命に落ちたのである。

山城国分寺の塔跡

■山城国分寺跡

恭仁小学校の北から東の一帯は、恭仁京跡と山城国分寺跡の複合遺跡である。小学校北の土壇は、恭仁宮大極殿跡、後の山城国分寺金堂跡で、「恭仁宮大極殿阯」と刻まれた標柱が建ち、数基の礎石が残る。小学校の東の土壇は塔跡で、「山城国分寺塔跡」と刻まれた標柱が建ち、礎石が残る。

帝都が恭仁京から難波宮へ遷されたことにより、恭仁宮の建物は山城国分寺へ施入され、大極殿は国分寺の金堂になった。しかし、元慶六年（八八二）、火災により焼失し、昌泰年間（八九八〜九〇一）に再建されたが、もはや往時の姿は望むべくもなかった。室町時代には、興福寺の末寺になり、江戸時代には、草堂を残すのみとなって、ほとんど見る影もないありさまになった。

その後、再興が試みられたが、ほとんど成果が得られず、今日では、一堂も残されていない。僅かに金堂跡と塔跡に礎石が残るのみ

海住山寺の本堂

で、茫々たる状態である。

■海住山寺

山城国分寺跡から北に三上山が望める。その中腹に海住山寺がある。補陀落山と号する真言宗智山派の寺で、本尊は十一面観世音菩薩である。仏塔古寺十八尊第三番札所である。

この寺は、天平七年（七三五）、聖武天皇が盧舎那仏を造立する工事の平安を祈るために、良弁僧正に勅して一宇を建てさせ、十一面観世音菩薩像を安置して、法相宗の藤尾山観音寺を創建したことに始まる。保延三年（一一三七）、火災により堂宇を焼失し、寺は衰退の一途をたどった。その後、承元二年（一二〇八）、笠置寺の解脱上人・貞慶が観音寺の廃墟に移り住み、草庵を営んで、補陀落山海住山寺として中興し、真言宗に改宗された。

約一万坪の境内には、山門、文殊堂（重文）、本坊、五重塔（国宝）、

海住山寺の五重塔

鐘楼、奥の院、薬師堂、納骨堂、春日大明神が建ち並んでいる。

本堂は、桁行六間、梁行四・五間の入母屋造、本瓦葺、向拝付である。文殊堂は、桁行三間、梁行二間の入母屋造、こけら葺である。

五重塔は、高さ約一七・一メートル、初層の総間約二・七メートル、一階裳階付である。建保二年（一二一四）、貞慶の弟子・慈心上人覚真（藤原長房）が貞慶の一周忌供養として建立した。初層内部に心柱がなく、仏壇周囲の四本の柱（四天柱）に支えられた初層の天井の上に心柱が建つのを特徴とする。裳階付の五重塔は、法隆寺に存在するのみで、ほかに例が見られない。

寺宝には、平安時代の一木造の「十一面観世音菩薩像（奈良国立博物館に寄託）」、「大仏殿様」と呼ばれる東大寺鎌倉復興像を模刻した「四天王立像（奈良国立博物館に寄託）」、鎌倉時代の「絹本著色法華曼荼羅図」、鎌倉時代から室町時代にかけての「海住山寺文書」などがある。

活道の岡展望

■活道の岡

海住山寺から南へ進むと、恭仁大橋北詰（くにおおはしきたづめ）の東に、木津川に突き出すように流岡山（ながれおかやま）が孤立して聳えている。この山は、『アララギ万葉集研究』では、『万葉集』巻六の次の歌に詠まれた「活道の岡（いくぢのおか）」としている。流岡山に登っても展望がきかない。

同じ月の十一日に、活道（いくぢ）の岡（おか）に登り、一株の松の下に集ひて飲む歌二首

一つ松　幾代（いくよ）か経（へ）ぬる　吹く風の
声（こゑ）の清きは　年深みかも　　六・一〇四二

たまきはる　命（いのち）は知らず　松が枝（え）を
結ぶ心は　長くとそ思（おも）ふ　　六・一〇四三

第一首目の歌は、市原王の作で――この一本松よ、幾百年経ったことであろうか、吹く風の、声が清らかなのは、随分年を経ているからだろうか――。第二首目の歌は、大伴家持の作で――(たまきはる)、寿命のことはよく分からないが、この松の枝を、結んで願うことは、わたしの命を長く守ってほしいと思うばかりだ――という意味である。

これらの歌は、天平一六年（七四四）一月一六日、市原王、大伴家持らが活道の岡に登り、一本松の下に集まって、宴会を催したときに詠んだ歌である。一首目の歌では、長い年月を得て達観した松の清々しさを、松の梢に吹く風による松籟に重ねて詠んでおり、松に風がよぎる音を肌で感じとる、繊細で敏感な感覚が読みとれる。二首目の歌では、常緑樹の松が長命な樹木であるので、松の枝を結ぶという行為によって、命を長く保つことを願っている。

活道の岡の所在地については諸説があり、混沌としている。『地名辞書』には、「西和束村白栖の安積親王墓を充てたるは如何ならむ」

市原王　天平一五年（七四三）従五位下、天平一九年（七四七）写経司長官。天平二一年（七四九）写経司長官兼玄蕃頭、備中国守、同年大仏造営の功により従五位上、天平勝宝二年（七五〇）正五位下、天平勝宝三年（七五一）東大寺検財使、天平宝字四年（七六〇）光明皇太后の葬送の山作司、同七年摂津大夫、造東大寺長官。『万葉集』に八首の短歌を残す。写経との関係が深く、大伴家持との関係をうかがわせる歌も多い。

として、安積親王の陵墓のある和束町白栖の太鼓山付近としている。『万葉集山代志考』では、「流岡山は笠置渓谷の出口に屹立している。其周囲に興ふる印象・様子が異常なものありと看做される。岡田鉱山付近の山か」と記し、恭仁京の南の相楽郡岡田（京都府木津川市加茂町北）の岡田鉱山跡付近としている。『万葉集講義』では、「この歌の作より僅か二ヶ月に足らぬ前に家持のここに遊びし所にして久邇京近き地なりしならむこと想像せらる」として、恭仁京付近としている。さらに、京都府木津川市加茂町井平尾・同町銭司の王廟山（湾漂山）とする説などもある。

　この歌の題詞にあるように、年の初めに、一本松のある岡に登って、宴会をしていることから、眺望が絶佳で、恭仁京に近く、遊覧に好都合の地であると思われるので、この条件に適合する岡としては、流岡山が最もふさわしいようである。

安積親王　聖武天皇の第二皇子。神亀五年（七二八）九月、皇太子の基皇子が死去したため、皇太子の最も有力な候補となったが、天平一〇年（七三八）、光明皇后の子・阿倍内親王（後の孝謙・称徳天皇）が立太子された。天平一五年（七四三）、恭仁京の藤原八束の邸で宴が開かれ、この宴に大伴家持も出席し、『万葉集』に、家持が詠んだ歌が残されている。天平一六年（七四四）、聖武天皇の難波宮への行幸に従駕するが、その途上、桜井頓宮で脚気になり、恭仁京に引き返し、二日後に一七歳で死去した。藤原仲麻呂に暗殺されたという説もある。

海住山寺参道から恭仁宮跡展望

■活道山・活道の道

『万葉集』には、「活道山（いくぢやま）」「活道の道（いくぢのみち）」を詠んだ次の歌がある。

かけまくも　あやに恐（かしこ）し　我（わ）が大君（おほきみ）　皇子（みこ）の命（みこと）　もののふの
八十伴（やそとも）の男（を）を　召（め）し集（つど）へ　あどもひたまひ　朝狩（あさがり）に　鹿猪（しし）踏み起
こし　夕狩（ゆふがり）に　鶉雉（とり）踏み立て　大御馬（おほみま）の　口抑（くちおさ）へとめ　御心（みこころ）を
見（め）し明（あき）らめし　活道山（いくぢやま）　木立（こだち）の茂（しげ）に　咲く花も　移ろひにけり
世の中は　かくのみならし（後略）　四・四七八

反歌

愛（は）しきかも　皇子（みこ）の命（みこと）の　あり通（がよ）ひ
見（め）しし活道（いくぢ）の　道は荒れにけり　四・四七九

恭仁大橋北詰の万葉歌碑

大伴(おほとも)の　名に負ふ靫(ゆき)帯(お)びて　万代(よろづよ)に
頼みし心　いづくか寄せむ　　四・四八〇

長歌は―口に出して申しあげるのも恐れ多いことだが、我が仕え奉る皇子の安積親王(あさかしんのう)が、数多くの側仕えの人たちを呼び集め、狩りに誘われ、朝狩りには、鹿猪を踏み立ち起こし、夕狩りには、鶉雉を驚かして飛び立たせ、ご愛馬の手綱をひかれ、あたりを眺められて、御心を晴らされた、活道山は、木々がみっちりと茂って、咲いていた花も、散ってしまった、世の中は、かくもはかないものであるらしい（後略）―という意味である。

反歌の一首目は―何ということだ、よく通われて見られた活道の、道は荒れてしまったことだ―。二首目は―大伴家の、名誉ある靫(ゆき)を腰に付け、いつまでも、お仕えしようと頼りにしていた心が、こうなっては持って行きどころがなくなってしまった―という意味である。

この歌に詠まれた「活道山」は、恭仁京近くの山で、一説には

恭仁大橋から上流方向を展望

流岡山（ながれおかやま）で、「活道の道」はその付近を通る道とされている。さらに、活道山については、京都府木津川市加茂町岡崎・同町井平尾の王廟山（おうびょうさん）（湾漂山（わんぴょうさん））説、京都府相楽郡和束町白栖の和束説などがある。

■恭仁大橋北詰の万葉歌碑

恭仁大橋北詰のいずみ川公園に、次の歌が刻まれた万葉歌碑がある。

今造る　久邇（くに）の都は　山川（やまかは）の
さやけき見れば　うべ知らすらし　　六・一〇三七

この歌は、大伴家持（おおとものやかもち）の作で―今新しく造られた久邇の都は、山や川の景色が清々しい、それを見ると、ここに都が造られるのはもっともなことだ―という意味である。

恭仁大橋から下流方向を展望

この歌の題詞に、「十五年（七四三）癸未の秋八月十六日に、内舎人大伴宿禰家持、久邇の京を讃めて作る歌一首」とある。この年には、紫香楽宮を造営する費用を調達するために、恭仁宮の造営は停止されている。大伴家持は、この実情を知った上で、この歌を詠んだようで、「うべ知らすらし」という句は、うつろに響く。

泉の里

■泉

恭仁大橋を渡ると、加茂の集落に入る。この辺りから京都府相楽郡和束町にかけての木津川沿いの地は、「泉の里」という説がある。下流の木津には、「泉津」があった。泉津は、藤原京、平城京、南都の大寺院への用材の陸揚げ地であった。木津川上流の伊賀国、和束山などの「泉の杣」、淀川水系の杣から伐り出された用材の陸揚

恭仁大橋展望

げ地で、東大寺、興福寺などの南都大寺院の「木屋所(きやしょ)」が設けられていた。

『万葉集』巻一一に、「泉(いづみ)」を詠んだ次の歌がある。

山背(やましろ)の　泉(いづみ)の小菅(こすげ)　なみなみに
妹(いも)が心を　我(わ)が思(おも)はなくに
一一・二四七一

この歌は——山背の、泉の小菅が靡(なび)くように、愛しいおまえの心持ちを、並一通りには、思っていない——という意味である。

■泉の里

『万葉集』巻四に、「泉(いづみ)の里(さと)」を詠んだ次の歌がある。

家人(いへびと)に　恋ひ過ぎめやも　かはず鳴く

泉の里に　年の経ぬれば　　　　　　　　　　　　　　　四・六九六

この歌は、石川広成の作で——家の者を、思わずにいられようか、河鹿が鳴いている、泉の里に住んでから、月日が経ったので——という意味である。

加茂の集落を西に進んで、ＪＲ関西本線加茂駅に出て、今回の散策を終えた。

第四章　宇治コース

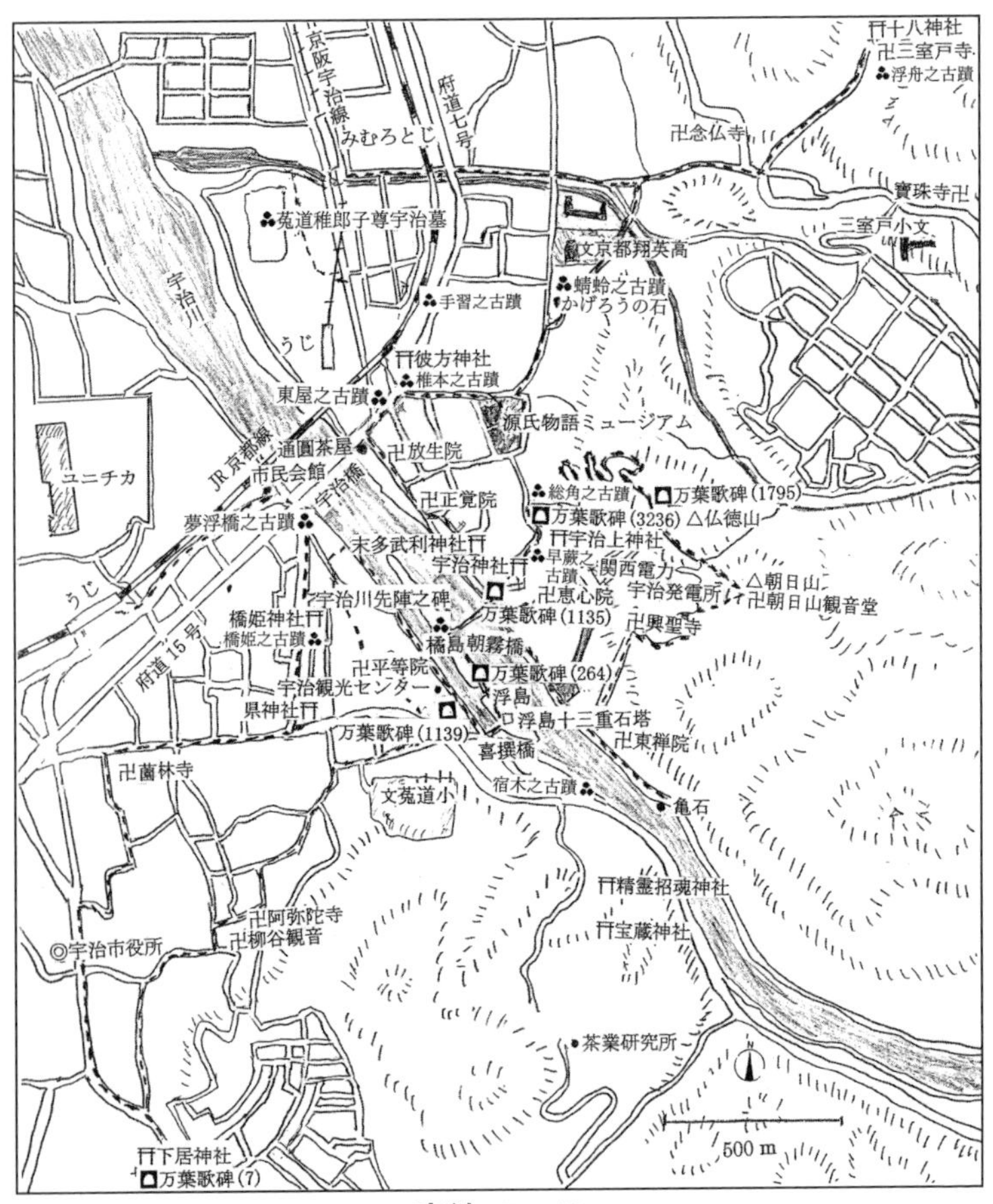
十八神社
三室戸寺
浮舟之古蹟
念仏寺
寶珠寺
三室戸小
京阪宇治線
府道七号
みむろとじ
菟道稚郎子尊宇治墓
京都翔英高
蜻蛉之古蹟
かげろうの石
手習之古蹟
宇治川
うじ
彼方神社
椎本之古蹟
東屋之古蹟
源氏物語ミュージアム
通圓茶屋
放生院
JR京都線
市民会館
宇治橋
ユニチカ
正覚院
総角之古蹟
万葉歌碑(1795)
万葉歌碑(3236)
仏徳山
夢浮橋之古蹟
宇治上神社
末多武利神社
早蕨之古蹟
関西電力
宇治神社
宇治発電所
朝日山
朝日山観音堂
恵心院
宇治川先陣之碑
万葉歌碑(1135)
橋姫神社
興聖寺
橋姫之古蹟
橘島
朝霧橋
府道15号
平等院
万葉歌碑(264)
宇治観光センター
浮島
県神社
浮島十三重石塔
万葉歌碑(1139)
東禅院
喜撰橋
蓮林寺
文菟道小
宿木之古蹟
亀石
精霊招魂神社
阿弥陀寺
宝蔵神社
柳谷観音
宇治市役所
茶業研究所
500 m
下居神社
万葉歌碑(7)

宇治コース

宇治橋と宇治津　往古、宇治川は、宇治橋のやや下流で三つに分流して、巨椋池（おぐらいけ）に注いでいた。古北陸道は、久世の郡家、栗隈越えを経て、現在の府道宇治淀線と合し、宇治川が渓谷から流れ出した地点に架けられた宇治橋を渡っていた。しかし、この宇治橋は、洪水による流失と架設を繰り返したので、宇治橋の近くにあった宇治津が水陸交通の接点として、さらに、近江国からの水運を利用した、平城京への木材運搬の中継地点として、より大きな役割を担っていた。

京都府宇治市のＪＲ宇治駅から東へ進むと、宇治川の傍に宇治橋西詰広場がある。県神社の鳥居を潜り南へ行くと、橋姫神社、県神社がある。県神社から西へ行くと、高台に薗林寺、その南西の宇治市役所を経てさらに南へ行くと下居神社がある。下居神社から宇治浄水場を経て東へ行くと、平等院がある。平等院から宇治川を遡り、喜撰橋を渡ると、浮島十三重石塔、その北の橘島に宇治川先陣之碑がある。朝霧橋を渡り、宇治川の上流方向へ進むと、恵心院、東禅院、興聖寺がある。興聖寺の横から朝日山へ登ると、朝日山観音堂、その北の仏徳山に展望台がある。仏徳山から西に下ると、宇治上神社、宇治神社、さらに坂を下っていくと、正覚院、その北に放生院がある。大通りに出て右折し、民家の間を北東へ進むと、宇治市源氏物語ミュージアム、さらに北東へ進むと、かげろうの石、その先に三室戸寺がある。京阪電車宇治駅へ出て、北へ行くと、菟道稚郎子尊宇治墓がある。今回は、この宇治中心部の史跡をめぐり、万葉の時代を偲ぶことにする。

宇治橋

■宇治

宇治は、東と南北の三方が山に囲まれ、宇治川が西の平野に流れ出す所に位置している。懐の奥まった中にあるような地形から、「内」を意味し、また、大和朝廷の直接的な支配が及ぶ範囲内、すなわち、畿内の北端に近い位置にあるという意味での「内」でもあったので、この「内」が訛って宇治になったといわれている。

万葉の時代には、大和から北上する古北陸道が南北に通る交通の要衝となり、さらに、近江国からの宇治川の流れと西の巨椋池への東西に走る水運を利用して、平城京への木材の運搬や難波への水路の中継地点として、大きな役割を果たしていた。

『万葉集』には、「八十宇治川」、「宇治のみやこ」、「宇治川」、「宇治人」と詠まれるなど、数多くの歌が残されている。

宇治の水陸交通路　宇治津は、宇治橋の近くにあり、北西の巨椋池の近くにあった岡屋津とともに、古北陸道と緊密な関係を持っていた。巨椋池の西には淀津があり、ほぼ直線の水路で結ばれ、淀津には古山陰道が通っていた。巨椋池の西端から淀川が流れ出し、難波津に通じ、難波津から瀬戸内海を経て、筑紫、ひいては、朝鮮半島、中国大陸に通じていた。このように、宇治は国内外へ通じる交通の要衝であった。

宇治橋

■宇治橋

『日本霊異記』『帝王編年紀』によると、宇治橋は、大化二年（六四六）、元興寺の僧・道登によって、初めて架橋されたと伝える。一方、『続日本紀』文武天皇四年（七〇〇）の僧・道昭の条には、「山背国宇治橋は和尚の創造りしものなり」とあり、道昭が最初に架橋したと伝える。さらに、『日本書紀』天武天皇元年（六七二）の条には、「菟道橋の橋守に命じて、皇大弟（大海人皇子）の宮の舎人の、私粮を運ぶ事を遮しむ」とあり、道昭の架橋に先駆けて、遅くとも七世紀中葉には架橋されていた様子がうかがえる。いずれにしても、以来、宇治橋は、交通の要衝として、また、歴史や文学の舞台として、さまざまな形で今日に至っている。

現在の宇治橋は、平成八年（一九九六）の架け替えである。橋の中央部には、上流に向かって張り出した「三の間」と呼ばれる空間がある。これは、旧橋の様式を踏襲したもので、架橋の当初、上流

宇治橋の上流方向の景観

の桜谷から橋の守護神として橋姫（瀬織津比咩）が勧請され、この「三の間」に設けられた社殿に祀られていた。旧橋の「三の間」の張り出しは、橋の東詰にある通圓茶屋横の川岸にテラスの形で残されている。

　この「三の間」には、後に、豊臣秀吉がここから茶の湯の水を汲み上げたという伝承があり、茶の実を日本に持ち込んだ栄西禅師、宇治に茶園を開いた明恵上人、茶道の始祖である千利休の三人の茶祖の遺徳を偲んで、毎年一〇月に行われる「茶まつり」には、この三の間で「名水汲上の儀」が行われる。

　橋の北東と南西の擬宝珠には、吉川幸次郎氏（京大名誉教授〈当時、以下同〉）の撰文、内藤乾吉氏（大阪市大教授）による揮毫、南東と北西の擬宝珠には、橋川時雄氏（二松学舎大教授）の撰文・揮毫の格調高い金石文が刻まれている。

夢浮橋之古蹟

■夢浮橋之古蹟

宇治橋西詰の南側に「夢浮橋広場」があり、いろいろな石碑や記念像がある。

この広場は、『源氏物語』宇治十帖の「夢浮橋」の古蹟とされ、二基の古蹟碑がある。その一つには、「夢浮橋之古蹟、源氏物語、宇治十帖」、他の一つには、「夢浮橋之古蹟」と刻まれている。その左後方には、平成一五年（二〇〇三）に建立された十二単姿で手紙を読む「紫式部像」があり、台座には「夢浮橋ひろば　紫式部像　源氏物語宇治十帖」と刻まれている。さらに、「源氏物語と宇治」と題した案内板、伝土佐光則筆の『源氏絵鑑帖』の「夢浮橋図」の複製がある。

「夢浮橋」という巻名と同じ言葉は、宇治十帖の本文中には見られない。この巻名は、古歌「世の中は　夢の渡りの　浮橋か　うちわたりつつ　ものをこそ思へ」に由来するという説がある。

明治天皇の歌碑

宇治十帖は、この「夢浮橋」の巻で終わる。この巻は『源氏物語』全体の終わりであるにもかかわらず、いきなり終わっているので、「終わることなく終わりを告げる」と評されている。男女の愛憎も、人の世の栄華も、振り返ってみると、橋を通り過ぎて入れ替わる旅人と同じように、ただ夢のように移り変わっていくものなのかもしれない。

■明治天皇の歌碑

夢浮橋之古蹟の傍に、明治天皇(めいじてんのう)の歌碑がある。この歌碑には、明治一〇年(一八七七)、天皇が大和に行幸(ぎょうこう)され、その途次、宇治に立ち寄られた際に詠まれた次の歌が刻まれている。

もののふの　やそうち川に　すむ月の
光に見ゆる　朝日山(あさひやま)かな

橋姫神社

この歌は─（もののふの）、宇治川に、清らかな月の、光に照り輝いて見える、朝日山の美しいことよ─という意味である。この歌碑は、昭和六年（一九三一）、御大典記念事業の一環として建立された。この歌碑の傍には、「明治天皇御駐輦之地」と刻まれた記念碑がある。

■橋姫神社

夢浮橋広場から「県神社」の扁額が掛かる鳥居をくぐって南に進むと、橋姫神社がある。祭神は瀬織津比咩である。社殿は、一間社流造、檜皮葺で、片流れの覆屋の中にある。

この神社は、宇治橋が架橋されたとき、宇治川上流の桜谷に鎮座する瀬織津比咩を勧請して、宇治橋の「三の間」に、橋の守護神として祀られたのに始まる。その後、この神社は、宇治橋西詰に遷されたが、明治三年（一八七〇）の洪水で流出し、この地に遷座された。

橋姫之古蹟

同じ覆屋の中に、住吉神社（すみよしじんじゃ）がある。祭神は、上筒男命（うわつつのおのみこと）、中筒男命（なかつつのおのみこと）、底筒男命（そこつつのおのみこと）の住吉三神である。この三神は、縁結びの神といわれ、瀬織津比咩は災抜除（さいばつよけ）の神であるので、この両者は対照的で、珍しい神の組み合わせである。社殿は一間社切妻造（いっけんしゃきりづまづくり）、妻入（つまいり）、檜皮葺（ひわだぶき）である。

境内には、宇治七名水の一つといわれる「公文水（くもんすい）」の石碑がある。

■橋姫之古蹟

橋姫神社の地は、宇治十帖の「橋姫（はしひめ）之古蹟」で、境内には、「源氏物語（げんじものがたり）橋姫之古蹟（はしひめのこせき）」と刻まれた石碑がある。「橋姫」の巻名は、次の歌による。

橋姫（はしひめ）の　心をくみて　高瀬（たかせ）さす
棹（さお）のしづくに　袖（そで）ぞ濡（ぬ）れぬる

県神社の拝殿

この歌は――二人の姫君の、淋しい心を察して、浅瀬にさす舟の棹の雫に袖を濡らすように、わたくしも涙で袖を濡らしています――という意味である。薫（かおる）が宇治川の川面を柴舟が行き交うのを見て、宇治の庵で暮らす二人の美しい姫君たちの淋しい心境を詠んだ歌である。宇治十帖は、この巻から始まる。

■県神社

橋姫神社からさらに南へ進むと、県神社（あがたじんじゃ）がある。祭神は天津彦（あまつひこ）彦火瓊瓊杵命（ひこほのににぎのみこと）の妃（きさき）・木花開耶姫命（このはなさくやひめのみこと）である。地元の人たちから縁結び、安産、子育ての神として篤く崇拝されている。

この神社は、古くは、大和政権下の「県（あがた）」に関連する神社であると考えられている。すなわち、社名の「県」は、古代に諸国に設けられた朝廷の御料地（ごりょうち）を意味するので、大和朝廷は、県主（あがたぬし）を置いて御料地を統治し、この神社は五穀豊穣（ごこくほうじょう）を祈る守護神として祀られたことに始まるようだ。

その後、後冷泉天皇の永承七年（一〇五二）、関白・藤原頼通が平等院を創建したとき、平等院の鎮守社になった。平等院は、明尊上人により開山され、上人は三井寺の長吏や天台座主を務めた関係から、この神社は、明治維新まで三井寺圓満院の管理下にあったが、明治維新の神仏分離令で、圓満院の管理から離れた。

拝殿は、桁行三間、梁行二間の切妻造、銅板葺、唐向拝付、幣殿に連なる本殿は、一間社流造、銅板葺、千鳥破風付である。

境内の県井戸は、『後撰和歌集』に、「都人　きてもをらなむ　蛙なく　あがたのゐどの　山吹の花」と詠まれるなど、古くから歌枕になっている。

毎年六月五日に催される「県祭」は、神輿が通る間は沿道の明かりが消されて真っ暗闇になるので、「暗夜の奇祭」と呼ばれている。

神仏分離令　明治初年（一八六八）、明治政府は、「王政復古」「祭政一致」の理想実現のため、神道国教化の方針を打ち出し、奈良時代以来、広く行われてきた神仏習合を禁止し、神社からの仏教色の排除を命じた行政措置。神社と寺院の分離、神社に奉仕する僧侶の還俗を命じ、神に仏具を供えることや「御神体」を仏像とすることを禁じた。これを契機に、全国各地で廃仏毀釈運動が起こり、各地で寺院や仏具が破壊され、歴史的・文化的に価値のある多くの文物が失われた。

薗林寺

下居神社

■薗林寺（蔵勝庵跡）

県神社から西へ進み、三光園の看板で左折して坂を登っていくと、薗林寺がある。薗林寺は、遊戯山と号する浄土真宗本願寺派の寺で、本尊は阿弥陀如来である。本堂は、桁行一〇間、梁行六・五間の入母屋造、桟瓦葺、向拝付である。

寛永一八年（一六四一）、茶師・上林道悦（道庵）が宇治妙楽に庵を結んだが、享保一二年（一七二七）、道庵家から浄土真宗の僧・澄貞に譲渡され、西本願寺末寺の薗林寺となった。昭和三六年（一九六一）、蔵勝庵跡の現在地に遷された。

蔵勝庵は、足利義満の異母兄の建仁寺大統院の佛運禅師が開いた古刹で、巨椋池東岸の真木島の「釣月庵」、伏見の「指月庵」とともに「洛南三勝」と呼ばれ、観月の名所であった。戦国時代に衰退したが、寛永年間（一六二四〜一六四四）、茶師・上林竹庵が大徳寺寸松庵の翠岩を招いて再興し、菩提寺とした。元禄一一年（一六九八）の宇治の大火で焼失し、その後、竹庵家の菩提寺として復興されたが、明治三年（一八七〇）に廃絶された。

下居神社

■下居神社

薗林寺から民家の間を南へ進み、宇治浄水場を経て、宇治市役所の前に出て左折し、大通りの坂を登っていくと、正面に下居神社の鳥居が見えてくる。鳥居をくぐって杉並木の参道を進むと、社殿がある。祭神は、伊邪那美命、速玉男命、黄泉事解男命である。朱塗の明神形鳥居の背後に、桁行三間、梁行一間の流造、桟瓦葺のやや古びた社殿がある。創建年代は未詳であるが、往古、折居川畔に開かれた集落の守護神として、天地創造、水、禊の神を祀ったのが始まりという。

下居神社境内の万葉歌碑

中世に「本地垂迹説」が盛んであった頃には、「熊野三所神社」と呼ばれ、権現信仰の対象となっていたようで、朱塗の鳥居の扁額には「権現」の文字が見られる。明治初年の神仏分離令で、社名が下居神社に改められたが、地元の人たちは、現在でも「権現さん」と呼んで篤く信仰している。

この神社の社地は、皇極天皇が飛鳥から近江に行幸したとき、一夜の仮宿とした仮宮跡と伝え、『万葉集』には、額田王が仮廬を詠んだ歌（第七番歌）が残されている。

■下居神社境内の万葉歌碑

下居神社の境内に、次の歌が刻まれた万葉歌碑がある。

秋の野の　み草刈り葺き　宿れりし
宇治の京の　仮廬し思ほゆ　一・七

この歌は、額田王の作で——秋の野の、萱を刈って屋根に葺き、旅の宿りをしたことのある、宇治のみやこの、仮の廬の様子が懐かしく思い出される——という意味である。この歌碑は、書家・森鵬父氏の揮毫により、平成四年（一九九二）に建立された。

この歌の題詞の「額田王の作」の下に「未だ詳らかならず」とある。さらに、左注に「右、山上憶良大夫の類聚歌林に検すに、曰く、『一書に、戊申の年、比良宮に幸すときの大御歌』といふ。ただし、紀に曰く、『五年の春正月、己卯の朔の辛巳、天皇、紀の温湯より至ります。三月の戊寅の朔、天皇、吉野宮に幸して肆宴きこしめす。庚辰の日に、天皇、近江の平の浦に幸す』といふ」とあり、作者は皇極太上天皇であると伝える。

この歌は、この左注によると、皇極太上天皇の時代の戊申の年の大化四年（六四八）か、皇極太上天皇が重祚して斉明天皇となった六五五年か、未詳であるとしている。山上憶良の『類聚歌林』に、一書を引いて、「大御歌」とあり、題詞の「額田王の歌」と矛盾す

皇極・斉明天皇　諱は宝皇女、諡名は天豊財重日足姫尊。父は茅渟王、母は吉備姫王。舒明天皇との間に、中大兄皇子（天智天皇）、間人皇女、大海人皇子（天武天皇）を生む。舒明天皇の逝去後、皇極天皇元年（六四二）即位して、皇極天皇となり、飛鳥板蓋宮を営む。皇極天皇四年（六四五）中大兄皇子らが蘇我氏本家を滅ぼしたのを機に、弟の軽皇子（孝徳天皇）に譲位。孝徳天皇の死後、斉明天皇元年（六五五）、重祚して斉明天皇になり、後飛鳥岡本宮を営む。土木事業を好み、多武峯の両槻宮や「狂心の渠」と呼ばれる運河を建設した。

柳谷観音

るが、額田王が太上天皇の意を体して、その立場で代作したようにも受け取れる。
いずれにしても、この歌は、題詞に「額田王の歌」とあるので、皇極太上天皇の比良行幸に従駕した額田王が、宇治の仮宮に滞在したときのことを回想して詠んだとしておきたい。

■柳谷観音

下居神社から市役所手前の信号で右折し、坂を登っていくと柳谷観音がある。正式名称は、柳谷観音宇治別院泰玄寺である。この寺は、京都府長岡京市浄土谷柳谷にある楊谷寺の別院で、本尊は十一面観世音菩薩である。本堂は、桁行三間、梁行三間の宝形造、鉄筋コンクリート造、桟瓦葺、向拝付で、平成五年（一九九三）の再建である。

本堂の傍には、「お香水」と呼ばれる清澄な水が湧き出す井戸があり、弘法大師の独鈷水として、眼病に効くとして信仰されていたが、現在、湧き水が絶えている。

■阿弥陀寺

柳谷観音の横に阿弥陀寺がある。本尊は阿弥陀如来である。日本四十八願所第二十八番札所である。本堂は、桁行三間、梁行三間の宝形造、モルタル造、桟瓦葺である。

平等院

■平等院

阿弥陀寺からさらに坂を登り、宇治浄水場の南を経て、丘陵地の峠を越えて東へ下っていくと、平等院の南門に出る。平等院は、朝

平等院表門（写真提供：平等院）

平等院の鳳凰堂（写真提供：平等院）

日山と号する単立寺院で、本尊は阿弥陀如来である。開基は藤原頼通、開山は明尊上人である。

平等院の寺伝によると、嵯峨源氏の左大臣・源融が営んでいた別荘が宇多天皇に譲り渡され、長徳四年（九九八）、藤原道長が天皇の孫・源重信の夫人からこの別荘を譲り受け、「宇治殿」とした。藤原頼通は、永承七年（一〇五二）、三井寺の塔頭「平等院」の住職の明尊上人を開山として、「宇治殿」を寺院に造り変えて「平等院」とし、元の塔頭は「明徳院」とした。このため、平等院は、三井寺と深いつながりを持っている。

その後、天喜元年（一〇五三）、阿弥陀堂（国宝、近世以降、鳳凰堂と呼称）が建立され、仏師・定朝作の阿弥陀如来坐像（国宝）が安置された。以来、摂関家の尊崇を受け、平安時代後期には、金堂、講堂、法華堂、不動堂、経蔵、宝塔など、堂宇が次々と建立され、栄華を極めた。

しかし、寺地が平安京を窺う要衝の地にあるため、しばしば戦禍

阿弥陀如来坐像（写真提供：平等院）

を受け、建武三年（一三三六）、堂宇のほとんどを焼失して衰退し、現在、鳳凰堂、観音堂（重文）が残るのみである。

平等院が創建された永承七年（一〇五二）は、釈迦の入滅から二〇〇〇年に当たり、それ以降は仏法が正しく伝わらなくなるという末法思想が流布していた。末法思想は、本来、仏教が正しく伝わらなくなることを意味し、天災人災が続いて、世の中が乱れるなど、世情不安や天変地異とは無関係である。しかし、貴族の摂関政治が退廃し、代わって武士が台頭してきた動乱期であったので、治安の乱れが激しく、民衆の不安が増大しつつあり、加えて、天台宗をはじめとする諸寺が腐敗し、僧兵の出現によって、仏教は退廃しつつあった。このような世相不安と末法思想が一致したために、民衆は末法思想を誤解して捉え、「この世の終わり」を意味するという終末論的史観に惑わされていた。

藤原頼通は、永承七年（一〇五二）が「末法元年」に当たるので、このような貴族の退廃を救い、民衆の不安を解消するために、極楽

平等院の鐘楼（写真提供：平等院）

往生を願って、西方極楽浄土の教主とされる阿弥陀如来を祀る仏堂を建立し、世の中の平安を祈願した。このため、当時の人々は、鳳凰堂を地上に出現した極楽浄土と考えて喜んだ。

鳳凰堂は、浄土式庭園の阿字池の中島に建っている。中堂を中心に、左右に高床の翼廊が張り出し、両端に宝形造の楼閣が配置されている。中堂は、入母屋造、裳階付で、その大屋根の棟の両端には、羽を広げた鳳凰が飾られている。

中堂の中央に木造阿弥陀如来坐像（国宝）を祀る。この像は、仏師・定朝の確証ある唯一の遺作で、座高約二・八メートル、寄木造、漆箔塗である。円満な面相、流れるような衣文が印象的である。本尊の背後には、十二光仏が配された飛天光背がある。本尊の頭上には、円形花形天蓋とその外側に方形天蓋を組み合わせた木彫りの二重天蓋（国宝）がある。

中堂の長押の上の白壁には、雲中供養菩薩像（国宝）がある。合計五二躰からなる群像で、合掌したり、印を結んだりする五躰の

藤とツツジ（写真提供：平等院）

比丘形像、楽器を奏でたり、舞を舞ったりする四七躰の菩薩形像で構成されている。飛雲に乗り、阿弥陀如来とともに来迎する菩薩を表しているという。扉や板壁には、大和絵風の観無量寿経の説く九品来迎図（国宝）が描かれている。

観音堂には、木造十一面観音立像、木造地蔵菩薩像、木造不動明王立像、二童子像を安置する。前二者は、現在、ミュージアム鳳翔館に展示されている。

鐘楼には、形状と装飾の美しさで、三井寺、神護寺の鐘とともに、「天下の三名鐘」の一つに数えられる梵鐘（複製）がある。

鳳翔館には、一対の鳳凰（国宝）、二六躰の雲中供養菩薩像（国宝）、十一面観音立像（重文）、梵鐘（国宝）などが展示されている。

宇治観光センターの万葉歌碑

■宇治観光センターの万葉歌碑

平等院の表門から平等院通りを北へ進む。両側に茶本舗、土産物店、飲食店が並び、目を楽しませてくれる。通りの入り口の手前から、宇治川河畔に出る。この河畔の道は「あじろぎの道」と呼ばれている。

この道から宇治川の眺めは素晴らしい。左手に宇治橋、正面に橘島（たちばなじま）、その上流に浮島（うきしま）、その対岸の緑の樹木の中に神社の鳥居、寺院の甍（いらか）、背後に仏徳山（ぶっとくさん）、朝日山（あさひやま）の美しい景観が広がっている。

宇治観光センターまで来ると、その前庭に次の歌が刻まれた万葉歌碑がある。

ちはや人（ひと）　宇治川波（うぢかはなみ）を　清みかも
旅行く人の　立ちがてにする

七・一一三九

浮島十三重石塔

この歌は—（ちはや人）、宇治川の川波の景色が、よいからであろうか、旅路を行く人が、去り難くしている—という意味である。歌碑は、書家・佐々木宏遠（ささきこうえん）氏の揮毫により、平成四年（一九九二）に建立された。

宇治川の河畔に立って、しばし川の流れに見とれていると、その清らかな流れの中の波立つ風光に、万葉人が心引かれて、立ち去り難く思った様子が目に浮かんでくる。

浮島・橘島

■浮島十三重石塔

宇治観光センターの先の喜撰橋（きせんばし）から浮島（うきしま）（塔（とう）の島（しま））へ渡ると、正面に十三重石塔（じゅうさんじゅうせきとう）がある。高さ約一五メートルのわが国最大の十三重石塔である。塔身（とうしん）には、金剛界四仏（こんごうかいしぶつ）の阿閦如来（あしゅくにょらい）（東）、宝生如来（ほうしょうにょらい）

橋島の万葉歌碑

（南）、阿弥陀如来（西）、不空成就如来（北）の梵字が彫られている。
弘安九年（一二八六）、宇治橋の架け替えに際し、奈良の西大寺の叡尊は、橋の流出は魚霊の祟りであると考え、宇治川の殺生禁断令を朝廷に要請し、以後、網代などの漁法が禁じられた。叡尊は、魚霊を供養し併せて宇治橋の安泰を願って、同年、漁具などを塔下に埋めて、この石塔を建立した。
その後、この塔は、洪水による流出と修復・再興が繰り返されたが、宝暦六年（一七五六）の大洪水で流出し、約一五〇年間、川中に埋没したままになっていた。明治四〇年（一九〇七）、川床に埋もれていた塔の巨石が掘り出され、翌年、塔が復興された。

■橘島の万葉歌碑

浮島から中の島橋を渡って橘島に入ると、南東端に次の歌が刻まれた万葉歌碑がある。

宇治川先陣之碑

もののふの　八十宇治河（やそうぢかは）の　網代木（あじろぎ）に
いさよふ波の　行く方（へ）しらずも

三・二六四

この歌は、柿本人麻呂（かきのもとのひとまろ）の作で――（もののふの）、八十宇治川の、網代木の所に来て、淀んでいた波が、いつのまにか、遥かに行方知れず消えてしまうことだ――という意味である。この歌碑は、書家・古谷蒼韻（ふるたにそういん）氏の揮毫により、平成四年（一九九二）に建立された。

この歌では、「氏（うじ）」を宇治川の「宇治（うじ）」に掛けて、「もののふの八十氏（やそうじ）」から同音の宇治川を起こしている。人麻呂は、この技巧を用いて、宇治川の流れが網代木に塞（ふさ）がれて、しばしさまよい、しばらく躊躇（ちゅうちょ）しているかのように見える川波を見て、流れきては流れ去っていく川波に、人生の無常を重ねている。

■宇治川先陣之碑

橘島の中ほどにある朝霧橋の階段の北側に「宇治川先陣之碑」がある。昭和六年（一九三一）の建立である。木曽義仲は、寿永二年（一一八三）、信濃国で平家打倒を掲げて挙兵し、数万騎を率いて入洛した。しかし、水島の戦いで敗北して状況が悪化し、脱落者が続出して一〇〇〇騎余りに激減した。義仲は、今井兼平に五百余騎与えて瀬田を、根井行親、楯親忠に三百余騎を与えて宇治を守らせ、義仲は百余騎で院御所を守護した。

寿永三年（一一八四）、木曽義仲の軍は京で狼藉を働き、やがて皇位継承をめぐって、後白河法皇と対立し、法皇は義仲追討の院宣を下した。これを受けた義経軍が宇治で義仲軍と戦いになったとき、義仲軍は宇治橋の橋板を外したので、義経軍は宇治川を渡ることができなかった。そのとき、義経の家臣の佐々木高綱が白馬「生唼（池月）」に乗り、梶原景季が黒馬「磨墨」に乗って、宇治川に飛び込

佐々木高綱　平安時代末期から鎌倉時代初期の武将。近江国佐々木庄を地盤とする佐々木秀義の四男。元暦元年（一一八四）正月の木曽義仲追討では、源義経の陣に従い、宇治川の戦いで、頼朝から貰い受けた名馬「生唼（池月とも表記）」にまたがって、梶原景季と先陣を争った、というエピソードを残す。

んだ。このとき、高綱が景季の馬の腹帯が緩んでいると忠告し、景季がこれを直している間に、高綱は義仲軍の陣に突入し、先陣を果たした。これを契機に、義経軍は一斉に渡河して、義仲軍を打ち破った。この先陣争いは、宇治橋の少し下流にあった橘の小島が舞台であったといわれるが、後の豊臣秀吉の土木工事により消滅し、姿を消している。

治承・寿永の乱は、治承四年（一一八〇）から元暦二年（一一八五）にかけての六年間にわたる大規模なわが国初の長期的、全国規模の内乱で、いわゆる「源平合戦」「源平の戦い」という名称で知られる。平清盛が後白河法皇の幽閉を強行したことに端を発し、法皇の皇子・以仁王が挙兵して敗死したが、平清盛を中心とする政権に対する反乱が起こり、源頼朝が伊豆で挙兵するなど、全国各地で挙兵が相次いだ。最終的には、平氏政権の崩壊により、源頼朝を中心とした鎌倉幕府の成立という結果で終焉を迎えた。

梶原景季　平安時代末期から鎌倉時代初期の武将。景時の子。若くして騎射として名を馳せ、寿永三年（一一八四）、源義仲追討の宇治川の戦いで、佐々木高綱と先陣争いをしたことで知られる。正治元年（一一九九）、父景時が三浦義村ら有力御家人と対立したとき、ともに弾劾され、翌年上洛の途中、駿河国狐崎で討手により討ち死にした。

朝霧橋東詰の万葉歌碑

■朝霧橋東詰の万葉歌碑

朝霧橋を渡ると、その東側に次の歌が刻まれた万葉歌碑がある。

宇治川は　淀瀬無からし　網代人
舟呼ばふ聲　をちこち聞ゆ　　七・一一三五

この歌は―宇治川には、水の淀んだ瀬がないらしい、網代をかけて魚を取る人の、舟を呼ぶ声が、あちこちに聞こえる―という意味である。この歌碑は、書家・山本万里氏の揮毫により、平成四年（一九九二）に建立された。

■宇治十帖モニュメント

朝霧橋のたもとに宇治十帖モニュメントがある。「浮舟」の巻で、

宇治十帖モニュメント

匂宮が浮舟を小舟で対岸の小家に連れ出すシーンをイメージした像である。背面には、「橋姫」の巻で、薫が大君と中君の二人の姫を垣間見る場面が浮き彫りされている。

興聖寺

■恵心院

モニュメントの南東に恵心院がある。恵心院は、朝日山と号する真言宗智山派の寺で、本尊は十一面観世音菩薩である。弘仁一三年（八二二）、弘法大師による開基で、唐の青龍寺を模して造られたので、「龍泉寺」と称していた。

しかし、たびかさなる戦火で焼失し、寛弘年間（一〇〇四〜一〇一二）、比叡山横川の恵心僧都源信によって再興され、寺号が朝日山恵心院に改められた。現在、薬医門形の山門、本堂を残すの

恵心院

みとなっている。源信は、宇治十帖のヒロインの浮舟を助けた横川の僧都のモデルになった人といわれている。江戸時代には、春日局が幼君・竹千代（後の三代将軍・家光）のために、この寺で祈願した、と伝える。

本堂は、桁行三間、梁行三間の入母屋造、本瓦葺で、延宝四年（一六七六）の再建である。堂内には、本尊の十一面観世音菩薩像、恵心僧都坐像を祀る。

境内には、一間社春日造、銅板葺、向拝付の歓喜堂がある。堂内には、京都の白川金色院を建立した藤原頼通の娘・四条宮の守り本尊といわれる歓喜天を祀る。

■東禅院

恵心院から宇治川を遡っていくと、東禅院がある。本堂は桁行一五間、梁行三間の重層の桟瓦葺の構造で、右側が切妻造、左側が

東禅院

入母屋造である。境内には、地蔵堂があり、堂内には、千躰の地蔵像を祀る。
秋にこの寺を訪れると、周辺一帯に美しい紅葉が見られる。

■亀石

東禅院の少し先の宇治川の岸辺に、亀の形をした「亀石」と呼ばれる自然石がある。宇治川第一の名石として広く世に知られる。この亀石には、次の伝承がある。

『日本書紀』垂仁天皇三十四年春三月の条に、「天皇が山背国に行幸された。そのとき、側近の人が奏じて、『この国には、綺戸辺という美人がいます。容姿が美麗で、山背国の不遅の娘です』と申し上げた。天皇は、そこで矛を執って、祈いをされて、『かならずその美人に遇いたいので、途中に瑞兆が現れてほしい』と仰せられた。行宮に至るころ、大亀が河の中から出てきた。天皇は、矛を挙

亀石

げて亀を刺すと、その大亀は、たちまち石になった」とある。

■興聖寺

東禅院まで戻り、北側の道を東に進むと、興聖寺がある。仏徳山と号する曹洞宗の寺で、本尊は釈迦三尊である。道元禅師が宋の留学から帰国した際に、伏見深草の極楽寺境内に、道場や僧堂を建立し、曹洞宗の禅道場として観音導利興聖宝林寺を開創した。その後、寺は荒廃したが、慶安元年（一六四八）、淀城主・永井尚政が万安英種を招聘して、宇治七名園の一つの朝日茶園のあった現在地に再興した。このため、この寺は、宇治茶発祥の地と関わりの深い寺といわれる。

天保二年（一八三一）に改築された龍宮造の総門（石門）を入ると、正面に、慶安元年（一六四八）、伏見桃山城の書院を移築した法堂（本堂）がある。天井には、血の手形が残され、鶯張りの廊

興聖寺

下がつづき、右側に開山堂、左側に座禅道場がある。
高台の天竺堂には、檜材で彫られた漆箔造の聖観世音菩薩立像を祀る。江戸時代前期、『源氏物語』宇治十帖之古蹟の「手習の杜」に祀られていたので、「手習観音」と呼ばれている。
総門右手の鐘楼には、林羅山による鐘銘が陽鋳された梵鐘がある。興聖寺の参道は、「琴坂」と呼ばれ、宇治十二景の一つに数えられ、紅葉の名所として知られる。

朝日山・仏徳山

■朝日山観音堂

興聖寺の右手より朝日山へ登っていく。途中で仏徳山への道を分け、山道をジグザグに登っていくと、朝日山（標高約一二五メートル）の山頂に着く。平等院の鳳凰堂の東方正面に当たるので、春秋

朝日山観音堂

の彼岸の頃、朝日がこの山頂から昇り、鳳凰堂の正面上部に開けられた内窓から朝日が差し込んで、阿弥陀如来像の白毫を輝かせるという。

朝日山は、古くは、「今木の嶺」と呼ばれ、この一帯は宇治離宮社の神域とされ、仏徳山とともに「離宮山」とも呼ばれていた。

山頂部には石塁がめぐらされ、「永井の城」跡が残る。その一角に朝日山観音堂がある。観音堂は、桁行三間、梁行三間の宝形造、銅板葺の建物で、堂内には、石造聖観世音菩薩像を祀る。

観音堂の東側に、「菟道稚郎子命墓」と刻まれた石碑がある。『日本書紀』には、「大鷦鷯尊がその死に驚いて、菟道の山の上に菟道稚郎子を葬った」と伝える。山頂付近には、二子山古墳があり、発掘調査が行われたが、稚郎子命墓の確証は得られていない。稚郎子命墓は、京阪電車宇治駅の北にもある。

仏徳山からの宇治市街地展望

■仏徳山展望台

朝日山から北へ山道をたどると、仏徳山（標高約一三一メートル）の山頂の巻き道に出る。仏徳山は、「離宮山」「桐原山」「大吉山」とも呼ばれる。北側より山頂に登る。山頂は樹木で囲まれ、展望がきかない。

再び北側に降りると、その先に展望台がある。眼下に宇治川が流れ、河畔に平等院、宇治の市街地、遠方に巨椋池があった平野の美しい景観が望める。

■仏徳山展望台の万葉歌碑

展望台の傍に、次の歌が刻まれた万葉歌碑がある。

妹らがり　今木の嶺に　茂り立つ

仏徳山展望台の万葉歌碑

夫松の木は　古人見けむ　九・一七九五

この歌は―（妹らがり）、今木の嶺に茂り立つ、愛しい人を待つという松の木は、ここにおられた菟道稚郎子も見ていたであろう―という意味である。

この歌碑は、書家・西本大透氏の揮毫により、平成四年（一九九二）に建立された。題詞に「宇治若郎子の宮所の歌一首」とある、宇治若郎子（菟道稚郎子）の宮、今木の嶺の所在地は、ともに不明であるが、仏徳山も候補地の一つである。

■仏徳山登り口広場の万葉歌碑

展望台から登山道に沿って下っていくと、仏徳山登り口広場に、次の歌が刻まれた万葉歌碑がある。

仏徳山登山口の万葉歌碑

そらみつ　倭の國　あをによし　奈良山越えて　山背の　管木の原　ちはやぶる　宇治の渡り　滝屋の　阿後尼の原を　千年に　欠くることなく　万代に　あり通はむと　山科の　石田の社の　皇神に　幣取り向けて　我は越え行く　相坂山を

一三・三二三六

この歌は―（そらみつ）、大和の国の、（あをによし）、奈良山を越えて、山背の、管木の原を経て、（ちはやぶる）、宇治の渡しの、滝屋の、阿後尼の原を、千年経っても、一年もここを通らない年もなく、万年経っても、通いつづけたいものだと、山科の、石田の社におられる神様に、幣を奉って、わたしは越えていくことだ、逢坂山を―という意味である。この歌碑は、書家・山本悠雲氏の揮毫により、平成四年（一九九二）に建立された。

総角之古蹟

■総角之古蹟

万葉歌碑の北側に、「総角之古蹟（あげまきのこせき）」碑がある。『源氏物語』「総角（あげまき）」の巻名は次の歌による。

総角（あげまき）の　長き契（ちぎ）りを　結（むす）びこめ
おなじ所に　よりもあはなむ

この歌は──総角結（あげまきのむす）びが、ずっと契りを結んでいるように、わたしとあなたは一緒に、長く寄り添えるようにしたいものだ──という意味である。総角は、「揚巻（あげまき）」とも称し、宇治上神社（うじがみじんじゃ）の拝殿のある地とされる。拝殿脇の名水は「桐原水（きりはらすい）」で、「総角の水（あげまきのみず）」と呼ばれてきたことから、この地が総角之古蹟になったという。

与謝野晶子の歌碑

宇治上・宇治神社

■与謝野晶子の歌碑

仏徳山登り口で左折してすぐの所に、次の歌が刻まれた与謝野晶子の歌碑がある。

橋姫
　しめやかに　心の濡れぬ　川ぎりの
立舞ふ家は　あはれなるかな

椎が本
　朝の月　涙の如し　真白けれ
御寺のかねの　水わたる時

総角

こころをば　火の思ひもて　焼かましと
願ひき身をば　煙にぞする

さわらび

さわらびの　歌を法師す　君に似ず
良き言葉をば　知らぬめでたさ

宿木

あふけなく　大御女（おほみむすめ）を　いにしへの
人に似よとも　思ひけるかな

この歌碑の傍の説明板には、建碑の由来が次のように記されている。「与謝野晶子が寛（ひろし）とともに山水景勝の地、宇治を訪れたのは大正十三年十月十四日のことであった。晶子は幼少のころよりわ

与謝野晶子　明治一一年（一八七八）、堺市の老舗和菓子屋「駿河屋」を営んでいた父・鳳宗七、母・津祢の三女として生まれた。二〇歳ごろから、和歌を投稿するようになり、浪華青年文学会に参加の後、明治三三年（一九〇〇）より、鉄幹が創立した東京新詩社の機関誌『明星』に短歌を発表。翌年、東京に移り、女性の官能をおおらかに謳う処女歌集『みだれ髪』を刊行し、浪漫派の歌人としてのスタイルを確立した。後に鉄幹と結婚し、子供を一二人出産した。日露戦争時には「君死にたまふこと勿れ」が反戦詩として議論を呼んだ。源氏物語の口語訳『新訳源氏物語』を完成した。

宇治上神社の拝殿

が国の古典文学、とりわけ『源氏物語』の魅力にひかれ、紫式部を終生の師と仰ぎ、その現代語訳に渾身の情熱を注いだ。また、『源氏物語礼賛』によって歌人としての天分を発揮した。『源氏物語』の舞台ともなった宇治のこの地に、与謝野晶子の没後五十年と宇治市制四十周年にあたる平成四年十月、『みだれ髪の会』によって歌碑が建てられた」。

■宇治上神社

与謝野晶子の歌碑の少し先に、宇治上神社がある。祭神は、菟道稚郎子、父の応神天皇、異母兄の仁徳天皇である。創建年代は未詳であるが、菟道稚郎子の宮居・桐原日桁宮跡に、仁徳天皇が菟道稚郎子命の霊を祀るために建立し、後に、応神天皇、仁徳天皇が合祀されたと伝える。明治維新以前には隣接する宇治神社とともに「離宮八幡宮」と呼ばれていたが、明治初年の神仏分離令の際に、

宇治上神社の本殿

宇治神社と宇治上神社に分離された。

拝殿（国宝）は、桁行六間、梁行三間の切妻造、檜皮葺、両妻に各一間の庇、縋破風で、鎌倉時代前期の造立である。本殿（国宝）は、桁行五間、梁行四間の流造、檜皮葺、前面格子戸の覆屋の中に、一間社流造、檜皮葺の三つの社殿が並立して建っている。造立年代は未詳であるが、蟇股の意匠、組物などの細部意匠に貴族の邸宅の寝殿造の建築様式が見られるので、平安時代後期の造立と推定されている。

本殿中央の社殿は独立しているが、両側の二社は、覆屋の妻を兼ねている。それらの蟇股は、後世の刳抜蟇股の原初的形態を有しており、中尊寺の金色堂、醍醐寺の薬師堂の蟇股とともに、日本三蟇股の一つに数えられている。また、これら二社の扉の内側には、童子像、随身像が描かれており、数少ない藤原時代の神像画として高く評価されている。

境内の手水舎には、宇治七名水の一つである「桐原水」が湧き出

早蕨之古蹟

しており、茶の水として近隣の人たちから愛されている。

■早蕨之古蹟

宇治上神社からさわらびの道に沿って進むと、「早蕨之古蹟」碑がある。『源氏物語』「早蕨」の巻名は、次の歌による。

この春は　たれにか見せむ　亡き人の
かたみにつめる　峰の早蕨

この歌は―今年の春は、いったい誰に見せたらよいのでしょうか、あなたが亡き父君の、形見として摘んでくれた、山の早蕨を―という意味である。父の八の宮に続いて、姉の大君まで亡くして、独りになって嘆き暮らしていた中君の許に、宇治山の阿闍梨から、蕨や土筆が籠に入れられて贈られてきた。その温かい心に感動して中君

宇治神社の拝殿

が詠んだ歌である。

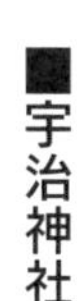

■宇治神社

早蕨之古蹟の先に宇治神社がある。祭神は、応神天皇、その皇子・菟道稚郎子命、仁徳天皇である。この神社の創建年代は未詳であるが、菟道稚郎子の宮居・桐原日桁宮跡に、仁徳天皇が菟道稚郎子命の霊を祀るために建立した、と伝える。後に、応神天皇、仁徳天皇が合祀され、「離宮八幡宮」とも呼ばれた。

拝殿は、方三間の入母屋造、本瓦葺で、「桐原殿」と呼ばれる。本殿（重文）は、桁行三間、梁行三間の流造、檜皮葺で、鎌倉時代の造立である。前面に神門があり、その両側につづく木の瑞垣で囲まれている。鳥居の背後に、慶長一八年（一六一三）銘の離宮八幡大菩薩と刻まれた石燈籠がある。

菟道稚郎子は、王仁博士から儒教の思想を学んでいたので、兄の

宇治神社の本殿

大鷦鷯尊（後の仁徳天皇）を差し置いて帝位につくことは儒教の思想に反すると考えて、帝位を大鷦鷯尊に譲ろうとしたが、拒否された。二人が帝位を譲り合っている間に、第一皇子の大山守命が帝位につこうとして謀反を企てたが、それが発覚して菟道稚郎子に殺された。その後も菟道稚郎子と大鷦鷯尊は互いに帝位を譲り合い、三年が経過した。菟道稚郎子がこの状態を憂いて自殺したので、やむなく大鷦鷯尊が即位して仁徳天皇となった。

この神社は、平等院が創建されたとき、その鎮守となり、江戸時代まで宇治上神社と二社一体となって、平等院の鎮守神になっていたが、明治維新の神仏分離令で、平等院から切り離され、宇治上神社と宇治神社に分割された。

石段下に兎の口から水が流れ出ている手水舎がある。この姿は、菟道稚郎子が道に迷って困っていたとき、兎が出てきて道案内をしたという故事に基づいて、その様子を再現しているといわれ、菟道（宇治）という地名の起源とされている。

末多武利神社

放生院

■末多武利神社

宇治神社から参道に沿って「さわらびの道」と呼ばれる坂を下っていくと、末多武利神社がある。祭神は「宇治民部卿」と呼ばれた藤原忠文である。社殿は、一間社切妻造、桟瓦葺の小さな祠である。珍しいこの神社の社号は、社地の地名の「又振」に掛けて付けられたという説もある。

藤原忠文は、天慶二年（九三九）、参議となり、翌年、征夷大将軍として東国で起きた平将門の乱の討伐に派遣されたが、忠文が東国に着いたときには乱が治まっていた。このため、藤原実頼により論功行賞の対象から外された。忠文はこれを怨んで、死後も実頼の一族に取り付いて祟ったので、その怨念を鎮めるために、この神社が創建されたという。

正覚院

この神社は、耳の病気にご利益があるといわれ、穴の開いた石を供えて祈願する風習が伝わる。

■正覚院

末多武利神社からさらに坂を下っていくと、石段の横に「開運不動尊」と刻まれた石標があり、高台に正覚院がある。地元の人たちは「川東のお不動さん」と呼んでいる。高野山真言宗の寺で、本尊は弘法大師が自ら刻んだと伝える不動明王である。

本堂の不動堂は、桁行三間、梁行三間の宝形造、桟瓦葺、向拝付である。

往古、この寺の下の宇治川畔は「不動ケ浜」と呼ばれ、柴や薪を積んで宇治川を航行する舟は、この浜で舟を止めて、この不動明王を参拝したという。

放生院の本堂

■放生院

正覚院から少し北へ進むと、放生院がある。放生院は、宝雨山常光寺放生院と号する真言律宗の寺で、本尊は地蔵菩薩である。「橋寺さん」と呼ばれて宇治橋の守り神として崇拝されている。

推古天皇一二年（六〇四）、聖徳太子の発願により、秦河勝により創建された。弘安九年（一二八六）、宇治橋が西大寺の僧・叡尊によって再建されたとき、宇治川の中洲に十三重石塔が建立され、この寺で大放生会が開かれたので、「放生院」と呼ばれるようになったといわれる。この寺の境内から、宇治橋の全容が眺められ、この寺が宇治橋の守り神になっていたことが実感される。

本堂は、桁行一〇間、梁行六間の重層の寄棟造、桟瓦葺である。堂内には、中央に本尊の鎌倉時代の地蔵菩薩立像（重文）、その周辺に平安時代後期の造立で、叡尊がこの寺を再興する以前の本尊であった不動明王立像（重文）、室町時代の清涼寺式釈迦如来坐像を

放生院の山門

祀る。

境内には、宇治橋断碑、石仏、五輪塔がある。宇治市銘木百選のイチョウの大木、二つの幹が交わるサルスベリ、スイフヨウなどが植栽され、端正に整えられた庭の木々や花々が目を楽しませてくれる。

■宇治橋断碑

『日本霊異記』には、「宇治橋は、大化二年(六四六)、元興寺の僧・道登が架橋した」と記され、宇治橋断碑には、次の銘文が刻まれている。

「浼浼たる横流は、其の疾きこと箭の如し。修修たる征人は、騎を停めて市を成す。重深に赴かんとすれば、人馬命を亡ふ。古従り今に至るまで、抗竿を知ること莫し。世に釋子有り。名を道登と曰ふ。山尻恵満之家自り出でたり。大化二年、丙午之歳、この橋

宇治橋断碑

を構立して、人畜を済度す。即ち微善に因って、爰に大願を発すらく、因を此の橋に結びて、果を彼の岸に成さん。法界の衆生、普く此の願に同じ、夢裏空中に、其の苦縁を導かんことを」

この銘文から、宇治橋は、大化二年（六四六）に架橋され、当時、宇治川の流れが速く、渡河の危険性が高かったことなどがわかる。

その後、この碑は洪水で流出して見失われていたが、寛政三年（一七九一）、放生院近くの川岸に、折損した上部が埋没しているのが発見され、尾張の学者・小林亮適らが、『帝王編年記』巻九に載っている全文に基づいて、碑文を補刻して下部を造り、つなぎ合わせて再建された。「宇治橋断碑」という名称は、この経緯に由来する。この時の様子は誇らしげであったようで、碑陰には次のように記されている。

寛政辛亥（三年）夏四月、一夫たまたま放生院の藩籬の側をうがち、断碑二尺ばかりを獲たり、これを検するにすなはち旧碑四の一のみ。尾張の人小林亮適、内田宣経、小川雅宣、吉田重英、釈亮恵、得てこれを乞い、意にこれを復せんと欲す。然して碑面の文字極めて醇古、今人のよく補うところにあらず、已むを得ざれば古法帖中に就き掇拾布列し、旧文再び全し。寛政辛亥秋九月碑成中邨維貞撰、小林亮適書 幷督工

一方、『続日本紀』文武天皇四年（七〇〇）三月の条には、「宇治橋は、道昭によって架橋された」とあり、宇治橋の架橋は、道昭であるという別の説を示している。このように、宇治橋の架橋時期については、大化二年（六四六）説と文武天皇四年（七〇〇）説の二つがある。

これに対して、『古京遺文』では、「道登は孝徳天皇大化元年及び白雉元年の紀に見えたり。道登の宇治橋を営みしことは現報霊異記に見えたり。而るに続日本紀に則ち道昭宇治橋を造ると云う。続紀を按ずるに又た云く『道登、文武天皇四年を以て物化す。時に七十二』と。之を沂り数ふるに大化二年は時に年十八、猶ほ弱齢なり。恐らく造橋の事有る無けん」とある。道登は、文武天皇四年

古京遺文　文政元年（一八一八）七月、狩谷棭斎が著した古代金石文の研究書。全二九篇、付録三篇で構成。如意輪観音菩薩造像記、薬師佛造像記、宇治橋断碑、船首王後墓版などが取り上げられている。それぞれについて釈文を示し、発見の経緯を述べ、銘文の厳密な考証を行っており、金石文研究の基本書といわれている。棭斎は、江戸時代を代表する考証学者で、『箋注和名類聚鈔』『日本霊異記攷証』などの著作がある。

（七〇〇）、七二歳で没しているので、大化二年（六四六）には、弱冠一八歳となるので、橋を架橋するには若過ぎるとして、道登説を否定している。

通圓茶屋

宇治市源氏物語ミュージアム

■通圓茶屋

宇治橋の東詰に通圓茶屋がある。正面に青蓮院宮尊朝法親王筆と伝える「御茶屋」の額が掲げられている。寛文一二年（一六七二）に建造された江戸時代の町家の遺構である。平安時代の末期の永暦元年（一一六〇）に源頼政の家臣・古川右内が創業したことに始まる。

その後、子孫代々「通圓」という姓を名乗り、室町時代には、宇治橋の橋守（守護職）を仰せつかり、橋の長久祈願と橋を往来する

東屋観音

人々の無病息災を願って、茶を提供するようになり、古典や芸能にしばしば採り上げられ、全国の人々に広く知られるようになった。第七代の通圓は、一休和尚に参禅して隠者となり、とんちを介在にして親交を深めた。店内の正面に、一休和尚の作と伝える初代通圓の木像が祀られている。

■東屋観音

通圓茶屋から大通りの向かい側を少し東へ行くと、生け垣に囲まれて東屋観音があり、観世音菩薩像が祀られている。鎌倉時代後期の造立と推定される高さ約一メートルの石仏で、頭に宝冠を付け、左手に蓮華を持ち、右手は施無畏印を結んで、蓮華座に結跏趺坐している。

東屋之古蹟

■東屋之古蹟

東屋観音の地は、宇治十帖の「東屋之古蹟」とされている。「東屋」の巻名は、次の歌による。

さしとむる　葎やしげき　東屋の
あまり程ふる　雨そそぎかな

この歌は―戸口を塞ぐほどに、雑草が生い茂った東屋に、あまりに長い間、雨だれの落ちる中で待たされるものだ―という意味である。薫が浮舟を宇治に迎えるために、三条の小家を訪ねたときに詠んだ歌である。宇治十帖には、東屋観音の記述がなく、単に東屋観音の「東屋」との共通性から、この観音の地が東屋之古蹟になっているように思われる。

彼方神社

■彼方神社

東屋観音から少し北へ行くと、彼方神社がある。祭神は諏訪明神である。この神社は、『延喜式』神名帳に載る式内社である。祠の前の石燈籠には、「諏訪大明神」と刻まれているが、宗像の神という説もある。社殿は一間社流造、銅板葺の小さな祠である。

彼方は宇治川の流れ落ちる方向、あるいは、宇治川の流れが急に速くなる場所を意味するので、『日本書紀』の神功皇后の条に記載された「彼方の疎林の松原」は、当地とされている。

■椎本之古蹟

彼方神社の地は、宇治十帖の「椎本之古蹟」とされている。「椎本」の巻にある「をちの白波」「をちこちの汀」の「をち」が、この神社の名前を指すといわれ、それによって椎本之古蹟とされたようだ。

椎本之古蹟

「椎本」の巻名は、次の歌による。

たちよらむ　蔭と頼みし　椎が本
むなしき床に　なりにけるかも

この歌は―出家したら立ち寄る、蔭になると頼りにしていた、椎の木の、下蔭（八の宮）が亡くなり、むなしい床になったのだなあ―という意味である。この歌は、薫が不確かな出生のために、仏道修行の師と仰いでいた八の宮の死を悼んで詠んだ歌である。都での権力争いに敗れ、むなしく宇治の地で死んでいった八の宮の不遇を嘆いている。

■宇治市源氏物語ミュージアム

彼方神社から、大通りを横切り、民家の間を東へ進むと、宇治

源氏物語ミュージアム

市源氏物語ミュージアムがある。このミュージアムは、平成一〇年（一九九八）、『源氏物語』五十四帖の宇治十帖の啓蒙を目的に開館された。『源氏物語』の幻の写本とよばれる「大沢本」など『源氏物語』に関する資料が収集・保管されている。平成一〇年（一九九八）に開館し、開館一〇周年にあたる平成二〇年（二〇〇八）九月にリニューアルされた。

格調高い唐破風屋根の玄関から入ると、「平安の間」がある。映像展示「源氏物語と王朝絵巻」、光源氏の栄華を象徴する六条院の模型、実物大の牛車、雅な十二単、王朝文化と年中行事、「貝合わせ」「囲碁」「双六」などの貴族の遊びや平安時代の季節ごとの行事などが展示されている。

その先の通路に「架け橋」がある。平安京から別業の里・宇治への道行きが体感できる。

つぎに、「宇治の間」がある。伝土佐光則筆の「源氏絵鑑帖」と解説が並ぶ。宇治十帖物語シアターでは、紗幕や実物大のセットを

かげろうの石

用いて、「薫の垣間見」「管弦の宴」「匂宮と浮舟」の三場面を再現している。

最後に、「物語の間」がある。「別業の里・宇治」のCGによる再現、物語の宇治（想像図）のパネル展示、平等院や宇治上神社、藤原氏ゆかりの史跡などが紹介されている。

■かげろうの石

宇治市源氏物語ミュージアムから「かげろうの道」に沿って進むと、菟道小字大垣内に、生け垣に囲まれて、高さ約二メートルの「かげろうの石」と呼ばれる自然石が建っている。

この自然石の正面に定印を結ぶ阿弥陀如来像、右に両手で蓮台を捧げる観世音菩薩像、左に合掌する勢至菩薩像が刻まれている。これらの像は、阿弥陀三尊像で、平安時代の阿弥陀来迎信仰の名残であると思われる。勢至菩薩像の右には、敷物の上に、裳裾を長く後ろに引いてひざまづき、中央の阿弥陀如来像に向けて合掌する一人の女性が刻まれている。

蜻蛉之古蹟

■蜻蛉之古蹟

かげろうの石の地は、宇治十帖(うじじゅうじょう)の「蜻蛉之古蹟(かげろうのこせき)」とされる。「蜻蛉」の巻名は、薫(かおる)が夕暮れに儚(はかな)く飛び交う蜻蛉を眺めながら、大君(おおいきみ)・中君(なかのきみ)・浮舟(うきふね)の三姉妹のことを想って詠んだ次の歌による。

ありと見て　てには取られず　見れば又(また)
ゆくへも知らず　消えし蜻蛉(かげろう)

この歌は——あそこにあるようで、手に取ることができない、見ようとしても、どこへ行くのかわからない、蜻蛉のようにどこかへ消えていってしまう——という意味である。

管木の原　管木は、綴喜、筒城、箇木とも表記される。この地は、古くは仁徳天皇の妃・磐之媛皇后が筒城宮を営み、その後、継体天皇が筒城宮を営んだ所とされる。管木、箇木と呼ばれた地域は、『和名抄』に掲げる綴喜郷と推定され、管木の原は、現在の京都府京田辺市興戸、多々羅、三山木、飯岡付近の平野部とされる。渋谷経由で奈良山を越え、泉川の西岸を北上し、管木の原を通り、山本郷で泉川を渡河して、古北陸道に入ったと推定される。

■阿後尼の原

かげろうの石付近は、『万葉集』巻一三の次の歌に詠まれた「阿後尼の原」とする説がある。

そらみつ　倭の國　あをによし　奈良山越えて　山代の　管木の原　ちはやぶる　宇治の渡　滝屋の　阿後尼の原を　千歳に　闕くる事無く　萬代に　あり通はむと　山科の　石田の社の　皇神に　幣取り向けて　われは越え行く　相坂山を

一三・三二三六

この歌は――（そらみつ）、大和の国の、（あをによし）、奈良山を越えて山背の、管木の原を経て、（ちはやぶる）、宇治の渡しの滝屋の、阿後尼の原を千年経っても、ここを通らない年もなく、万年経っても、通いつづけたいものだと、山科の石田の社におられる神様に幣を奉って、わたしは越えていくことだ、逢坂山を——という意味である。

阿後尼の原の所在地については、『山城志』では、宇治市菟道、旧三室村の宇治川の右岸沿いの山裾からつづく平野部の蜻蛉野、『地名の研究』では、大字宇治の山本、隣接する菟道の大垣内あたりから大鳳寺跡のある西中付近に及ぶ野、『宇治市史』では、「『山城国山科郷古図』に郡里岡屋里と示されることから、岡屋郷とするのが妥当であろう」としている。

「岡屋」という地名は、近世まで、五ケ庄村を構成する「岡屋村」として残されていたが、明治二年（一八六九）、村名が廃され、五ケ庄村字岡屋となり、さらに、宇治市大字五ケ庄村となったとき、地名から消滅し、現在、小字として残されているにすぎない。

岡屋の阿後尼の原　宇治市五ケ庄の西北隅、現在の宇治市木幡と接する区域が旧岡屋村で、現在の小字寺界道・古川の一帯である。『山科郷古図』の「郡里岡屋里」もこの区域に相当し、かつてこの地域は宇治の中心地域であった。このため、古北陸道は、現在の府道京都宇治線ではなく、西の市道宇治六地蔵線に沿う郡家の近くを通っていたと推定されている。

三室戸寺の本堂

三室戸寺

■三室戸寺

蜻蛉之古蹟から、みむろ道に沿ってさらに北へ進むと、三室戸寺がある。明星山と号する修験宗の寺で、本尊は千手観世音菩薩、西国三十三所観音霊場第十番札所である。もとは天台宗寺門派（三井寺）に属していた。本堂は、桁行五間、梁行五間の重層の入母屋造、本瓦葺、向拝付の堂々とした建物である。

この寺の創建については、次の伝承がある。宝亀元年（七七〇）、光仁天皇は、毎夜宮中に、霊光が射し込むのを見て、この奇瑞を喜ばれ、藤原犬養を遣わして、この霊光の源を探らせた。犬養が志津川の上流の古樹が鬱蒼と茂る所に来ると、水が青く澄んだ淵があり、千手観世音菩薩像が幻のように出現した。犬養はこの像を持ち帰り、天皇に奏上した。天皇は宮中にこの像を祀ったが、その後、

三室戸寺の三重塔

行表禅師を招いて、この地に堂宇を建立させて、この像を祀り、「御室戸寺」と称した。その後、この寺は、光仁・花山・白河天皇の離宮になったので、「御」を「三」に改めて「三室戸寺」と称するようになった。

康和元年(一〇九九)、修験僧・隆明によって再興されたが、寛正三年(一四六二)、大火により堂宇をことごとく焼失した。文明年間(一四六九〜一四八七)、後土御門天皇の勅命により再興されたが、天正元年(一五七三)、織田信長の焼き打ちにあい、その後、荒廃した。寛永一六年(一六三九)、道晃法親王により復興されたが、明和年間(一七六四〜一七七二)に再び荒廃し、文化一一年(一八一四)、法如和尚により再興されるなど、幾多の興亡盛衰を繰り返して、今日に至っている。

山門につづく赤門をくぐり、長い石段を登ると、正面に本堂がある。右手に阿弥陀堂、鐘楼、三重塔が続き、左手に十八神社、霊宝殿がある。鐘楼の傍には、『源氏物語』宇治十帖の「浮舟之古

三室戸寺の与楽苑

蹟」碑が建ち、寺務所の前には松尾芭蕉の句碑がある。

霊宝殿には、平安時代後期の造立と推定される定朝様式の阿弥陀如来像（重文）、観世音菩薩像（重文）、勢至菩薩像（重文）、清涼寺式釈迦如来像（重文）、毘沙門天像（重文）を安置する。

境内には、約一・七万平方メートルにも及ぶ「与楽苑」と呼ばれる庭園があり、四季折々の花が見られるので、三室戸寺は「花の寺」と呼ばれている。四月下旬から五月上旬には、「ツツジ園」に二万株の平戸ツツジ、霧島ツツジ、久留米ツツジなどが咲き誇る。六月には、「アジサイ園」に五〇種、一万株の西洋アジサイ、額アジサイ、柏葉アジサイなどが咲き乱れる。七月から八月上旬には、「ハス園」に約一〇〇種、二五〇鉢の大賀ハス、古代ハスなどが咲き、まるで極楽浄土のような光景になる。一一月には、「三室戸の紅葉」と称されるほどの美しい紅葉が見られ、紅葉の名所となっている。

浮舟之古蹟

■浮舟之古蹟

三室戸寺の鐘楼の横に「浮舟之古蹟」と刻まれた石碑がある。「浮舟」の巻名は、次の歌による。

橘の　小島は色も　かはらじを
この浮舟ぞ　ゆくへ知られぬ

この歌は――橘の繁る小島の色のように、あなたの心は変わらないかもしれないけれど、水に浮く小舟のようなわたくしの身は、どこへ行くのかわかりません――という意味である。

浮舟は、薫によって宇治にかくまわれていたが、情熱的で衝動的な匂宮の愛に惹かれ、薫と匂宮の間で、まるで波に翻弄される小舟のように、あてどもなく漂う自分の心を詠んだ歌である。

「浮舟之古蹟」は、当初、「菟道稚郎子の墓」付近の「浮舟の杜」

十八神社

にあった。宇治川は、水上交通が盛んであったため、三室津の守護神を祀る神社が創建され、宇治十帖の影響からか、「浮舟社」と呼ばれた。江戸時代の中頃に、浮舟社は廃絶され、その跡地に「浮舟之古蹟」の碑が建てられた。明治の中頃になって、浮舟社の跡が、宮内省によって「菟道稚郎子尊宇治墓」とされた。このため、「浮舟之古蹟」の碑は、宇治川河畔から三室戸寺境内へ移された。

■十八神社

十八神社の主祭神は、大物主命で、手力雄命、熊野久須毘命を合祀する。本殿（重文）は、桁行三間、梁行二間の流造、檜皮葺である。蟇股には、「長享元年（一四八七）十月十六日」の墨書きがあり、室町時代の建立である。

本殿の横に並ぶ小祠には『平家物語』の「橋合戦」で活躍した一来法師を祀る。

菟道稚郎子尊宇治墓

菟道稚郎子尊宇治墓

三室戸寺から来た道を戻り、途中でみむろ道を分けて西へ進み、JR京都線を横切り、京阪宇治線の踏切を渡って左折して南へ行くと、菟道稚郎子尊宇治墓がある。「宇治墓」「丸山」とも呼ばれる。明治二二年（一八八九）、幕府の陵墓の治定で、丸山を菟道稚郎子の墓と定めて、新しく墳土を盛って、前方後円墳を造成し、「宇治墓」と称されるようになった。

『日本書紀』には、「菟道山上に葬りまつる」とあるが、その所在地については、宇治の朝日山山頂説、興聖寺の境内説、三室戸寺の境内説、宇治上神社の境内説などの諸説がある。

菟道稚郎子は、応神天皇の第三皇子で、兄は第二皇子の大鷦鷯尊（後の仁徳天皇）である。応神天皇は菟道稚郎子皇子を寵愛して皇太子としたが、天皇が崩御した後、皇子は大鷦鷯尊と互いに皇位を譲り合った。これに乗じて、異母兄の大山守命が郎子を殺そうとして挙兵したが、郎子が事態を察して大山守命を殺した。その後も菟道稚郎子と大鷦鷯尊は皇位を譲り合うこと三年にも及び、菟道稚郎子はついに自らの命を絶った。遺体は、宇治の山の上に葬られたという。
『万葉集』巻九には、次の「宇治若郎子(うぢのわきいらつこ)の宮所(みやどころ)の歌一首」が残されている。

妹らがり　今木の嶺(みね)に　茂り立つ
夫松(つままつ)の木(き)は　古人(ふるひと)見けむ　九・一七九五

この歌は――(妹らがり)、今木の嶺に、茂り立つ、愛しい人を待つという松の木は、ここにおられた菟道稚郎子も見ていたであろう――という意味である。
宇治墓から南へ進み、京阪宇治線宇治駅に出て、今回の散策を終えた。

菟道稚郎子　応神天皇が近江行幸の折に、宇遅野に立って、葛野を望んで、「千葉の葛野を見れば」の歌を詠んだ。その後、木幡に至って、和邇氏の美しい娘・宮主矢枝比売に出会った。帰途に比売を妃とし、二人の間に生まれたのが、菟道稚郎子である。天皇は、この皇子を寵愛し、先に高木之入日売との間に生まれた大山守命、中日売命との間に生まれた大雀命(大鷦鷯尊)をさしおいて、立太子させた。これが、天皇の死後、皇位継承をめぐるしこりとなったが、菟道稚郎子は入水して自らの命を絶ち、大雀命が即位して、仁徳天皇となった。

第五章　大津宮コース

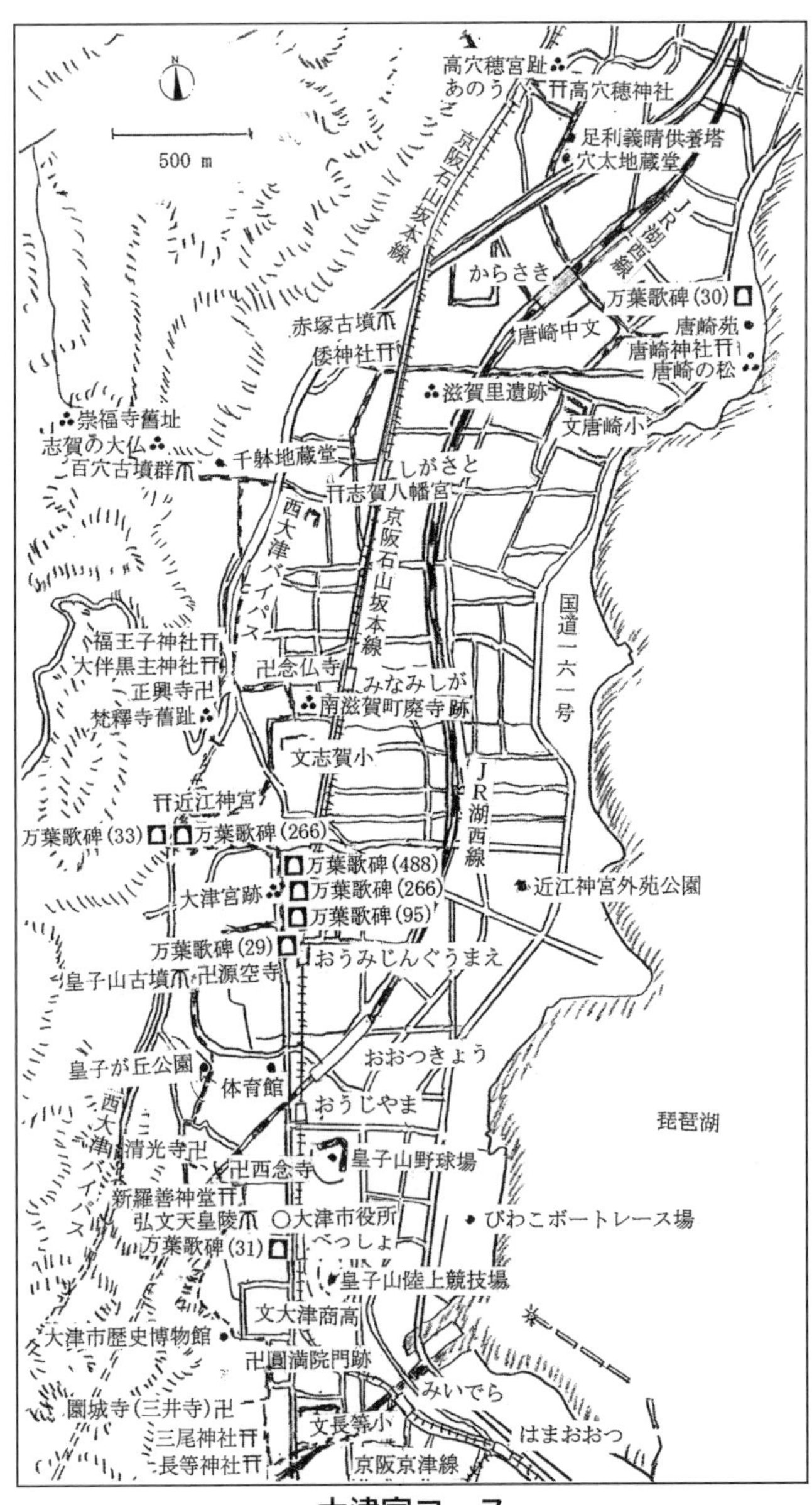
500 m
高穴穂宮趾
あのう
高穴穂神社
足利義晴供養塔
穴太地蔵堂
京阪石山坂本線
JR湖西線
からさき
万葉歌碑(30)
唐崎中
唐崎苑
唐崎神社
唐崎の松
赤塚古墳
倭神社
滋賀里遺跡
崇福寺舊址
志賀の大仏
百穴古墳群
千躰地蔵堂
唐崎小
しがさと
志賀八幡宮
西大津バイパス
京阪石山坂本線
国道一六一号
福王子神社
大伴黒主神社
正興寺
梵釋寺舊址
念仏寺
みなみしが
南滋賀町廃寺跡
志賀小
JR湖西線
近江神宮
万葉歌碑(33)
万葉歌碑(266)
万葉歌碑(488)
大津宮跡
万葉歌碑(266)
万葉歌碑(95)
近江神宮外苑公園
万葉歌碑(29)
おうみじんぐうまえ
皇子山古墳
源空寺
おおつきょう
皇子が丘公園
体育館
おうじやま
琵琶湖
西大津バイパス
清光寺
西念寺
皇子山野球場
新羅善神堂
弘文天皇陵
大津市役所
びわこボートレース場
万葉歌碑(31)
べっしょ
皇子山陸上競技場
大津商高
大津市歴史博物館
圓満院門跡
みいでら
園城寺(三井寺)
三尾神社
長等小
はまおおつ
長等神社
京阪京津線

大津宮コース

大津市の京阪石山坂本線穴太駅の東に、近江国最古の宮の高穴穂宮趾、南東の琵琶湖岸に近江八景「唐崎夜雨」で知られる唐崎がある。その南東のＪＲ湖西線と京阪石山坂本線の間に、縄文時代の滋賀里遺跡、その西に赤塚古墳、倭神社がある。それより北西に行くと、比叡山東麓に天智天皇勅願の崇福寺舊址、少し戻って高速道路に沿って南へ行くと、大伴黒主神社があり、その南東の旧志賀町（現・同市南志賀）の集落の中に、飛鳥時代の古代寺院の南滋賀町廃寺跡がある。その南西の広大な森の中に、近江神宮、その南に近江大津宮錦織遺跡、さらに西へ行くと、近江地方最古の古墳といわれる皇子山古墳、その南に弘文天皇陵がある。これより山道を南へ抜けると、鬱蒼と茂る森の中に圓満院門跡、園城寺（三井寺）、その東に三尾神社、その南に長等神社がある。今回は、唐崎、崇福寺跡、南滋賀町廃寺跡、近江神宮、園城寺などの社寺、史跡をめぐりながら、万葉の時代の大津宮を偲ぶことにする。

近江八景　近江国（現・滋賀県）に見られる優れた次の八つの風景。
・石山秋月＝石山寺（大津市）
・勢多夕照＝瀬田の唐橋（大津市）
・粟津晴嵐＝粟津原（大津市）
・矢橋帰帆＝矢橋（草津市）
・三井晩鐘＝三井寺（大津市）
・唐崎夜雨＝唐崎神社（大津市）
・堅田落雁＝浮御堂（大津市）
・比良暮雪＝比良山系

高穴穂宮趾

唐崎

■高穴穂宮趾

京阪石山坂本線穴太駅の北東の森の中に、「高穴穂宮趾」の石標がある。この地は、景行・成務・仲哀天皇の三帝が営んだ近江国最古の宮跡である。『日本書紀』景行天皇五十八年の条に、「近江国に幸して、志賀に居ますこと三歳。是を高穴穂宮と謂す」、『古事記』中巻に、「若帯日子天皇、近淡海の志賀の高穴穂宮に坐して、天下治めたまひき」とある。

景行天皇が三年、成務天皇が六一年、仲哀天皇が半年の三代にわたってこの地で宮を営み、諸国を国、郡、県、邑という行政区画に分け、それぞれに長を定めるなど、国内の統一事業を進めた。成務天皇は、武内宿禰を大臣に任命するなどして大臣の制度を創始し、『日本書紀』に「是を以て、百姓安く居みき。天下事無し」と記

高穴穂神社

されるような平穏な治世を築いた。

■高穴穂神社

高穴穂宮趾の東に高穴穂神社がある。祭神は、景行天皇、上筒男命、中筒男命、底筒男命の住吉三神、事代主命である。『近江輿地志略』には「禅納大明神社」とあり、地元の人々は「お全納さん」と呼んで崇拝している。創建年代は詳らかではないが、景行天皇が崩御した後、成務天皇が先帝の遺徳を追頌して宮内に前王宮を祀ったのに始まる、と伝える。

舞殿は、桁行一間、梁行一間の入母屋造、銅板葺、幣殿は、桁行一間、梁行二間の入母屋造、桟瓦葺、本殿は、一間社流造、銅板葺である。元亀二年（一五七一）、織田信長が比叡山を焼き打ちした際、兵火で社殿を焼失したが、元和二年（一六一六）に再建された。境内には、八坂神社、筍飯神社を併祀する。

足利義晴供養塔

■足利義晴供養塔

高穴穂神社の前の道を南へ進むと、道端に足利義晴供養塔がある。足利義晴は、室町幕府の第一二代将軍で、義澄の子である。はじめ細川高国に擁立されたが、高国の没落とともに近江に逃れた。その後、細川晴元と和して入京し、大永元年（一五二一）、将軍になったが、幕政の実権は晴元に握られ、京都周辺の裁判に関して、辛うじて将軍の権限を保持した。天文一八年（一五四九）、三好長慶に追われて、この地へ逃れたが、発病して死去した。村人は義晴の死を哀れんで、その霊を弔うために、この供養塔を建てたという。

■穴太地蔵堂

供養塔からさらに南へ進むと、高速道路の傍に穴太地蔵堂がある。堂内には、岩に浮き彫りされた、如意を持つ地蔵菩薩石像が安置さ

穴太地蔵堂

れている。伝教大師・最澄の作と伝える。この地蔵像は、北国街道が滋賀から穴太へさしかかる曲がり角に安置されているため、「まわり地蔵」という別名がある。また、穴太の集落の入り口に位置するので、病気や災難が村に入り込むのを守護するという信仰から、「延命地蔵」とも呼ばれている。

地蔵堂内の両側の壁面には、西国三十三所観音霊場第一番札所の那智山青岸渡寺、第三十三番札所の谷汲山華厳寺の仏画が掲げられている。

■唐崎

穴太地蔵堂から高速道路の下をくぐって東へ進み、ＪＲ湖西線唐崎駅の下を東に抜けてしばらく進むと、琵琶湖に面して唐崎がある。唐崎は、「辛崎」「韓崎」「可楽崎」とも表記され、近江八景「唐崎夜雨」として、浮世絵版画、近江名所図屏風などに描かれた景勝地

唐崎の松

として知られる。繁茂した松の枝葉が蕭然として広がり、岸辺に葦が茂る琵琶湖、その対岸の遥か遠方に秀麗な山容の三上山（近江富士）が望めるなど、美しい景観が広がっている。
唐崎は、琵琶湖を一望のもとに見渡すことができる景勝地にあり、『万葉集』以来、多くの歌人によって歌が詠まれている。万葉の時代には、柿本人麻呂が廃墟になった大津宮の跡を訪れて、大津宮を回想した歌を詠んでいる。平安時代には、天皇の災禍を祓う「七瀬之祓」の一つに定められ、桓武天皇、嵯峨天皇が行幸している。さらに、古くから、大津宮の外港としての役割を果たした湊があり、その周辺には旅籠、茶店が建ち並び、比叡山や日吉大社へ参詣する人々で賑わった。
唐崎の浜に立つと、「唐崎の松」と呼ばれる一本の巨松がひときわ目を引く。初代の松は、舒明天皇の時代に、この地に住んでいた宇志丸宿禰が植えたと伝え、一本葉の珍しい松葉が含まれ、「唐崎の一つ松」と呼ばれて親しまれていたが、天正九年（一五八一）

唐崎から三上山（近江富士）方面展望

の暴風で倒れて枯れた。この年、豊臣秀吉が名樹の枯れたのを惜しんで、大津城主・新庄直頼に命じて再植させた。この松は、背が高く、枝ぶりがよく、大枝が湖面近くまで這うなど、美しい雄姿をしていたが、大正一〇年（一九二一）に枯れて、現在、三代目の松に植え替えられている。

『万葉集』には、「唐崎」を詠んだ次の歌がある。

楽浪の　志賀の唐崎　幸くあれど
大宮人の　舟待ちかねつ　　一・三〇

この歌は、柿本人麻呂の作で――楽浪の立つ、志賀の唐崎は、昔と変わらずに今もあるけれど、そこに遊んだ大宮人の、舟はいくら待っても見ることができない――という意味である。周囲の景色は昔のままであるのに、大津宮の大宮人は、いくら待っても訪れてくれないと、人だけが移ろってしまう人生のはかなさを嘆いている。

唐崎神社

■唐崎神社

唐崎の松の西に唐崎神社がある。祭神は女別当神である。古くは「女別当神社」と呼ばれた。日吉神社の摂社で、創建年代は未詳であるが、持統天皇一一年（六九七）に創建された、という説がある。女別当神は、舒明天皇の時代に、この地に居住し、「唐崎」と名付けた琴御館宇志丸宿禰の妻といわれ、創建当初には、「女別当社」と呼ばれ、婦人病に霊験あらたかであるとして崇敬されていた。

舞殿は、桁行一間、梁行一間の入母屋造、銅板葺、本殿は、桁行一間、梁行一間の入母屋造、檜皮葺で、正面に千鳥破風、両側に唐破風が付いた複雑な構造の屋根で、屋根付の瑞垣に囲まれている。

元亀元年（一五七〇）の兵火で堂宇をことごとく焼失したが、天正一二年（一五八四）、飛鳥井仙慶により再建された。

唐崎苑の万葉歌碑

■唐崎苑の万葉歌碑

唐崎神社に隣接して、県営都市公園唐崎苑があり、苑内に次の歌が刻まれた万葉歌碑がある。

楽浪の　志賀の辛崎　幸くあれど
大宮人の　船待ちかねつ　　一・三〇

この歌は、柿本人麻呂の作で—楽浪の立つ、志賀の唐崎は、昔と変わらずに今もあるが、そこに遊んだ大宮人の、舟はいくら待っても見ることができない—という意味である。この歌は、壬申の乱で近江朝廷が滅びた後の二〇年後に、柿本人麻呂が近江朝時代に船着き場があった唐崎を訪れて詠んだ歌である。待てど訪れようのない寂しさ、周囲の景色は昔のままであるのに、人のみ移ろってしまったはかなさ、という人事を描いている。

滋賀里遺跡

崇福寺舊址

■滋賀里遺跡

唐崎から少し南へ進み、三叉路で右折して大通りを道なりに南西に進み、ＪＲ湖西線のガードをくぐると、南側の民家の背後に水田が広がっている。北は滋賀里四丁目、蓮池町付近から南は見世一丁目付近までの一帯に、縄文時代後期の貝塚、生活遺構、墓地が発見され、「滋賀里遺跡」と呼ばれている。

墓地から約八〇基の土壙墓、約二五基の甕棺墓が発掘された。土壙墓は、平均横約一・〇メートル、縦約〇・七メートルの長方形で、その中に納められた遺体は、仰向けと横向きに屈葬されていた。

この中には、新しい土壙墓を設ける際に破壊された旧土壙墓の遺体を改葬したと考えられる集骨葬が数例見られた。小形の円形の土壙に骨を集め、その骨の上に頭蓋骨を置いたり、頭蓋骨以外の骨

倭神社

が三つに分けられて、数体分の遺骨が集骨されたりしていた。
甕棺は、遺体を埋葬する際に、土器の甕を利用したものである。この地から、甕を一個だけ使用した単式甕棺葬が多く発掘されている。
貝塚は、瀬田シジミを主体とした淡水産の貝類で形成されていた。貝層中には、シカ、イノシシ、スッポン、フナ、コイなどの獣骨、魚骨が含まれ、貝塚の下層からは、弓、石斧柄、籃胎漆器片、木製椀などの木器類が出土している。

■倭神社

滋賀里遺跡からさらに西に進み、京阪石山坂本線の踏切を渡ると、倭神社がある。赤塚古墳の上に建つので「赤塚大明神」とも称し、「赤塚の明神さん」と呼ばれて親しまれている。祭神は天智天皇の皇后の倭姫である。

赤塚古墳

拝殿は、桁行一間、梁行一間の切妻造、桟瓦葺、本殿は、一間社流造、檜皮葺で、桁行三間、梁行二間の切妻造、桟瓦葺の覆屋の中にある。

創建年代は詳らかではないが、江戸時代の検地帳には、「差渡し十二間四尺、百坪除地」「天正十九年、宝永七年、赤塚大明神として再興」とある。

『万葉集』には、倭姫皇后の次の歌がある。

天の原　振り放け見れば　大君の
御寿は長く　天足らしたり　　二・一四七

この歌は—天の原を遠く仰ぎみれば、広々と広がっている、このように空が広々と広がっているように、天皇の命も豊かに長く、満ち足りているに違いありません—という意味である。天智天皇が病気になられたとき、倭姫皇后が奉られた歌である。

志賀八幡神社

■赤塚古墳

倭神社は赤塚古墳の上に建っている。この古墳は、直径約四〇メートル、高さ約四メートルで、内部に竪穴式石室をもつ円墳といわれているが、前方後円墳という説もある。古墳時代中期の築造と推定されている。

■志賀八幡神社

赤塚古墳から南へしばらく進むと、志賀八幡神社がある。祭神は応神天皇である。『近江輿地志略』には「正八幡社。是を志賀八幡という。志賀四村の産土神也。（中略）、石鳥居あり。古は大社なりしが中古の争乱に社も失せて漸く今の如き小社となれり」とある。創建年代は詳らかではないが、天武天皇九年（六八〇）の創建という説がある。

千躰地蔵堂

舞殿は、桁行一間、梁行一間の入母屋造、銅板葺、幣殿は、桁行一間、梁行一間の唐屋根、本殿は、桁行三間、梁行二間の流造、銅板葺である。

境内には、若宮社、樹下神社、稲荷神社、竈神社を併祀する。

■千躰地蔵堂

志賀八幡神社の南に、滋賀里から京都北白川に抜ける山中越（志賀越）の道が通っている。この山中越の坂を西に登っていくと、千躰地蔵堂がある。

地蔵堂は、桁行一間、梁行一間の切妻造、桟瓦葺である。堂内には、正方形の祭壇中央に中尊が祀られ、その周りに、小さな千躰の地蔵菩薩像が安置されている。

百穴古墳群

■百穴古墳群

千躰地蔵堂からさらに坂を登っていくと、百穴古墳群がある。この付近には、約六四基の古墳が存在することが確認されており、発見されていないものも含めると、一〇〇基以上の古墳で構成される群集墳であると推定されている。ほとんどの墳墓は、直径一〇メートル前後の小円墳で、墳丘内には横穴式石室がある。狭い地域に集中して分布しているので、何家族かの共同墓地であったと推定されている。

玄室は、平面が方形で、天井はドーム形であるなどの特異な構造で、炊飯具のミニチュア土器などの副葬品が出土している。このような埋葬方式は朝鮮半島に見られ、この地域には朝鮮半島の百済から三津首、穴太村主、志賀漢人、大伴村主などの有力氏族が渡来して定住していたので、この古墳群は、朝鮮半島からの渡来人の墓であるという説が有力である。

志賀の大仏

■志賀の大仏

百穴古墳群からさらに坂を登っていくと、志賀の大仏がある。高さ約三・五メートル、幅約二・七メートルの花崗岩に、高さ約三・一メートルの阿弥陀如来坐像が厚肉彫されている。非常に穏やかな顔立ちをしているので、心をなごませてくれるような雰囲気が漂っている。造立年代は詳らかではないが、室町時代に制作されたと推定されている。

この大仏は、山中越の滋賀側の入り口にあるので、山中越をする旅人の安全を祈願するために祀られたといわれる。

■崇福寺舊址

志賀の大仏からさらに坂を登っていくと、崇福寺舊址がある。南尾根に登ると、金堂跡があり、「崇福寺舊址」と刻まれた石標が建っ

崇福寺舊址全景

ているが、桓武天皇が天智天皇を追慕するために建立した梵釋寺跡との複合遺跡であるという説もある。

崇福寺は、飛鳥から大津へ宮が遷された翌年の天智天皇七年（六六八）、天智天皇の勅願によって創建され、「志賀山寺」とも呼ばれた。現在、南尾根に金堂跡（丈六弥勒菩薩像）、講堂跡（薬師如来像）、その北の小川を隔てた「丸山」と呼ばれる中尾根に小金堂跡（阿弥陀如来像）、塔跡（四方仏像）、さらに小川を一つ隔てた北尾根に弥勒堂跡（弥勒菩薩像）がある。

『扶桑略記』には、崇福寺の建立の経緯を次のように記す。

天智天皇六年（六六七）二月三日、大津宮で寝ていた天皇は、乾（北西）の方角の山に霊窟があるという夢を見て、翌日、近江国志賀郡を尋ねると、山中に小寺があって、夜に光明を放つ奇瑞が見られた。そこで、天智天皇七年（六六八）正月一七日、この地に崇福寺を建てることを発願した。

創建当時の伽藍は、金堂、講堂、小金堂、三重塔、弥勒堂、僧

崇福寺金堂跡

房、炊屋、湯屋、竈屋、浄屋などの堂宇が建ち並び、大寺院であったので、宝亀二年（七七一）には十二大寺の一つに、さらに、延暦一七年（七九八）には十大寺に数えられ、南都の東大寺や興福寺、難波の四天王寺、大宰府の観世音寺と比肩するほどの大寺となって、繁栄を極めた。

しかし、延喜二一年（九二一）、火災によりほとんどの堂宇を焼失し、その後、再興されたが、康保二年（九六五）と治安二年（一〇二二）の相次ぐ火災によって堂宇を焼失し、寺は衰退の一途をたどった。その後、園城寺に付属して復興されたが、長寛元年（一一六三）、山門派（延暦寺）と寺門派（園城寺）の抗争に巻き込まれて堂宇を焼失し、復興されることなく、室町時代に廃寺となった。

この寺の発掘調査により、塔跡の塔心礎に穿たれた小孔から、美しい舎利容器が発見された。この容器は、四方に格狭間を設け、床脚をもつ金銅製の外箱、銀製の中箱、内部に瑠璃壺を安置するための金銅透彫八稜形請花をもつ金製の内箱の三つの箱で構成されて

崇福寺塔跡

いた。内部には、高さ約三センチメートル、口径約一・七センチメートルの金の蓋をした小さな球形の濃緑色の瑠璃壺と三粒の舎利が納められていた。

その周囲から、瑠璃玉、硬玉丸玉、金銅背鉄鏡、無文銀銭、水晶粒、銅鈴、金箔木片などが出土した。金銅背鉄鏡は、直径七センチメートルの鉄地に金銅板を貼って、縁に銀をかぶせ、鈕（鏡の裏のつまみ）に銀製の花飾りを付け、金銅板に細かい粒を並べたような装飾の魚子地の唐草文を線刻した鏡である。

これらの出土品は、奈良時代の舎利の奉安状態を知る上で、非常に貴重な品として評価され、「崇福寺塔心礎納置品」として国宝に指定されている。

『万葉集』には、「志賀の山寺」を詠んだ次の歌がある。

後れ居て　恋ひつつあらずは　追ひ及かむ
道の隈廻に　標結へ我が背　　二・一一五

この歌は、但馬皇女の作で―後に残っていて、こんなに恋しがっているくらいなら、追いかけていこうと思う、行く道の曲がり角に、標を結び付けておいてくださいあなた―という意味である。この歌の題詞に、「穂積皇子に勅して、近江の志賀の山寺に遣はす時に、但馬皇女の作らす歌一首」とある。志賀の山寺は、所在地が未詳であるが、一説には、崇福寺とされている。

穂積皇子が近江の志賀の山寺に遣わされた事情は不明であるが、皇子と但馬皇女の恋愛事件が発覚し、その罪で皇子が僧にさせられて、志賀の山寺に遣わされたという説と、寺の造営あるいは法会などのために、勅使として遣わされたという説がある。

但馬皇女　天武天皇の皇女、母は藤原鎌足の娘・氷上娘。歌風は、客観的で、個人の抒情的な面が薄く、事件の叙述に近い物語歌に似た面影がある。狭野茅上娘子（さののちがみのおとめ）と相通じる歌風である。一一五番歌も、恋人の後を追いたいという痛切な気持ちというより、恋人の後を追う物語中の女の気持ちを代弁した歌といった面影を持つ。『万葉集』には、短歌四首を残す。

念仏寺

梵釋寺舊趾

■念仏寺

崇福寺舊址から来た道を戻り、東海自然歩道の標識にしたがって南へ進む。高速道路の下をくぐり抜け、南志賀の集落の中ほどで右折して西へ行くと、念仏寺がある。念仏三昧院観音寺とも称する。専修山と号する浄土宗西山禅林寺派の寺で、本尊は阿弥陀如来である。本堂は、桁行七間、梁行五間の入母屋造、桟瓦葺である。

大宝二年(七〇二)、善降によって開基されたが、その後、寺勢が衰退し、久安六年(一一五〇)、良然によって中興された。応仁二年(一四六八)、火災により本堂を焼失し、文明一五年(一四八三)、祥空により再建された。

大伴黒主神社

■大伴黒主神社

念仏寺から大川に沿って西へ進み、高速道路をくぐり抜けると、大伴黒主神社がある。祭神は大伴黒主である。『近江輿地志略』には、「新在家村の民家の西松茂りたる山際に在り。祭る所大伴黒主の霊なり」とある。

拝殿は、桁行四間、梁行三間の入母屋造、桟瓦葺で、片側二間が宮座、一間の通路のある割拝殿形式、本殿は、一間社流造、銅板葺である。

大伴黒主は、系譜が詳らかではないが、天智天皇の皇孫の大友（大伴）与多王の孫・大伴都堵牟麻呂の子と伝える。『古今和歌集目録』には「大伴黒主村主」とあり、滋賀郡大友郷に本拠をもつ大伴氏の末裔とされ、貞観八年（八六六）五月十五日付の「太政官牒」に「大領従八位大友村主黒主」とあることから、大伴村主という説もある。大友郷の大領を務め、貞観年間（八五九〜八七七）、園城寺の別当になったといわれるが、貞観四年（八六二）、近江国司に解任を提出して、園城寺に対する近江国講読師の摂領を停め、円珍を別当に任じたい旨の要請をしている。大友皇子の後裔、もしくは猿丸大夫の子とする説もある。『古今和歌集』に四首の歌が見えるのをはじめ、『後撰和歌集』『拾遺和歌集』などの勅撰和歌集にも一一首の歌が収められており、六歌仙の一人に数えられている。

正興寺

■正興寺

大伴黒主神社から高速道路に沿って南へ進むと、正興寺がある。東光山と号する浄土宗西山禅林寺派の寺で、本尊は阿弥陀如来である。康平五年（一〇六二）、圓教による開基、享保九年（一七二四）、大徳による中興である。

本堂は、桁行三間、梁行三間の入母屋造、鉄筋コンクリート造、本瓦葺、向拝付である。

梵釋寺舊趾

■梵釋寺舊趾

正興寺の境内に、「梵釋寺舊趾」と刻まれた石標がある。梵釋寺の所在地については、南志賀西部の比叡山東麓の南尾根の崇福寺舊址、あるいは、南滋賀町廃寺跡とするのが有力であるので、なぜこの地に梵釋寺舊趾の石標が建っているのか不明である。

梵釋寺は、延暦五年（七八六）、桓武天皇が長岡京の無事完成と曽祖父の天智天皇の冥福を祈るために、四天王を祀る四天王寺を創建したのに始まる。

延暦一四年（七九五）、桓武天皇は、本格的な大寺院として再建し、「梵釋寺」に改号した。天皇が大寺の待遇を与えたので、等定、常騰、永忠、徳円などの高僧を輩出した。また、延暦寺の最澄がこの寺を訪れて学問をし、さらに、弘仁六年（八一五）、嵯峨天皇が近江に行幸した際に、この寺を訪れ、当時の住持の永忠から茶を献上され、この寺を清浄に保つように命じた、などの記録が残る。

福王子神社

その後、天台宗の寺院になり、一二世紀には、園城寺の末寺になるが、長寛元年（一一六三）、山門派（延暦寺）と寺門派（園城寺）の対立闘争に巻き込まれて、延暦寺の攻撃により堂宇のほとんどを焼失して衰退の一途をたどり、鎌倉時代後期に廃寺となった。

■福王子神社

正興寺の北に隣接して福王子神社がある。祭神は紀貫之である。創建年代は未詳であるが、承応年間（一六五二〜一六五五）の再建である。

拝殿は、桁行六間、梁行三間の切妻造、桟瓦葺、吹き放し、割拝殿、本殿は、一間社流造、銅板葺である。

紀貫之は、紀本道の孫・紀望行の子で、平安時代前期の歌人である。『古今和歌集』の撰者の一人、三十六歌仙の一人である。『古今和歌集』などの勅撰和歌集に四三五首の和歌を残し、『小倉百

南滋賀町廃寺跡

人一首』にも和歌が収録され、歌集に『貫之集』、散文に『土佐日記』がある。

■南滋賀町廃寺跡

福王子神社から高速道路をくぐり抜け、再び南志賀の集落に入ると、中ほどに南滋賀町廃寺跡がある。塔跡の基壇部分を生垣で囲い、東端に「南滋賀町廃寺跡」と刻まれた石標が建っている。この地は、当初、天智天皇が建立した崇福寺跡、あるいは、桓武天皇が勅願した梵釋寺跡とされていた。

しかし、発掘調査の結果、中門の内側に、東に塔、西に小金堂、その北に金堂、講堂、僧房がつづき、これらの建物を回廊が取り巻く伽藍配置であることが明らかになり、奈良県明日香村の川原寺と同様の伽藍配置をした寺院跡であることが判明した。

さらに、蓮華文方形軒瓦、通称「サソリ瓦」が出土し、その模様

近江神宮の楼門

から、この瓦は、白鳳時代のものであることが判明した。さらに、その西約三〇〇メートルの所に、この廃寺で使用された瓦を焼いた窯跡群が発見された。
これらの調査結果から、この寺は、七世紀後期の白鳳時代に創建され、平安時代まで存続していたことが明らかになり、文献に寺名が伝わらない寺跡ということで、「南滋賀町廃寺跡」と呼ばれるようになった。

近江神宮

■近江神宮

南滋賀町廃寺跡から南へ進み、道路下のトンネルをくぐると、近江神宮がある。祭神は天智天皇である。天智天皇は、天智天皇六年(六六七)、宮を飛鳥から近江に遷し、近江令の制定、わが国初の官

近江神宮の内拝殿

立学校の創設などの教育制度の整備、庚午年籍の作成、班田収授の法による土地制度の改革、漏刻（水時計）の設置による時刻制度の確立などの事績を残した。

近江神宮は、紀元二六〇〇年の記念事業として、神社の建立計画が立案され、昭和一三年（一九三八）五月に正式に建立が決まり、六月に造成工事が着手され、昭和一五年（一九四〇）一一月に竣工し、鎮座祭が催されたのに始まる。

社殿は、大津宮の旧地の宇佐山山麓に、楼門、外拝殿、内拝殿、本殿が直線状に並んで建っている。

境内には、時計博物館、宝物館がある。天智天皇が漏刻台を設けたという故事にちなんで、昭和三八年（一九六三）に開館された。館内には、わが国独自の櫓時計、垂揺球儀、わが国最古の懐中時計、国内外の古時計など、約一八〇点が展示されている。

境内には、天智天皇の漏刻を再現した築山石造の水時計、古代中国の火時計、精密日時計、矢橋式日時計などがある。

近江神宮境内の水時計

楼門下から北へ行くと、社務所の角に、次の歌が刻まれた歌碑がある。

秋の田の　刈穂（かりほ）の庵（いお）の　苫（とま）をあらみ
わが衣手（ころもて）は　露にぬれつゝ

この歌は、天智天皇の作で—秋の田の、傍に作った仮小屋にいると、屋根を葺いた苫の編み目が粗いので、わたしの衣の袖は、編み目からしきりにこぼれてくる露でたえまなく濡れてしまう—という意味である。百人一首の冒頭の歌として知られ、天智天皇が農民になり代わって詠んだ御製とされている。揮毫者は、近江神宮宮司（おうみじんぐうぐうじ）・横井時常氏（当時）である。

高市黒人の万葉歌碑

■近江神宮境内の万葉歌碑

楼門下の参道を南に進むと、歌碑が並んだ南端に、次の歌が刻まれた万葉歌碑がある。

楽浪(ささなみ)の　国つ御神(みかみ)の　うらさびて
荒れたる京(みやこ)　見れば悲しも　　一・三三

この歌は、高市黒人(たけちのくろひと)の作で――楽浪の郷を領しておられる神様の、心がすさんで、このように荒れてしまった古都を見ると悲しい――という意味である。この歌碑は、藤井五郎(ふじいごろう)氏の揮毫により、平成二〇年（二〇〇八）に建立された。

この万葉歌碑からさらに南へ進み、駐車場の手前で左折して坂を下っていくと、近江時計眼鏡宝飾専門学校(おうみとけいがんきょうほうしょくせんもんがっこう)の前庭に、次の歌が刻まれた万葉歌碑がある。

柿本人麻呂の万葉歌碑

淡海の海　夕浪千鳥　汝が鳴けば
情もしのに　古おもほゆ　　三・二六六

この歌は、柿本人麻呂の作で―近江の海、その夕浪に鳴く千鳥よ、お前が鳴くと、わたしの心が意気消沈して、昔のことが思われてならない―という意味である。この歌碑は、乗光博氏の揮毫により、昭和五三年（一九七八）に建立された。

大津宮跡

■大津宮跡

大津宮は、「近江大津宮」「志賀宮」ともいわれ、天智天皇六年（六六七）、中大兄皇子が飛鳥から遷都して、天智天皇として即位し

志賀皇宮址碑

た皇居である。天智天皇の崩御後、大友皇子と大海人皇子の間で、皇位継承をめぐって壬申の乱が勃発し、この戦火によって、大津宮は烏有に帰し、わずか約五年半で廃墟となった。

その所在地は、平安時代以来長い間不明で、「幻の宮」といわれ、粟津、錦織、滋賀里、南志賀が候補地に挙げられていた。戦前には、崇福寺舊址、南滋賀町廃寺跡が発掘調査されたが、宮跡は発見されなかった。

昭和四六年（一九七一）、国鉄湖西線（当時）の線路の敷設にともなう調査で、西大津駅付近から、官人貴族が用いていたと思われる辞書の内容が書かれた木簡が発掘され、付近に大津宮があったことを示唆する遺物として、錦織説が注目されるようになった。

昭和四九年（一九七四）、錦織の志賀皇宮址碑のあるところで、掘立柱の建物の遺構が発見され、これが内裏の南門と回廊であることが判明し、大津宮中枢部の建物配置が復元できるようになり、大津宮は錦織を中心とする地域に存在していた、と判断されるに至っ

大津宮跡

た。

現在、京阪石山坂本線近江神宮駅（けいはんいしやまさかもとせんおうみじんぐうえき）西の第八地点が西近江路跡（にしおうみじあと）、その北の志賀皇宮址碑（しがこうぐうあとひ）のある第一地点が内裏の南門と回廊跡、その北の大津京シンボル緑地が内裏正殿跡（だいりせいでんあと）とされ、これらの三地点が大津宮跡遺跡（おおつのみやあといせき）になっている。

大津宮の中枢部の建物については、次の概要が明らかにされている。内裏南門は、東西七間（約二一・二メートル）、南北二間（約六・三メートル）で、その両側に掘立柱の複廊（ふくろう）がつづいていた。その北側に、三方を塀に囲まれた庇付（ひさしつき）の天皇の居所の内裏正殿（だいりせいでん）があった。正殿は、東西七間（約二一・三メートル）、南北四間（約一〇・四メートル）の建物で、内裏南門の南側に、政務を行う朝堂院（ちょうどういん）があったと推定されているが、詳しいことは分かっていない。

天智天皇の歌碑（小倉百人一首）

■大津京シンボル緑地の歌碑

近江神宮の参道を南へ抜けると、大津京シンボル緑地がある。この地に大津宮の内裏正殿があったといわれ、五基の歌碑が建てられている。近江神宮側から順に紹介する。

まず、一番目の歌碑には、次の歌が刻まれている。

秋の田の　かりほのいほの　苫を荒み
わが衣手は　露に濡れつゝ

この歌は、天智天皇の作で—秋の田の、傍に作った仮小屋にいると、屋根を葺いた苫の編み目が荒いので、編み目からしきりにこぼれてくる露でたえまなく濡れてしまう—という意味である。小倉百人一首の第一番目の歌である。揮毫者、建立年月は歌碑に刻まれていない。

額田王の万葉歌碑

二番目の歌碑には、次の歌が刻まれている。

君待つと　わが恋ひ居(を)れば　わが宿(やど)の
すだれ動かし　秋の風吹く　　四・四八八

この歌は、額田王(ぬかたのおおきみ)の作で—あなたがおいでになるかと、わたしが恋慕って待ち焦がれていると、わたしの家の、すだれを動かして、秋の風が吹き込んできた—という意味である。この歌碑は、作家・田辺聖子(たなべせいこ)氏の揮毫により、平成二〇年（二〇〇八）に建立された。

第三番目の歌碑には、次の歌が刻まれている。

近江(おふみ)の海(うみ)　夕波千鳥(ゆうなみちどり)　汝(な)が鳴けば
心もしのに　古(いにしへ)思ほゆ　　三・二六六

この歌は、柿本人麻呂(かきのもとのひとまろ)の作で—近江の海、その夕浪に鳴く千鳥よ、

藤原卿（藤原鎌足）の万葉歌碑

お前が鳴くと、わたしの心が意気消沈して、昔のことが思われてならない―という意味である。揮毫者、建立年月日は刻まれていない。
第四番目の歌碑には、次の歌が刻まれている。

我はもや　安見児（やすみこ）得たり　皆人（みなひと）の
得（え）かてにすといふ　安見児（やすみこ）得（え）たり　　二・九五

この歌は、藤原卿（ふじわらきょう）（藤原鎌足（ふじわらのかまたり））の作で―どうだ、わたしは、安見児を手に入れたぞ、皆のものが手にいれ難いと評判の、安見児を手に入れたぞ―という意味である。この歌碑は、大津市長・目片信（めかたまこと）氏（当時）の揮毫により、平成二〇年（二〇〇八）に建立された。
第五番目の歌碑には、次の歌が刻まれている。

さゞ浪や　志賀のみやこは　あれにしを
むかしながらの　山ざくらかな

近江大津宮錦織遺跡の万葉歌碑

この歌は、平忠度の作で——さざ浪の、志賀の都は、荒れてしまったが、昔ながらに、山桜は咲いている——という意味である。

■近江大津宮錦織遺跡第一地点の万葉歌碑

大津京シンボル緑地から少し南に進むと、近江大津宮錦織遺跡第一地点に志賀皇宮址碑が建ち、次の歌が刻まれた万葉歌碑がある。

玉だすき　畝傍の山の　橿原の　ひじりの御代ゆ　生れましし
神のことごと　つがの木の　いやつぎつぎに　天の下
知らしめししを　天にみつ　大和を置きて　あをによし
奈良山を越え　いかさまに　思ほしめせか　あまざかる
鄙にはあれど　いはばしる　近江の国の　楽浪の　大津の宮に
天の下　知らしめしけむ　天皇の　神の尊の　大宮は
ここと聞けども　大殿は　ここと言へども　春草の

しげく生ひたる　霞立ち　春日の霧れる　ももしきの　大宮所
見れば悲しも　一・二九

この歌は、柿本人麻呂の作で――（玉だすき）、畝傍の山の、橿原の都におられた天子の時代から、お生まれになった、神のごとく尊い歴代の天皇が、（つがの木の）、代々大和の国で、天下を治められていたのに、（天にみつ）、大和をすてて、（あをによし）、奈良山を越え、どのように思われたのか、（あまざかる）、それまで壁地であった、（いはばしる）、この近江の国の、楽浪の郷の、大津の宮で、天下をお治めになったという、あの天智天皇の旧都は、この辺りだと聞くけれど、宮殿は、この辺りだと言い伝えてはいるが、春の草が、いっぱい生えており、霞が立ち、春の日が霞んでいる、（ももしきの）、この大宮所を、見ると悲しい――という意味である。

この歌碑は、国文学者・坂本信幸氏の揮毫により、平成二〇年（二〇〇八）に建立された。

大津宮の規模　『日本書紀』によると、大津宮には、「内裏（おほうち）」「内裏佛殿（ほとけのみあらか）」「内裏西殿（にしのとの）」「西小殿（にしのこあんどの）」「濱臺（はまのうてな）」「大蔵（おほくら）」「大蔵省第三倉（おほくらのつかさのみつにあたるくら）」「宮門（みや）」「大炊（おほひのつかさ）」などの建物があった。しかし、これらの建物が整然とどのように配置されていたかどうかは判然としない。錦織地区から、巨大な柱跡群が発掘されており、宮殿遺構であるとみなされているが、関連する建物の遺構など、物証に乏しく、状況判断という側面がある。

源空寺

弘文天皇陵

■源空寺

近江大津宮綿織遺跡の南の信号で右折して西に進むと、源空寺がある。浄土山と号する浄土宗の寺で、本尊は円光大師・法然上人尊像である。本堂は、桁行三間、梁行四間の入母屋造、桟瓦葺である。創建年代は詳らかではないが、智恩院第九世住職・舜昌法印による開山、天明元年（一七八一）、頓譽上人の中興と伝える。

舜昌法印は、近江志賀の橘氏出身で、一一歳で出家して、比叡山東塔功徳院に住し、法印に叙せられた。後に、深く法然上人の芳躅を慕い、知恩院第八世如一国師に師事した。

皇子山古墳

■皇子山古墳

源空寺の西に皇子山古墳（国史跡）がある。皇子山の山頂東側の最高所に一号墳、東北東の一段下がった斜面に二号墳がある。一号墳は、最高部の地山を削り出し、その上に三段築成で盛土をして築造した前方後方墳である。全長約六〇メートル、後方部は一辺約三五メートル、高さ約六・五メートルの正方形、前方部は幅約二八メートル、長さ約二五メートル、高さ約四メートルの長方形の珍しい形をした古墳である。前方部に粘土槨、後方部に三基の土壙が設けられていた。四世紀後期の築造と推定されている。

二号墳は、直径約二〇メートルの円墳で、地山を段状に削り出して、その上に盛土をして築成されている。墳丘上部で土壙が発見されている。一号墳より古く、三世紀後期の築造と推定されている。

被葬者は、和邇系氏族と連携していた在地の首長とみられている。この古墳は、近江地方に築造された古墳の中では、最古に属するも

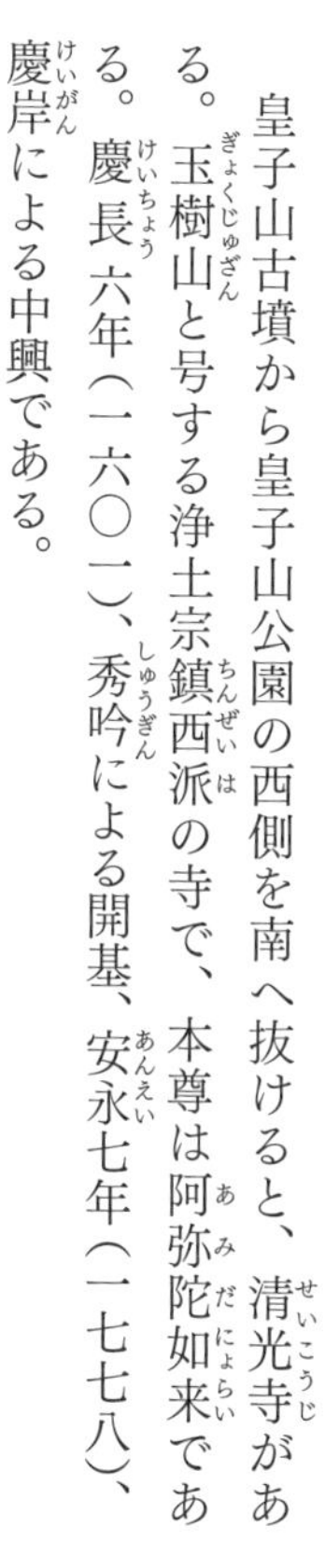

西念寺

のと考えられており、今後の調査研究がまたれる。

■清光寺

皇子山古墳から皇子山公園の西側を南へ抜けると、清光寺(せいこうじ)がある。玉樹山(ぎょくじゅざん)と号する浄土宗鎮西派(ちんぜいは)の寺で、本尊は阿弥陀如来(あみだにょらい)である。慶長(けいちょう)六年（一六〇一）、秀吟(しゅうぎん)による開基、安永(あんえい)七年（一七七八）、慶岸(けいがん)による中興である。

本堂は、桁行五間、梁行三間の入母屋造、桟瓦葺の民家風の建物である。

■西念寺

清光寺から高速道路の下をくぐり抜けると、西念寺(さいねんじ)がある。浄土真宗本願寺派の寺で、本尊は阿弥陀如来(あみだにょらい)である。往古、園城寺(おんじょうじ)の支院で、天台宗であったが、元禄年間（一六八八～一七〇四）、秀岸によって中興され、浄土真宗に改宗された。

本堂は、桁行六間、梁行五間の入母屋造、桟瓦葺、向拝付である。

弘文天皇陵

■弘文天皇陵

西念寺から南へ進むと、大津市役所の西に隣接して、弘文天皇陵がある。弘文天皇は、伊賀皇子とも呼ばれ、父が天智天皇、母が伊賀采女宅子娘である。天智天皇一〇年（六七一）、史上初の太政大臣に任じられ、天皇の崩御後、近江朝廷の中心的存在になったが、天武天皇元年（六七二）に勃発した壬申の乱で、大海人皇子の軍と戦って、瀬田川の決戦で敗れ、山前で縊死した。明治天皇により弘文天皇と追諡された。『懐風藻』には詩二編をとどめ、同書の伝には、「博学多通、文武の才幹あり、沙宅紹明らの亡命百済人を賓客とした」とある。

大津市役所前庭の万葉歌碑

弘文天皇陵は、正式には「長等山前陵（ながらのやまさきのみささぎ）」と呼ばれる直径約二二メートルの円墳である。

■大津市役所前庭の万葉歌碑

弘文天皇陵の東の大津市役所前庭の時計塔基部に置かれた玉石に、次の歌が刻まれた万葉歌碑がある。

ささなみ能　志賀（しが）の大わだ　よどむとも
昔（むかし）の人に　亦（また）も逢（あ）はめやも　　一・三一

この歌は、柿本人麻呂（かきのもとのひとまろ）の作で—さざなみの、志賀の大わだは、このように淀んでいても、昔の人に、また逢えようか—という意味である。この歌碑は、近江神宮初代宮司（おうみじんぐうしょだいぐうじ）・平田貫一（ひらたかんいち）氏の揮毫により、昭和四二年（一九六七）に建立された。

新羅善神堂

園城寺（三井寺）

■新羅善神堂

弘文天皇陵の西の鳥居をくぐり、参道を進むと、新羅善神堂がある。園城寺の北院の鎮守社で、祭神は園城寺の開祖・智証大師の守護神の新羅明神である。円珍が唐から帰国の途中、新羅国の神の啓示を受けて、この地に新羅明神を祀ったのに始まる。

本殿（国宝）は、桁行三間、梁行三間の流造、檜皮葺で、暦応二年（一三三九）、足利尊氏の再建である。

源頼義の子・義光がここで元服し、新羅三郎義光と名乗ったことが伝わる。源義光は、武芸とともに笙にも優れ、後三年の役で兄の義家の援軍として出陣することを朝廷に願い出たが、勅許を得ることができず、やむを得ず官職を投げ捨てて、雪深い出羽に下向し、兄・義家の軍に参陣した。

■大津市歴史博物館

新羅善神堂から南へ山道をたどると、大津市歴史博物館がある。大津の文化財や歴史資料を収集、保管、調査研究をする目的で設立された。館内には、大津の歴史、文化をわかりやすく紹介している。

■圓満院門跡

大津市歴史博物館から坂を下っていくと、圓満院門跡がある。「櫻井の室」とも呼ばれる園城寺の塔頭の筆頭で、本尊は不動明王である。寛和三年（九八七）、村上天皇の第三皇子の悟円親王の開基で、平等院と号した。藤原道長の子・頼通の時代に、道長が宇治に建てた別荘を寺院にする下命があり、平等院（後の圓満院）の明尊大僧正によって宇治の別荘が寺院に造り変えられた。このとき、平等院の名前を新しく造った宇治の寺に譲ってこれを「平等院」

圓満院門跡の宸殿

圓満院門跡の庭園

とし、悟円親王の子・永円親王が初代院主となった。これに伴って、もとの平等院は、明尊大僧正によって「圓満院」と改名され、悟円親王をはじめとして、歴代皇族の入室する門跡寺院になった。

境内には、国の重要文化財に指定されている宸殿がある。元和六年（一六二〇）、徳川秀忠の息女・和子が後水尾天皇の女御として入内する際に造営された建物を、正保四年（一六四七）、御所からこの地へ移築したものである。書院造、入母屋造、柿葺の内裏建築で、桃山時代の御所建築の貴重な遺構である。

江戸時代には、円山応挙が壮年時代に圓満院に約一〇年間居住していたので、七難七福図絵巻、孔雀牡丹図など、数多くの応挙の名作図絵を蔵していたが、第二次大戦後にほとんどが博物館などに移された。

宸殿の南側には、三井の名庭として知られる庭園がある。室町時代の造園家・相阿弥の作と伝える池泉観賞式庭園である。池の中央に蓬萊石、左に鶴島、右に亀島を配し、築山には石の滝組みや刈込

園城寺（三井寺）の本堂

みなどが見事に配され、枯山水の面影と遠州流作庭が混合した趣が漂っている。

宸殿のすぐ横に大津絵美術館がある。ユーモアに富んだ風刺画、狂歌を添えた道徳的な絵など、社会、風俗、人情などを鬼や動物の姿に見立てて、面白く描かれた数多くの絵が展示されており、見る目を楽しませてくれる。

■園城寺（三井寺）

圓満院の南に園城寺がある。比叡山延暦寺を「山門派」と呼ぶのに対して「寺門派」と称し、通称「三井寺」とも呼ばれる。長等山と号する天台寺門宗の総本山で、本尊は弥勒菩薩である。天智天皇がこの地に寺を造営しようとしたが果たさず、天武天皇一五年（六八六）、大友皇子の皇子・大友（大伴）与多王が父の邸宅跡に寺を創建し、天武天皇より「園城」の勅額を賜り、「長等山

園城寺（三井寺）の鐘楼

園城寺」と称したのに始まる。

「三井寺」と呼ばれるのは、天智・天武・持統天皇の産湯に用いられた霊泉があり、「御井の寺」と呼ばれていたのを、後に、智証大師が厳儀・三部灌頂の法水に用いたので、「三井寺」と称されるようになった。

比叡山延暦寺の智証大師・円珍は、中国から帰朝して、天安二年（八五八）、この寺の付属をうけ、将来した経録図像を納めてこの寺を再興し、貞観八年（八六六）、慈覚大師を導師として落慶供養を行って延暦寺別院とした。

正暦四年（九九三）、比叡山から智証大師の末徒千余人が園城寺に移り、その後、五百有余年間、山門派（延暦寺）と寺門派（園城寺）の対立抗争がつづき、焼き打ちされるなど、盛衰を繰り返した。文禄四年（一五九五）、豊臣秀吉の怒りを招いたものの、寺の再建が許され、講堂、金堂、東大門などが再建された。

仁王門を入ると、右側に釈迦堂がある。さらに直進し、正面の石

園城寺の観音堂

段を登ると、金堂があり、その右前方に『近江八景』の「三井晩鐘」で知られる鐘楼がある。金堂の西には、天智・天武・持統天皇の産湯に用いた泉が湧く閼伽井屋がある。閼伽井屋の背後から高台に上がっていくと、弁慶の引き摺り鐘のある霊鐘堂、その南に一切経蔵がある。その南には、大師堂、灌頂堂、三重塔からなる唐院がある。

石段を下りて、南の微妙寺の前からしばらく参道を進み、石段を登ると、観音堂がある。西国三十三所観音霊場第十四番札所で、本尊は、如意輪観世音菩薩である。

寺宝は、金色不動明王画像（黄不動尊）（国宝）、新羅明神坐像（国宝）、智証大師坐像（御骨大師）（国宝）、智証大師坐像（中尊大師）（国宝）、五部心観二巻（国宝）、如意輪観世音菩薩坐像（重文）、千手観世音菩薩立像（重文）、不動明王立像（黄不動）（重文）、八大仏頂曼荼羅図（重文）、両界曼荼羅図（重文）、勧学院客殿襖絵（重文）、弁慶鐘（重文）、朝鮮鐘（重文）などがある。

三尾神社

境内から琵琶湖の絶景が見られる。江戸時代、東海道沿いの景色の中でも最も美しいものの一つに数えられていた。遠くに「近江富士」と呼ばれる三上山を望み、その前に広がる琵琶湖上を、対岸の矢橋と此岸とを結んで、幾艘もの帆かけ舟が行き来する姿は、まるで一幅の南画を見るようであったという。

■三尾神社

観音堂から石段を下り、東へ進むと、三尾神社がある。祭神は、伊弉諾命である。『寺門伝記補録』によれば、往古、伊弉諾命がこの地に垂迹し、長等南境の地主になった。伊弉諾命は、いつも赤・白・黒の三色の帯を付け、三つの尾を曳いているようであったので、「三尾明神」と称した。あるとき、三つの尾が神となって上・中・下の三尾に出現し、中の三尾の地に建てられたのがこの神社であるという。

長等神社の山門

拝殿は、桁行三間、梁行二間の入母屋造、銅板葺、本殿は、桁行三間、梁行二間の流造、檜皮葺で、応仁年間（一四六七〜一四六九）の造立である。

境内には、稲荷神社、日御前神社、白髭神社、夷子神社、天満宮、白山神社、愛宕神社を併祀する。

■長等神社

三尾神社から南へ進むと、朱塗の堂々とした楼門が建つ長等神社がある。祭神は、建速素盞鳴命、大山祇命、大照姫大神、八幡大神、地主大神である。天智天皇の時代に、大津の都の鎮護のため、素盞鳴命を祀ったのに始まる。その後、貞観二年（八六〇）、智証大師・円珍が日吉大神を勧請して合祀し、園城寺の鎮守社とし、「新宮権現司」「山王新宮」「新日吉祠」と称して、園城寺の南院の所属になった。

長等神社の拝殿

楼門は、三間一戸形式の入母屋造、檜皮葺、拝殿は、桁行三間、梁行二間の入母屋造、銅板葺、格子戸付、本殿は、桁行五間、梁行二間の入母屋造、檜皮葺、唐向拝付である。

境内には、栄稲荷神社、両御前神社、馬神神社、笠森神社を併祀する。

長等神社から京阪石山坂本線浜大津駅に出て、散策を終えた。

第六章　蒲生野コース

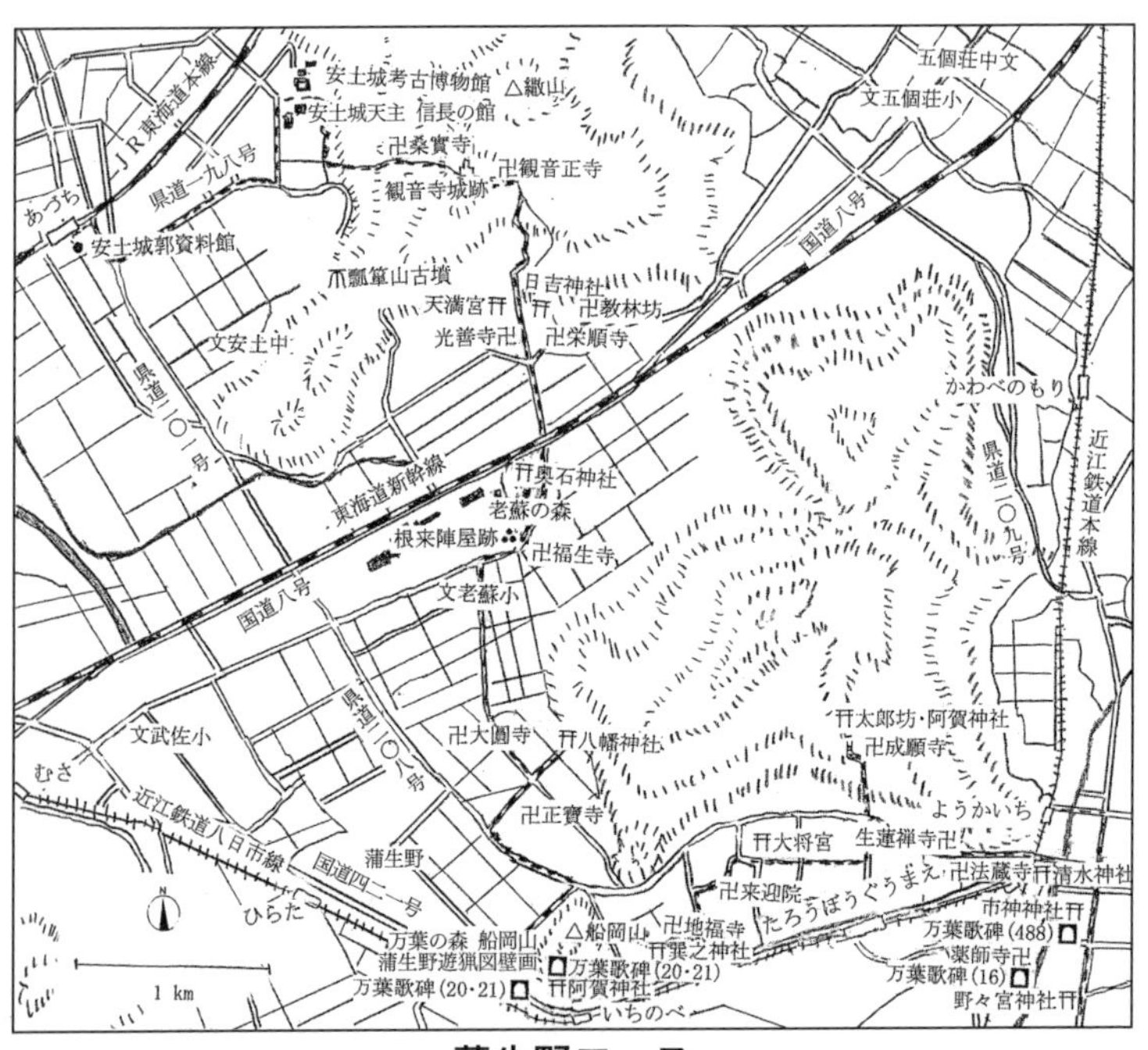
安土城考古博物館
△繖山
安土城天主 信長の館
卍桑實寺
卍観音正寺
観音寺城跡
ＪＲ東海道本線
県道一九八号
あづち
安土城郭資料館
瓢箪山古墳
日吉神社
天満宮
卍教林坊
光善寺卍
卍栄順寺
文安土中
県道二〇二号
国道八号
五個荘中文
文五個荘小
かわべのもり
県道二〇九号
近江鉄道本線
東海道新幹線
奥石神社
老蘇の森
根来陣屋跡
卍福生寺
文老蘇小
国道八号
県道二〇八号
文武佐小
むさ
近江鉄道八日市線
卍大圓寺
八幡神社
卍正寶寺
太郎坊・阿賀神社
卍成願寺
ようかいち
大将宮
生蓮禅寺卍
蒲生野
国道四二一号
卍来迎院
たろうぼうぐうまえ
卍法蔵寺
清水神社
市神神社
ひらた
△船岡山
卍地福寺
巽之神社
万葉歌碑(488)
薬師寺卍
万葉の森 船岡山
蒲生野遊猟図壁画
万葉歌碑(20･21)
万葉歌碑(16)
万葉歌碑(20･21)
阿賀神社
野々宮神社
いちのべ
1 km

蒲生野コース

蒲生野　近江国蒲生郡の野で、現在の滋賀県近江八幡市、東近江市、蒲生郡日野町などの一帯。『日本書紀』天智天皇七年（六六八）五月の条に、蒲生野で薬猟が行われたとする記述があり、『万葉集』に、そのときに詠まれた額田王と皇太子・大海人皇子の歌が見える。天智天皇七年の薬猟がどの地域で行われたのかは定かでないが、現在、東近江市野口町に、「万葉の森　船岡山」が整備され、歌碑も建立されている。

滋賀県東近江市の近江鉄道八日市駅の南東に八日市の祖神を祀る市神神社、その西に薬師寺があり、それぞれの境内に額田王の歌を刻んだ万葉歌碑がある。八日市の西に進むと、赤神山の中腹に太郎坊・阿賀神社がある。約七〇〇段の石段を登ると、本殿下の展望台から、西に船岡山、蒲生野の絶景が見られる。太郎坊から西へ行くと、額田王と大海人皇子の相聞歌が刻まれた万葉歌碑が建つ船岡山、その西麓に阿賀神社、万葉の森、蒲生野大陶板遊猟図壁画がある。船岡山の西側から北側にかけて広々とした蒲生野の田んぼが広がっている。北へ進むと、旧中山道が通り、その北の老蘇の森に奥石神社がある。新幹線のガードをくぐり東北へ進むと、厳しい登り坂になり、繖山の頂上近くに西国三十三所観音霊場第三十二番札所の観音正寺、その北に桑實寺がある。繖山から西へ下っていくと、近江の風土記の丘に、安土城天主　信長の館、安土城考古博物館がある。今回は、八日市、蒲生野、安土の万葉故地、史跡をめぐり、額田王と大海人皇子が愛の歌を交わした蒲生野を偲ぶことにする。

市神神社

市神神社

■市神神社

滋賀県近江八幡市のＪＲ近江八幡駅で近江鉄道八日市行きに乗り換え、八日市駅で下車する。正面の大通りを東へ進み、ショッピングプラザ・アピアで右折して南へ行くと、八日市の祖神とされる市神神社がある。近江七福神霊場の一つで、「市宮えびす」とも呼ばれる。主祭神は事代主命（えびす大神）で、大国主命、猿田彦大神を合祀する。

拝殿は、桁行三間、梁行二間の入母屋造、銅板葺、千鳥破風、唐向拝付で、殿内に額田王立像を祀る。本殿は、三間社流造、銅板葺で、殿内に聖徳太子が刻んだと伝える事代主命の神像を祀る。

この神社の由来については、『八日市場市神之略本記』に、「推古天皇元年（五九三）、聖徳太子が四天王寺を造営し給うとき、白鹿

額田王立像

山の東の麓において、幾千万の瓦を造らせ、難波津に運ばせ給う。（中略）且つ、捊川の北に民家数百戸を置き、太子自ら事代主命の神像を刻んで一祠檀に納め、推古天皇九年（六〇一）、初めてこの地に市店を開き、士農工商、上下の区別なく、交易の道を教え給う。その後、正暦年間（九九〇～九九五）、安倍清明がこの神像を拝し、太子の遺志を継いで市店鎮護の祈りを奉った」とある。八日市という地名は、この古代の市が八日に開かれたことに由来する。

境内には、聖徳太子立像、金刀比羅大神を祀る金刀比羅神社、國常立命を祀る鎮宅霊符神社がある。鎮宅霊符神は、陰陽師の安倍清明に由来する方除けの神で、開運厄除、病気平癒、火災予防などに霊験あらたかとされて広く信仰されている。

■市神神社境内の万葉歌碑

市神神社の境内に、次の歌が刻まれた万葉歌碑がある。

市神神社境内の万葉歌碑

君待つと　我が恋ひ居れば　我がやどの
簾うごかし　秋の風吹く　　四・四八八

この歌は、額田王の作で―あなたがお出でになると待ち焦がれて、わたしが恋慕っていると、わたしの家のすだれを動かして、秋の風が吹きこんできた―という意味である。この歌碑は、国文学者・犬養孝氏の揮毫により、昭和六〇年（一九八五）に建立された。この歌の題詞に、「額田王、近江天皇を思ひて作る歌一首」とある。額田王が天智天皇の来訪を待ちわびて、風に吹かれて揺れるすだれの動きにも、天皇が来られたのではないかと敏感に反応している様子がうかがえる繊細な歌である。

六朝詩の影響を受けた「佳人秋風の幽艶な歌」として、実用を離れた「風に寄せる」恋の歌が額田王によって創作され、それが鏡王女の「風をだに」の歌（四八九番歌）を誘ったと考えると、額田王の作歌の閑雅な一面がうかがえる。

額田王立像銘碑

■額田王立像銘碑

拝殿に向かって右前に「額田王立像銘」碑がある。高さ約一・三メートル、幅約〇・七メートルの黒御影石に、渡辺守順氏による碑文が次のように刻まれている。

「古代の蒲生野に花開いた高い文化は、『万葉集』の額田王と大海人皇子の相聞歌である。湖東の中央に栄えた八日市の船岡山にこの歌碑があり、全国から万葉を愛する人々が訪れる。歌碑は元暦校本万葉集の文字を写し、そのまま刻んである。

天皇、蒲生野に猟遊し給ひし時、額田王の作れる歌

あかねさす　紫野ゆき　標野ゆき
野守は見ずや　君が袖振る

一・二〇

皇太子の答へませる御歌

紫草の　にほへる妹を　憎くあらば
人妻ゆゑに　我恋ひめやも

一・二一

額田王は、鏡王の娘で、『日本書紀』によると、はじめ、十市皇女を生んだ。くわしい伝記はわからないが、後に、天智天皇の後宮になった。

天智天皇の七年五月五日に蒲生野の遊猟が行われ、この歌を詠まれたという。この歌は宴の時の座興とも言われるが、天智天皇への心配りをしながら、二人の激しい愛を詠んだとも読み取れる。そして、万葉の研究者のほとんどがこの華麗なる相聞歌に出会い取り付かれたという。

市神神社に、宮廷の愛の文学をかかげた万葉最高の女流歌人、額田王の極彩色の木像が安置されている。郷土の誇りを永世に伝え、

額田王　万葉第一期の女流歌人。天武天皇の妃。鏡王の娘で、大海人皇子（天武天皇）に嫁し、十市皇女を生み、後に、天智天皇の後宮になる。鏡王女を姉とする説もある。作歌活動は、皇極・斉明朝から持統までで、『万葉集』には、長歌三首、短歌九首を残す。天皇御製とする異伝歌四首があるので、代作歌人、御言持ち歌人と説かれたり、また、行幸、宴席、葬儀などの宮廷儀礼での作歌から、巫女的歌人と説かれたりする。

平和と幸福が満ち溢れることを祈るのみである」。

この撰文の中の一首目の歌は——（あかねさす）、紫野を行ったり、標野を行ったり来たりして、あなたが袖を振るのを、あの心ない野守は見ているではありませんか——、二首目は——紫草のように、惚れ惚れとするあなたを、憎いと思うなら、人妻と知りながら、こんなに恋焦がれましょうか——という意味である。

野々宮神社

■野々宮神社

市神神社から南へ進むと、野々宮神社がある。祭神は、瓊瓊杵命、大己貴命、少彦名命である。拝殿は、桁行一間、梁行二間の唐破風切妻造、銅板葺、本殿は、桁行三間、梁行二間の流造、銅板葺、天明二年（一七八二）の再建である。拝殿、本殿ともに一段高い壇にあり、瑞垣に囲まれて建っている。境内には、稲荷社（倉稲魂命）、天満宮（菅原道真）、金比羅宮（大物主命）ほか八

薬師寺

社を合祀する。

この神社は、延暦二年（七八三）、野々子荘の総社として、坂本・日吉大社の祭神を勧請して創祀されたと伝える。蓮花坊など五つの別当坊を持ち、聖徳太子の作と伝える延命地蔵菩薩像を祀り、「十禅師大権現」と呼ばれていたが、明治初年（一八六八）の神仏分離令で、諸坊は廃寺となり、野々宮神社に改名された。

社宝には、市内で最も古いといわれる木造狛犬、日吉山王大権現を表した懸仏、六〇〇巻にも及ぶ大般若経、獅子頭などがある。

■薬師寺

野々宮神社の北の路地を西に進むと、二つ目の筋の角に薬師寺がある。本尊は薬師如来である。本堂（薬師堂）は、桁行三間、梁行三間の入母屋造、桟瓦葺である。この地に、比叡山延暦寺の末寺の薬師寺があったが、薬師堂のみが残された。

薬師寺境内の万葉歌碑

堂内には、木造薬師如来坐像を祀る。高さ約〇・三四メートルの檜材の一木割矧造、漆箔、彫眼で、肉髻、白毫はない。頭・体部を一木材から造り、前と後ろに割って、内刳にした後、両者を合わせ、三角材を矧いで腰脇を造り、手を肩に嵌め込み、肘、手首、膝前、袖口、裳を矧いでいる。平安時代末期の造立と推定されている。

■薬師寺境内の万葉歌碑

薬師寺境内の庫裡の前庭に、次の歌が刻まれた万葉歌碑がある。

冬ごもり　春さり来れば　鳴かざりし　鳥も来鳴きぬ
咲かざりし　花も咲けれど　山を茂み　入りても取らず
草深み　取りても見ず　秋山の　木の葉を見ては　黄葉をば
取りてそしのふ　青きをば　置きてそ歎く　そこし恨めし
秋山そ我は　一・一六

近江朝時代の漢詩　漢詩は、中国の伝統的な韻文文学を指す。漢詩の制作は、わが国では近江朝に始まり、大友皇子や大津皇子が現れ、宮廷における侍宴応詔詩が中心に作られた。また、六朝詩の影響を受けて詠物詩が現れ、漢字が各人に与えられて、その漢字を使い、かつ、韻を踏んで漢詩を作る「探韻」と呼ばれる宴が催された。上代詩の総集である『懐風藻』では、五言詩が圧倒的に多く、平仄の整っていないものが多く見られる。

この歌は、額田王（ぬかたのおおきみ）の作で――（冬ごもり）、春がやって来ると、鳴かなかった鳥も来て鳴く、咲いていなかった花も咲いているけれども、山が茂っているので、わざわざ入り込んでまでも取らない、草が深いので、手に取っても見ない、秋山にある木の葉を見るときには、紅葉した葉を、手に取り上げて賞（め）でる、青いのは、そのままにして惜しむ、その点だけが残念だが、なんといっても、秋山がよいと思います、わたくしは――という意味である。

この歌は、春に関しては肯定と否定をそれぞれ五・七の二聯（れん）ずつ、秋に関しては肯定と否定を一聯ずつを宛てるなど、聴者の心理を考慮して、表現の緩急を心得た巧みな構成になっている。

天智天皇（てんぢてんのう）八年（六六九）、大津宮（おおつのみや）の高殿（たかどの）における盛大な漢詩の雅宴の座において、天智天皇が中臣鎌足（なかとみのかまたり）に詔（みことのり）して、春の花の美しさと秋山の紅葉の美しさを、群臣に競わせたとき、額田王がこの歌で判定を下した。この歌碑は、山岡智寛（やまおかともひろ）氏の揮毫により、昭和六〇年（一九八五）に建立された。

■清水神社

薬師寺から北へ進み、突き当りで左折してしばらく行くと、清水神社がある。祭神は大己貴命である。拝殿は、桁行一〇間、梁行二間の切妻造、桟瓦葺、千鳥向拝付、本殿は桁行一間、梁行二間の切妻造、銅板葺である。社名は、往古、この神社の裏から清水が湧き出していたことに由来するといわれるが、現在は枯れている。拝殿の左側に本地福徳延命地蔵大菩薩、右側に小さな祠、背後に楠の大木がある。

この神社の北側には八風街道が通っていた。この街道は、中山道の武佐宿から八日市、永源寺、八風峠（鈴鹿）を経て、伊勢へ至る近江商人や伊勢商人たちの重要な通商路であった。神社前には、「大峯山村中安全」と刻まれた明治二六年（一八九三）に行者講に

清水神社

法蔵寺

よって建立された常夜燈が建っており、往古の街道が偲ばれる。

太郎坊・阿賀神社

■法蔵寺

清水神社から西に進むと、法蔵寺がある。久遠山と号する浄土宗の寺で、本尊は阿弥陀如来である。本堂は、桁行三間、梁行二間の鉄筋コンクリートの入母屋造、銅板葺である。境内には、十三重石塔、地蔵菩薩像がある。

■生蓮禅寺

法蔵寺から西へ進むと、生蓮禅寺がある。延命山と号する臨済宗永源寺派の寺で、本尊は地蔵菩薩である。この地蔵は「子安地

生蓮禅寺

蔵」とも呼ばれる。本堂は、桁行九間、梁行四間の入母屋造、本瓦葺で、前面と右側に一間の廊下がある。

弘法大師が女性の安産祈願のために地蔵菩薩像を刻み、延命山中に延命寺を建立し、この像を本尊としたのに始まると伝える。その後、寺は衰退したが、宝永五年（一七〇八）、永源寺の南嶺慧詢禅師が中興し、延命山生蓮禅寺としたので、南嶺禅師を中興開山とする。

明治四年（一八七一）、八日市の大火で、本堂、山門などほとんどの堂宇を焼失した。昭和一五年（一九四〇）、契宗禅巌和尚が浄域を現在地に移し、庫裡を建立し、昭和四〇年（一九六五）、玄端和尚が本堂を再建し、現在に至る。

寺宝には、本尊の木造地蔵菩薩立像（重文）がある。この像は、高さ約二・一メートルの檜材一本造である。

成願寺

■成願寺

生蓮禅寺からさらに西へ進むと、右手前方の赤神山の中腹に太郎坊・阿賀神社が見えてくる。二の鳥居で右折して北へ進み、正面の階段を登ると、成願寺がある。赤神山と号する天台宗の寺で、本尊は薬師如来である。「太郎坊大権現」とも称される。

本堂は、桁行四間、梁行三間の入母屋造、桟瓦葺、向拝付である。堂内には、高さ約〇・三メートルの檜の一木造の漆箔の薬師如来坐像を祀る。

延暦一八年（七九九）、伝教大師・最澄の創建と伝える。全盛時代には、多くの堂宇を擁していたが、天正年間（一五七三〜一五九二）、織田信長の兵火でほとんどの堂宇を焼失した。その後、荒廃していたが、寛永一七年（一六四〇）、行承法印が弟子の祐盛とともに再興した。

本堂西側の鳥居の傍に、石幢型石燈籠がある。高さ約二・二メートルで、笠、火袋、中台、基礎は全て八角形である。基礎の各面には、格狭間を彫り出し、上面に八葉複弁蓮華文を刻んでいる。鎌倉時代後期の作と推定されている。

太郎坊・阿賀神社展望

■太郎坊・阿賀神社

成願寺の横から太郎坊・阿賀神社へ登る。ここから本殿まで、約七四〇段の急な石段がつづいている。石段をしばらく登っていくと、不上石がある。旧石段の残骸で、その名は、魚鳥肉類を食べた者は、この石より上へ登ることが許されず、ここから礼拝したことに由来する。

さらに石段を登っていくと、絵馬殿があり、ここで表参道（男坂）と裏参道（女坂）に分かれる。表参道を登っていくと、参集殿、社務所があり、その上に長楽殿がある。さらに登っていくと、御霊水、竜神舎、その向かいに永安殿がある。その上に拝殿がある。

太郎坊・阿賀神社の本殿

さらに登っていくと、愛宕社、稲荷社があり、夫婦岩に出る。

夫婦岩は、別名「近江の高天原」と呼ばれる。高さ約十数メートルの二つの巨岩からなり、中央に幅約〇・八メートル、長さ約一二メートルの隙間がある。往古、大神が神通力で巨岩を左右に押し広げたという。この隙間を通って参拝すると、即座に苦病を除き、諸願が成就され、悪心のある者が通ると挟まれる、といわれている。

夫婦岩を抜けると、展望台があり、西の石段の上に、崖にへばり付くように本殿がある。祭神は、天照大神の第一皇子（天孫瓊瓊杵命の父神）の正哉吾勝勝速日天忍穂耳命である。この神は、勝運の神といわれ、商売繁盛、必勝祈願、合格祈願、病気平癒にご利益があるという。

本殿は、桁行三間、千鳥向拝付である。展望台から西に四季折々に変化する蒲生野、東に鈴鹿連峰、南には甲賀・湖南の山並みが一望できる。

この神社の創建年代は未詳であるが、約一四〇〇年前の欽明天皇

大将宮

の時代に、聖徳太子が箕作山に瓦屋寺を創建したとき、現れた霊験を赤神山に祀ったのに始まる。その後、伝教大師・最澄が参籠したとき、その神徳に感銘し、五〇余りの社坊を建立して、神道と天台宗の神仏混淆の守護神とした。以来、多数の行者が集まり、修験道が盛んになり、明治初年の神仏分離令が出されるまで、神道、修験道、仏教が相混ざり合った形態で信仰されてきた。

本殿から西の裏参道を下ると、参道の両側に七福神石像が点在する。中ほどに一願成就社があり、その西の願かけ道には、夢神社、天狗像、役行者像、紫微社がある。さらに下ると絵馬殿に出て、表参道に合流する。

■大将宮

太郎坊から南へ進み、みつくり保育園の標識にしたがって、右折して西に進むと、小脇の集落の中に大将宮がある。祭神は大将軍

巽之神社

であったが、現在は観世音菩薩に変わっている。この地は、観音寺城の城主の佐々木六角一族の発祥の地と伝え、大将軍とは、佐々木氏のことであるという説がある。拝殿はなく、神門につづく瑞垣に囲まれて、桁行三間、梁行二間の切妻造、桟瓦葺の社殿がある。

■来迎院

大将宮から南東に進むと、来迎院（らいごういん）がある。金感山（きんかんさん）と号する浄土宗の寺で、本尊は阿弥陀如来（あみだにょらい）である。本堂は、桁行四間、梁行四間の入母屋造、本瓦葺、向拝付である。本堂の前に、一対の石燈籠、境内に、地蔵堂、その横に大きな鬼瓦がある。

■地福寺

来迎院から西に進むと、糠塚（ぬかづか）の集落の南に地福寺（ちふくじ）がある。円満山（えんまんさん）

と号する浄土宗の寺で、本尊は阿弥陀如来である。本堂は、桁行六間、梁行六・五間の入母屋造、本瓦葺、向拝付である。

蒲生野

■巽之神社

地福寺の南に巽之神社がある。祭神は五十猛命である。舞殿は、桁行二間、梁行二間の入母屋造、桟瓦葺で、唐屋根の幣殿につづく瑞垣に囲まれて、一間社流造、銅板葺の覆屋の中に、一間社春日造、檜皮葺の本殿がある。

■阿賀神社

巽之神社から糠塚の集落を西に抜けると、船岡山があり、その西

阿賀神社

蒲生野遊猟図壁画

麓に阿賀神社がある。祭神は天忍穂耳命である。舞殿は、桁行二間、梁行二間の入母屋造、桟瓦葺、吹き放し、本殿は、一間社流造、銅板葺で、神門につづく瑞垣に囲まれている。

■万葉の森　船岡山の蒲生野遊猟図壁画

阿賀神社の北に隣接して、万葉植物園「万葉の森　船岡山」がある。ウメ、ハギ、ムラサキ、アカネなど、『万葉集』に詠まれた一一〇種類の万葉植物が植栽され、傍に植物名と万葉歌が記された金属製の説明板がある。

その芝生広場の東端には、大海人皇子と額田王が蒲生野で遊猟する様子を描いた蒲生野大陶板遊猟図壁画がある。その横に、次の歌が刻まれた副碑がある。

あかねさす　紫野ゆき　標野ゆき

野守は見ずや　君が袖振る　一・二〇

紫草の　にほへる妹を　にくくあらば

人妻故に　われ恋ひめやも　一・二一

一首目の歌は、額田王の作で―（あかねさす）、紫野を行ったり、標野を行ったり来たりして、あなたが袖を振るのを、あの心ない野守は見ているではありませんか―、二首目は、大海人皇子の作で―紫草のように、惚れ惚れとするあなたを、憎いと思うなら、人妻と知りながら、こんなに恋焦がれましょうか―という意味である。

船岡山の万葉歌碑

■船岡山の万葉歌碑

阿賀神社の本殿横から船岡山に登っていくと、次の歌が刻まれた万葉歌碑がある。

蒲生野

あかねさす　紫野ゆき　標野ゆき
野守は見ずや　君が袖振る　一・二〇

紫草の　にほへる妹を　にくくあらば
人妻故に　われ恋ひめやも　一・二一

この歌碑は、『元暦校本万葉集』に基づいて、昭和四三年（一九六八）に建立された。二メートル近い自然石に、陶板がはめ込まれ、歌が記されている。

■蒲生野

万葉の森　船岡山から北に進み、船岡山の西から北を周るように農道を進む。船岡山の周辺には、広大な田んぼが広がっており、まさに蒲生野にいることを実感する。

五月五日の薬猟　五月五日は、中国では、陰陽の陽数が重なる節日で、「浴蘭節」「端午」と呼ばれた。『荊楚歳時記』には、「四民並びに蹋百草の戯あり。艾を採りて以て人を為り、門戸の上に懸け、以て毒気を禳ふ。菖蒲を以て、或いは鏤み或いは屑とし以て酒に泛ぶ。是の日、競渡し、雑薬を採る」とある。陽数が重なり、悪鬼が跳梁する悪月中の悪日ということで、雑薬を採る風習が生まれ、これがわが国にも伝わり、薬猟が行われるようになった。

蒲生野は、『日本書紀』天智天皇七年（六六八）の条に、「五月五日に天皇、蒲生野に縦猟したまふ。時に、大皇弟（大海人皇子）、諸王、内臣（中臣鎌足）、及び群臣、皆悉に従なり」とあり、これが蒲生野の初見といわれる。蒲生野は、近江朝廷の薬草園、遊猟地であった。

「蒲生野」という地名は、東近江市、旧安土町（近江八幡市）周辺に数多く点在する。それらを列挙すれば、近江八幡市西生来町に「蒲生野口」、末広町に「上蒲生野」「下蒲生野」、旧安土町内野に「蒲生野」、東近江市三津屋町に「蒲生野」、同野口町に「蒲生野」「蒲生野口」「小蒲生野」、同平田町に「蒲生野」、同市辺町に「蒲生野口」「小蒲生野」、平木町に「蒲生野」などである。

このため、天智天皇七年に行われた蒲生野の所在地を特定することは難しいが、『近江国細見図』（寛保版一七四二）、東大寺文書『諸村領配当之図』には、「船岡山周辺の地が蒲生野」とあることから、蒲生野は、阿賀神社の周辺の市辺、その南の三津屋、北の内

八幡神社

野あたり一帯の平野部という説が有力である。

■正寶寺

蒲生野から北へ進むと、内野の集落の中に正寶寺がある。佛照山と号する天台宗の寺で、本尊は阿弥陀如来である。

本堂は、桁行三間、梁行五・五間の入母屋造、本瓦葺、向拝付である。本堂の正面には、一対の石燈籠、境内には、三界萬霊塔、宝篋印塔がある。

■八幡神社

正寶寺から北に進むと、八幡神社がある。主祭神は応神天皇で、息長足姫命（神功皇后）、多紀理比売命、市寸島比売命、多岐都比売命を合祀する。創建年代は詳らかではないが、新田義

大圓寺

貞の四天王と呼ばれた畑時能が勧請したと伝える。

舞殿は、桁行三間、梁行三間の入母屋造、桟瓦葺で元文二年（一七三七）の造立、本殿は、桁行三間、梁行二間の流造、檜皮葺で、天保二年（一八三一）の造立である。境内には、井波能売命を祀る井神社、須佐之男命を祀る津島社がある。

境内には、元禄一七年（一七〇四）、明和二年（一七六五）、寛政一〇年（一七九八）、文久二年（一八六二）銘の石燈籠がある。

老蘇の森

■大圓寺

八幡神社から北に進むと、大圓寺がある。光照山と号する真宗大谷派の寺で、本尊は阿弥陀如来である。本堂は、桁行七間、梁行七間の入母屋造、桟瓦葺、向拝付である。

福生寺

■福生寺

大圓寺から田んぼの中を北東に進むと、東老蘇の集落の中に福生寺がある。老蘇山と号する浄土宗知恩院の末寺で、本尊は阿弥陀如来である。本堂は、桁行三間、梁行三間の入母屋造、本瓦葺、向拝付で、根来陣屋の書院を改築したものという。

■根来陣屋跡

福生寺から民家の間を北へ抜けると、根来陣屋跡がある。鉄砲の根来衆で有名な根来盛重の陣屋跡である。根来盛重は、和泉国熊取谷の出身で、根来寺の僧であった。豊臣秀吉の根来寺の焼き打ちの後、徳川家康の家臣となり、数々の戦功をたてて、三四五〇石の大旗本になった。寛永一〇年（一六三三）、当地が根来家の知行所となり、元禄一一年（一六九八）頃に陣屋が設置された。

老蘇の森

■老蘇の森

根来陣屋跡の北側に鬱蒼とした森がある。この森は、面積が約六万平方メートルにも及ぶ滋賀県最大の森で、「老蘇の森」と呼ばれている。樹齢数百年の大木が薄暗く茂り、中に入ると静寂そのものである。平安時代には、すぐ傍に中山道が通っていたので、歌枕の地として広く知られるようになり、多くの文人墨客が足を留め、ホトトギスの名所として和歌、紀行文、謡曲に詠まれている。

『奥石神社本記』によれば、往古、この地域一帯は、地が裂け、水が湧いて、人が住める状態ではなかった。今から約二三〇〇年前の孝霊天皇の時代に、住人の石辺大連という翁が地が裂けるのを止めるために、神に助けを仰いで、檜、杉、松などの苗木を植えたところ、忽ちにして大森林になった。この翁は、年齢が約百数十歳であったが、矍鑠として壮者を凌ぐほどであった。翁は「老蘇」と呼ばれていたので、この森は「老蘇の森」と名付けられたという。

奥石神社の本殿

■奥石神社

旧中山道の西にある石鳥居から、両側に杉の大木が並ぶ参道を約一〇〇メートル進むと、正面に奥石神社の社殿が建ち並んでいる。『延喜式』神名帳に載る式内社で、祭神は天児屋根命である。創建年代は詳らかではないが、孝霊天皇五年、石辺大連が社壇を築き、崇神天皇の時代に吉備津彦が社殿を築いたのに始まる。

舞殿は、桁行三間、梁行三間の入母屋造、銅板葺、千鳥破風、向拝付、吹き放しである。

本殿（重文）は、梁行三間、桁行二間の流造、檜皮葺、向拝付で、庇の間に建具を付け、前室としている。神門につづく瑞垣で囲まれている。天正九年（一五八一）、織田信長が家臣の柴田勝久に命じて再建された。唐草模様を透彫にした蟇股、彫刻を施した格狭間、母屋の腰廻りに嵌板を配列した格子間など、各所に華麗な装飾が施されている。

諏訪明神社の本殿

本殿の右側に諏訪明神社がある。祭神は弟橘姫命で、安産守護の神として知られる。本殿は一間社流造、檜皮葺で、建立年代は不明であるが、舟肘木、向拝の木鼻、連三斗組の部分的特徴から、桃山時代の建立であると推定されている。安政七年（一八六〇）と明治一三年（一八八〇）の改修である。

諏訪明神社の由来については、次の伝承がある。景行天皇の皇子・日本武尊が東国征討に出向いて、相模国の走水から上総国へ渡ろうとしたとき、日本武尊命の軽はずみな言動が海神の怒りを招き、海が荒れ、先へ進むことができなくなった。このとき、その妃の弟橘姫命は、武尊の危機を救うため、荒ぶる海神を鎮めようとして、「我胎内に子在すも、尊に代わりてその難を救い奉らん。どうぞ武尊の東征を守護し給え。霊魂は飛び去りて江州老蘇の森に留まり、永く女人平産を守るべし」と誓って海中に身を投じた。すると、波が穏やかになり、船を無事進めることができた。そこで、この地に弟橘姫命の霊を祀る安産守護の神社が造営された、という。

光善寺

観音正寺

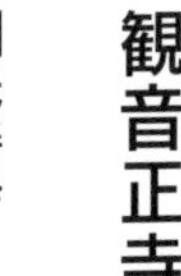

■光善寺

老蘇の森から、新幹線のガードをくぐり、東北へ進むと、光善寺がある。繖山と号する天台宗の寺で、本尊は阿弥陀如来である。本堂は、桁行四間、梁行四間の入母屋造、桟瓦葺、向拝付である。山門横に鐘楼があり、本堂前には、境内いっぱいに広がる松がある。

創建年代は未詳であるが、近江守護職・佐々木六角が観音寺城の築城に際して、家臣団の菩提寺として創建したと伝える。創建当初、「恵光寺」と称して、繖五山七光寺の一つに数えられていた。永禄一一年（一五六八）、織田信長によって観音寺城が落城したとき、戦火に巻き込まれて、伽藍のほとんどを焼失し、荒廃の一途をたどったが、天正六年（一五七八）、周達法印によって中興された。その後、寛永一二年（一六三五）、徳川の宰相・天海大僧正の弟子・

栄順寺

導海法印によって光善寺に改号され、慶安四年（一六五一）、現在地に移された。現在の山門は、享保二年（一七一七）、専祐法印による再建、鐘楼は、寛政九年（一七九七）、恵道法印による再建、本堂は、安政三年（一八五六）、孝順法印による再建である。

■栄順寺

光善寺から元の道まで戻り東へ進むと、栄順寺がある。翠蓋山と号する真宗大谷派の寺で、本尊は阿弥陀如来である。本堂は、桁行五間、梁行四間の入母屋造、桟瓦葺、向拝付である。創建年代は未詳である。慶長年間（一五九六～一六一五）に改派したと伝える。

教林坊の山門

■教林坊

栄順寺からしばらく北へ進むと、紅葉の名勝として知られる教林坊がある。繖山と号する天台宗比叡山派の寺で、本尊は聖徳太子の作と伝える石仏の観世音菩薩である。この石仏には、難産を帝王切開によって助けたという安産守護の伝承がある。その時、流れ出した血によって小川が赤く染まったので、この観音は、「赤川観音」と呼ばれるようになったという。

推古天皇一三年（六〇五）、聖徳太子が観音正寺を創建したとき、子院として建立された。現存する観音正寺の唯一の子院である。寺名の「教林」は、聖徳太子が林の中で教えを説かれたことに由来し、境内には、聖徳太子が教えを説いたと伝える苔むした「太子の説法岩」と呼ばれる巨岩と、本尊を祀る霊窟があり、「石の寺」と呼ばれる。巨岩を庭園内の一帯に配した様は、まさに「石の寺」と呼ばれるにふさわしい様相を呈している。困難な願い事も二度詣でると

教林坊の池泉回遊式庭園

叶うといわれる「再度参りの観音」として、広く信仰を集めている。戦国時代に兵火により堂宇を焼失したが、慶長年間（一五九六〜一六一五）に再興された。

入り口を入ると、竹林と紅葉林の中を遊歩道が回遊しており、左手に書院、庭園、本堂の美しい景観を眺めながらの周遊が楽しめる。本堂は、桁行三間、梁行四間の重層入母屋造、桟瓦葺で、堂内には釈迦如来坐像、十一面観世音菩薩像、仁王像、秘仏の願掛不動明王像を安置する。東面と北面がガラス張りになっており、本堂からガラス越しに本尊の観世音菩薩像が拝めるようになっている。

書院は、桁行六・五間、梁行四間の入母屋造、葦葺で、周囲に桟瓦葺の下屋がある。表門は、桁行一間、梁行一間の薬医門、茅葺で、書院とともに江戸時代後期の造立である。

書院西面には、小堀遠州によって造られた池泉回遊式庭園がある。巨石で造られた枯れ滝、鶴島、亀島などがある小さな庭園であるが、豪快な雰囲気が漂うと同時に、なんとなく温かさが感じられ、心の

日吉神社

安らぎを覚える。書院南面にも、普陀落山を表現した観音浄土の小さな庭園がある。

晩秋には、二〇〇〇坪の境内を埋めるように植栽された約三〇〇本のモミジが赤く染まり、その周りを囲む数千本の竹林の緑と相まって、色彩のコントラストの美しさに魅了させられる。毎年一一月一五日から一二月五日にかけて、紅葉ライトアップが催され、多くの拝観者を引き寄せている。

■日吉神社

教林坊から観音正寺の参道まで戻り、坂を登っていくと、日吉神社がある。祭神は大山咋命である。拝殿は、桁行三間、梁行三間の入母屋造、桟瓦葺、吹き放し、本殿は、桁行三間、梁行二間の三間社流造、檜皮葺、唐向拝付で、神門につづく瑞垣に囲まれている。

創建年代は未詳であるが、慶長一〇年（一六〇五）の再建の棟

天満宮

札があり、安永八年（一七七九）の改修、文久二年（一八六二）の檜皮葺の葺き替えである。しかし、明治三六年（一九〇三）、裏山の崩壊により社殿が流出し、翌年再建された。

境内には、蛭子命を祀る夷社、素盞嗚命を祀る祇園社、菅原道真を祀る天満宮がある。さらに、享保三年（一七一八）建立の鳥居、安永四年（一七七五）、天明七年（一七八七）、文政四年（一八二一）銘の石燈籠がある。社宝には、守護・佐々木氏の陣太鼓がある。

■天満宮

日吉神社の西に天満宮がある。祭神は菅原道真である。桁行一間、梁行三間の流造、桟瓦葺の覆屋の中に、吹き放し、一間社流造、檜皮葺の社殿がある。

境内には、近江守護の佐々木六角氏の御屋形跡があり、天満宮の前面には、一辺約七〇メートル、高さ約七メートルを越える石垣が

観音正寺の本堂

残されている。

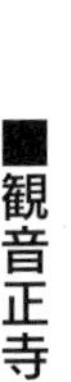

■観音正寺

天満宮から参道を登る。最初は舗装された坂道であるが、繰り石を並べて造られた急登の石段になる。段差があり、足幅も合わないので、登りが非常にきつく感じられる。途中の七丁石の傍に休憩所がある。駐車場の傍に「観音正寺」と刻まれた石標が建っている。さらに、きつい石段がつづき、やがて、観音正寺の境内に出る。

観音正寺は、標高約四三三メートルの繖山の山頂近くに位置する。繖山と号する天台宗系単立の寺で、本尊は千手観世音菩薩で、西国三十三所観音霊場第三十二番札所である。推古天皇一三年（六〇五）、聖徳太子により創建された。本堂は、桁行五間、梁行六間の入母屋造、銅板葺、前面と左右に一間の回廊がある。

この寺は、推古天皇一三年（六〇五）、聖徳太子がこの地を訪れ

観音正寺の境内

たとき、繖山から紫雲がたなびいているのを見て、「これぞ霊山なり」と思い、自ら千手観世音菩薩像を刻んで、堂宇を建立し、この像を祀ったのに始まる。

一方、この寺の起源については、次の民間伝承もある。聖徳太子がこの地を訪れたとき、「人魚」に出会った。人魚は、前世が漁師で、殺生を業としていたので、人魚になり苦しんでいた。太子は、人魚の願いを聞き入れて、堂宇を建立して、千手観世音菩薩像を刻んで祀ったのに始まる、という。この寺には、この伝説にまつわる「人魚のミイラ」と称するものが伝えられていたが、平成五年（一九九三）、火災で焼失した。

室町時代には、近江国南部を支配していた佐々木氏が、応仁の乱のとき、繖山に城を築いて、その庇護により栄えたが、永禄一一年（一五六八）、織田信長に攻められて兵火で堂宇が全焼し、山麓に移される苦難にあった。慶長一一年（一六〇六）、教林坊の僧・宗徳法橋の尽力により、現在地に再興された。しかし、平成五年

観音寺城跡

（一九九三）、火災により本堂が焼失する憂き目に遭ったが、平成一六年（二〇〇四）にようやく再建された。
平成五年の火災で、本尊の千手観世音菩薩像も焼失し、新たに本尊が造立された。旧本尊が一メートル足らずの立像であったのに対し、新本尊は、光背を含めると総高約六・三メートル、仏高約三・六メートルの巨大な坐像である。インドから輸入した白檀を素材にして、仏師・松本明慶氏によって彫像されたので、この寺は「白檀観音の寺」とも称されている。

■観音寺城跡

観音正寺から指導標にしたがってしばらく山道を進むと、観音寺城跡がある。観音寺城は、近江守護の佐々木六角氏の居城であったので、「佐々木城」とも呼ばれた。築城年代は詳らかではないが、『太平記』には、「建武二年（一三三五）、北朝の六角氏頼が

桑實寺の本堂

北畠顕家軍に備えて、この山に籠った」とあり、応仁・文明年間（一四六七〜一四八七）に築城されたと推定されている。天守閣はなく、屋形二階建てで、山麓には居住性の高い数多くの曲輪があった。その後、近江国守護・六角氏の居城となった。城跡には、本丸、平井丸、二の丸、三の丸、池田丸、布施淡路丸、土塁、石垣、堀、門などの跡が残されている。

六角氏は戦国時代には、足利幕府の後ろ盾として、近江一帯に大勢力を築き上げたが、永禄一一年（一五六八）、足利義昭を擁して上洛の途にあった織田信長が大軍を興して観音寺城を攻めると、近江守護であった六角義賢・義治父子は観音寺城から逃げ出し、無血開城された。

■桑實寺

観音正寺から険しい石段を下っていくと、桑實寺の境内に出る。繖山と号する天台宗の寺で、本尊は薬師如来である。別名「桑峰

桑實寺の山門

薬師」とも呼ばれる。西国薬師四十九霊場第四十六番札所、びわ湖百八霊場第七十一番札所である。本堂（重文）は、桁行五間、梁行六間の入母屋造、檜皮葺で、南北朝時代の建立である。堂内には、中央に薬師如来立像、その左右に日光・月光菩薩の脇侍を祀る。本尊の薬師如来は「かま薬師」の俗称があり、かさぶたやできものに霊験があるといわれる。後方右に、阿弥陀如来立像、左に大日如来立像を祀る。繖山の古代巨岩信仰と薬師如来の信仰とが結びついて、衆生の病苦を治す霊場として広く崇められている。

この寺の創建については、次の伝承がある。天智天皇の時代に、志賀の都に疫病が蔓延し、天皇の四女・阿部皇女も病気を患った。ある夜、皇女は琵琶湖の湖面が瑠璃色に光る夢を見た。天皇がこの夢の意味を御持僧の藤原鎌足の長男・定恵に尋ねると、定恵は薬師如来の出現を予言した。そこで、天皇は定恵を導師として、湖水に向かって法要を営ませた。すると湖水から薬師如来が出現し、四方に光を発し、その光によって、皇女の病気は平癒した。天智天皇は、これに感激して、薬師如来を祀る寺を建立することを勅願し、白鳳六年（六七七）、定恵にこの寺を創建させた、という。寺名は、定恵が唐から持ち帰った桑の実をこの地の農家で栽培し、わが国で最初に養蚕の技術を開発していたことに由来する。

桑實寺の背後の山中には、二つの巨岩が柱上に立ち、その傍に仏足と岩駒の蹄跡が残る。

天文元年（一五三二）、足利義晴はこの寺に三年間仮の幕府を設置し、足利義昭もこの寺に滞在した。その後、寺は荒廃したが、天正四年（一五七六）、織田信長が安土城を築城し、この寺を保護した。

この寺には、天正一〇年（一五八二）、信長の留守中に、安土城の女中たちが禁足を破って、この寺に参拝し、これを知った信長は、これを咎めて、女中たちと擁護した桑實寺の高僧たちを殺害した、という伝承がある。

寺宝には、「紙本著色桑實寺縁起絵巻二巻　附後奈良天皇宸翰題籤及び消息」（重文、京都国立博物館寄託所蔵）などがある。

定恵　飛鳥時代の学僧。定慧、貞恵とも表記。父は中臣鎌足（藤原鎌足）。母は車持国子の娘・与志古娘。出家前の俗名は「中臣真人（なかとみのまひと）」、弟は藤原不比等。白雉四年（六五三）五月、遣唐使とともに唐へ渡る。長安懐徳坊にある慧日道場に住し、玄奘の弟子の神泰法師に師事し、内経外典に通じた。定恵の生没については諸説があるが、『元亨釈書』によると、和銅元年（七〇八）に帰国し、藤原鎌足の遺骸を摂津国阿武山から大和国多武峰に移し、寺院を建立して墓所を改葬した。和銅七年（七一四）六月、七〇歳で死没した。

安土城天主　信長の館

安土城考古博物館

■安土城天主　信長の館

桑實寺から石段を下り、右折してしばらく北へ進むと、安土城天主信長の館がある。館内には、平成四年（一九九二）、スペインで開催されたセビリア万博へ出展された安土城天主閣の五・六階の二〇分の一スケールの模型、織田信長が狩野永徳を中心に描かせた原寸大の「金碧障壁画」、金箔一〇万枚を使用した外壁、金の鯱をのせた大屋根などの復元が展示されている。

■安土城考古博物館

信長の館の北に安土城考古博物館がある。「近江風土記の丘」の中心施設として、城郭と考古をテーマとした展示、講座、講演など

安土城考古博物館

の普及啓発事業を行う目的で平成四年（一九九二）に開館された。

館内には、特別史跡安土城跡と織田信長を中心とした展示、中世城郭の一部を実物大で復元し、安土城との違いを示した史跡観音寺城跡の展示、武器、武具、馬具、装身具などの副葬品、横穴式石室の実物大の復元、埋葬方法の変化や近江の支配者の変化などを示す史跡瓢箪山古墳の展示、弥生時代の典型的な農耕集落である史跡・大中の湖南遺跡から出土した遺物の展示などがある。

■安土城郭資料館

安土城考古博物館からJR安土駅へ行くと、駅南広場に安土城郭資料館がある。館内一階には、織田信長が築城した安土城の実物の二〇分の一のひな形が展示され、二階には織田信長の関連資料や書籍を展示する安土文庫がある。安土城のひな形展示では、電動式で城が二つに分かれて中が見られるようになっている。城郭構造や

安土城郭資料館

障壁画が整えられている様子が分かるので、天主閣の構造を細部まで把握し、往時の姿を偲ぶことができる。

安土城は、天正七年（一五七九）、織田信長によって築城された総高約三三メートル、外観は五層、内部は七階の本格的な天主閣をもつ初めての城であった。五階は正八角形で、室内の柱や天井は朱色に塗られ、六階の三間四方は金箔が施され、狩野永徳の襖絵や異国文化の調度で飾られ、屋根には金箔瓦が載せられていた。このように贅を尽くした城であったが、天正一〇年（一五八二）、本能寺の変後、完成三年であえなく焼失した。

館内には、喫茶コーナーがあり、ローマ宣教師によって献上され、日本で初めて織田信長が飲んだといわれるコーヒー「エスプレッソ」が味わえる。

安土城郭資料館から地下道を通って、ＪＲ東海道本線安土駅に出て、散策を終えた。

参考文献・史料

日本古典文学大系　万葉集一〜四　岩波書店／日本古典文学全集　万葉集一〜四　小学館／日本古典文学大系　日本書紀上・下　岩波書店／日本古典文学全集　古事記・上代歌謡　小学館／日本古典文学大系　古事記・祝詞　岩波書店／国史大系　続日本紀　前篇・後編　吉川弘文館／国史大系　日本三代実録　吉川弘文館／倭名類聚抄　中田祝夫　勉誠社文庫／神話から歴史へ　日本の歴史一　中央公論社／古代国家の成立　日本の歴史二　中央公論社／万葉びとの世界　日本文学の歴史二　角川書店／日本文学史・上代　久松潜一　至文堂／奈良県史　五・六　奈良県史編集委員会　名著出版／奈良県史　寺院・神社　奈良県史編集委員会　名著出版／大和名所圖會（復刻版）　秋里籬島　臨川書店／大和志料　上・中・下　奈良県教育会　天理時報社／和州旧跡幽考　版本地誌大系一　林宗甫　臨川書店／大和上代寺院志　保井芳太郎　大和史学会／奈良県地誌　堀井甚一郎　大和史蹟研究会／奈良県の歴史散歩・上下　奈良県高等学校歴史学会　山川出版社／万葉の風土　犬養孝　塙書房／万葉の道　巻一〜四　扇野聖史　福武書店／万葉の歌・人と風土　大和東部　山内英正　保育社／万葉の歌・人と風土　京都　芳賀紀雄　保育社／万葉の歌・人と風土　滋賀　広岡義隆　保育社／桜井市歴史散歩　栢木喜一　桜井市／山城名勝志（再版）　大島武好　臨川書店／木津川市史　上巻　木津川市／京都府相楽郡誌（復刻版）　京都府教

育会　名著出版／宇治市史Ⅰ　古代の歴史と景観　宇治市／京都府宇治郡誌（復刻版）　京都府教育会　名著出版／万葉淡海志考　奥野健治　秀英書房／大津市史一　大津市／滋賀県の歴史散歩・上下　滋賀県高等学校歴史散歩研究会　山川出版社／近江路の万葉　山村金三郎　角川書店／近江の万葉―その風土と歴史　藤井五郎　第一法規出版／淡海万葉の世界　藤井五郎　サンライズ出版／近江の歌枕紀行　三品千鶴　白川書院／万葉の近江　滋賀アララギ会　白川書院／近江万葉の道　淡海文化を育てる会　サンライズ出版／東近江市史　東近江市／大和万葉―その歌の風土　堀内民一　創元社／萬葉大和　大井重二郎　立命館出版部／萬葉集の風土的研究　清原和義　塙書房／万葉の風土と歌人　犬養孝　雄山閣出版／万葉の旅・上中　犬養孝　社会思想社／万葉集の風土　桜井満　講談社／わたしの万葉歌碑　犬養孝　社会思想社／萬葉の世紀　北山茂夫　東京大学出版会／大和の万葉　和田嘉寿男　桜楓社／全注大和の万葉歌　和田嘉寿男　奈良新聞出版センター／萬葉の時代　北山茂夫　岩波書店／萬葉紀行　土屋文明　筑摩書房／契沖全集二　万葉代匠記　久松潜一　岩波書店／山の辺の道を歩く　二川曉美　雄山閣／萬葉集大和地理辞典　阪口保　創元社／大和地名大辞典　正・続　大和地名学研究所／日本古語大辞典　松岡静雄　刀江書院／国史大辞典　国史大辞典編集委員会　吉川弘文館／日本古墳大辞典　大塚初重ほか　東京堂出版／二万五千分の一地図　桜井・畝傍山・古市場・奈良・宇治・京都東部・八日市　国土地理院

散策コースの距離・所要時間表

（1）倉橋・忍阪コース

場　所　名	距離（km）	所要時間（分）
近鉄桜井駅→正覚寺	0.6	9
正覚寺→桜井市立図書館	0.6	9
桜井市立図書館→等彌神社	0.1	2
等彌神社→鳥見山中霊畤	1.2	18
鳥見山中霊畤→神武天皇聖蹟鳥見山中霊畤顕彰碑	1.3	20
神武天皇聖蹟鳥見山中霊畤顕彰碑→上之宮遺跡	1.3	20
上之宮遺跡→ メスリ山古墳	0.4	6
メスリ山古墳→春日神社	0.8	12
春日神社→高田山口神社	0.8	12
高田山口神社→聖林寺	1.4	21
聖林寺→九頭龍神社	0.8	12
九頭龍神社→崇峻天皇倉梯岡陵	0.8	12
崇峻天皇倉梯岡陵→総合福祉センター	0.5	8
総合福祉センター→倉橋溜池（万葉歌碑）	1.2	18
倉橋溜池（万葉歌碑）→天王山古墳	0.9	14
天王山古墳→忍坂道傳稱地	0.5	8
忍坂道傳稱地→石位寺	0.3	5
石位寺→舒明天皇陵	0.3	5
舒明天皇陵→鏡女王押坂墓	0.4	6
鏡女王押坂墓→大伴皇女押坂内墓	0.3	5
大伴皇女押坂内墓→玉津島神社	1.0	15
玉津島神社→忍坂坐生根神社	0.2	3
忍坂坐生根神社→忍坂山口坐神社	0.6	9
忍坂山口坐神社→近鉄大和朝倉駅	1.1	17

（２）阿騎野コース

場　　所　　名	距離（km）	所要時間（分）
道の駅大宇陀→大願寺	0.2	3
大願寺→青木月斗の句碑	0.7	11
青木月斗の句碑→佐多神社	0.1	2
佐多神社→愛宕神社	0.2	3
愛宕神社→森野舊薬園	0.5	8
森野舊薬園→長隆寺	0.3	5
長隆寺→法正寺	0.2	3
法正寺→神楽岡神社	0.1	2
神楽岡神社→山邊家住宅	0.3	5
山邊家住宅→宇陀市歴史文化館（薬の館）	0.4	6
宇陀市歴史文化館（薬の館）→春日神社	0.3	5
春日神社→宇陀松山城址	0.9	15
宇陀松山城址→恵比須神社	1.1	17
恵比須神社→松山西口関門	0.2	3
松山西口関門→光明寺	0.3	5
光明寺→徳源寺	0.9	14
徳源寺→織田家の墓	0.2	3
織田家の墓→八坂神社	1.2	18
八坂神社→松源院	0.8	12
松源院→大亀和尚民芸館	0.1	2
大亀和尚民芸館→松源院香久山古墳	0.1	2
松源院香久山古墳→天益寺	0.3	5
天益寺→阿紀神社	0.3	5
阿紀神社→高天原（阿紀神社旧社地）	0.3	5
高天原（阿紀神社旧社地）→かぎろひの丘万葉公園	0.4	6

かぎろひの丘万葉公園→阿騎野・人麻呂公園	0.2	3
阿騎野・人麻呂公園→又兵衛桜	1.2	18
又兵衛桜→宇陀市中央公民館	1.4	21
宇陀市中央公民館→大宇陀地域事務所（万葉歌碑）	0.1	2
大宇陀地域事務所（万葉歌碑）→道の駅大宇陀	0.8	12

（3）恭仁京コース

場　所　名	距離（km）	所要時間（分）
JR 木津駅→天王神社	0.6	9
天王神社→永泉寺	0.1	2
永泉寺→正覚寺	0.2	3
正覚寺→和泉式部寺	0.2	3
和泉式部寺→大智寺	0.6	9
大智寺→首洗池・不成柿	0.2	3
首洗池・不成柿→安福寺	0.2	12
安福寺→御霊神社	0.1	2
御霊神社→上津遺跡	0.1	2
上津遺跡→泉大橋	1.1	17
泉大橋→泉橋寺	0.2	3
泉橋寺→圓成寺	0.1	2
圓成寺→上狛の環濠集落	0.7	11
上狛の環濠集落→高麗寺阯	0.9	14
高麗寺阯→山城郷土資料館	0.6	9
山城郷土資料館→山城茶業之碑	1.6	24
山城茶業之碑→西福寺	0.1	2

西福寺→廻照寺	0.5	8
廻照寺→松尾神社	1.0	15
松尾神社→延命寺	0.3	5
延命寺→椿井大塚山古墳	1.0	15
椿井大塚山古墳→神童寺	1.8	30
神童寺→天神神社	0.3	5
天神神社→木津川河畔	1.7	30
木津川河畔→鷲瀧寺	1.7	25
鷲瀧寺→恭仁神社	0.6	9
恭仁神社→山城国分寺跡	0.9	13
山城国分寺跡→海住山寺	2.1	40
海住山寺→活道の岡	2.3	35
活道の岡→恭仁大橋北詰	0.1	2
恭仁大橋北詰→ JR 加茂駅	0.6	9

（4）宇治コース

場　所　名	距離（km）	所要時間（分）
JR 宇治駅→宇治橋東詰	0.1	2
宇治橋東詰→宇治橋西詰（夢浮橋之古蹟）	0.2	3
宇治橋西詰（夢浮橋之古蹟）→橋姫神社（橋姫之古蹟）	0.2	3
姫橋神社（橋姫之古蹟）→県神社	0.4	6
県神社→薗林寺	0.5	8
薗林寺→下居神社	0.7	11
下居神社→柳谷観音	0.5	8
柳谷観音→阿弥陀寺	0.1	2
阿弥陀寺→平等院	0.6	9
平等院→宇治観光センター	0.2	3

宇治観光センター→浮島十三重石塔	0.1	2
浮島十三重石塔→橘島の万葉歌碑	0.1	2
橘島の万葉歌碑→宇治川先陣之碑	0.1	2
宇治川先陣之碑→朝霧橋東詰の万葉歌碑	0.2	3
朝霧橋東詰の万葉歌碑→宇治十帖モニュメント	0.1	2
宇治十帖モニュメント→恵心院	0.2	3
恵心院→東禅院	0.5	8
東禅院→亀石	0.2	3
亀石→興聖寺	0.3	5
興聖寺→朝日山観音堂	0.8	15
朝日山観音堂→仏徳山展望台	0.9	14
仏徳山展望台→仏徳山登り口（総角之古蹟）	1.0	15
仏徳山登り口（総角之古蹟）→与謝野晶子の歌碑	0.1	2
与謝野晶子の歌碑→宇治上神社	0.2	3
宇治上神社→早蕨之古蹟	0.1	2
早蕨之古蹟→宇治神社	0.1	2
宇治神社→末多武利神社	0.2	3
末多武利神社→正覚院	0.1	2
正覚院→放生院	0.1	2
放生院→通圓茶屋	0.1	2
通圓茶屋→東屋観音（東屋之古蹟）	0.1	2
東屋観音（東屋之古蹟）→彼方神社（椎本之古蹟）	0.1	2
彼方神社（椎本之古蹟）→宇治市源氏物語ミュージアム	0.3	5

宇治市源氏物語ミュージアム→かげろうの石（蜻蛉之古蹟）	0.4	6
かげろうの石（蜻蛉之古蹟）→三室戸寺（浮舟之古蹟）	0.7	11
三室戸寺（浮舟之古蹟）→十八神社	0.1	2
十八神社→菟道稚郎子尊宇治墓	0.5	8
菟道稚郎子尊宇治墓→京阪宇治駅	0.3	5

（5）大津宮コース

場　所　名	距離（km）	所要時間（分）
京阪穴太駅→高穴穂宮趾	0.2	3
高穴穂宮趾→高穴穂神社	0.1	2
高穴穂神社→足利義晴供養塔	0.4	6
足利義晴供養塔→穴太地蔵堂	0.2	3
穴太地蔵堂→唐崎	1.0	15
唐崎→唐崎苑の万葉歌碑	0.2	3
唐崎苑の万葉歌碑→滋賀里遺跡	1.6	24
滋賀里遺跡→倭神社	0.2	3
倭神社→ 志賀八幡神社	0.5	8
志賀八幡神社→千躰地蔵堂	0.6	9
千躰地蔵堂→百穴古墳群	0.6	9
百穴古墳群→志賀の大仏	0.1	2
志賀の大仏→崇福寺舊址	0.6	9
崇福寺舊址→念仏寺	1.5	23
念仏寺→大伴黒主神社	0.3	5
大伴黒主神社→正興寺	0.2	3
正興寺→福王子神社	0.2	3
福王子神社→南滋賀町廃寺跡	0.4	6

南滋賀町廃寺跡→近江神宮	0.8	12
近江神宮→大津宮跡	0.3	5
大津宮跡→源空寺	0.5	8
源空寺→皇子山古墳	1.0	15
皇子山古墳→清光寺	1.5	23
清光寺→西念寺	0.3	5
西念寺→弘文天皇陵	0.3	5
弘文天皇陵→大津市役所	0.3	5
大津市役所→新羅善神堂	0.4	6
新羅善神堂→大津市歴史博物館	0.6	9
大津市歴史博物館→圓満院門跡	0.2	3
圓満院門跡→園城寺（三井寺）	0.2	3
園城寺（三井寺）→三尾神社	0.5	9
三尾神社→長等神社	0.2	3
長等神社→京阪浜大津駅	1.0	15

（6）蒲生野コース

場　　所　　名	距離（km）	所要時間（分）
近江鉄道八日市駅→市神神社	0.7	11
市神神社→野々宮神社	0.2	3
野々宮神社→薬師寺	0.4	6
薬師寺→清水神社	0.2	6
清水神社→法蔵寺	0.4	6
法蔵寺→生蓮禅寺	0.1	2
生蓮禅寺→ 成願寺	1.0	15
成願時→太郎坊・阿賀神社本殿	0.5	15
太郎坊・阿賀神社本殿→大将宮	1.0	18
大将宮→来迎院	0.2	3

来迎院→地福寺	0.7	11
地福寺→巽之神社	0.3	5
巽之神社→阿賀神社	0.9	14
阿賀神社→万葉の森　船岡山	0.1	2
万葉の森　船岡山→船岡山	0.2	3
船岡山→蒲生野	0.4	6
蒲生野→正寶寺	0.7	11
正寶寺→八幡神社	0.1	2
八幡神社→大圓寺	0.6	9
大圓寺→福生寺	0.1	2
福生寺→根来陣屋跡	0.2	3
根来陣屋跡→奥石神社（老蘇の森）	0.3	5
奥石神社（老蘇の森）→光善寺	0.3	5
光善寺→栄順寺	0.2	3
栄順寺→教林坊	0.4	6
教林坊→日吉神社	0.7	11
日吉神社→天満宮	0.2	3
天満宮→観音正寺	0.7	40
観音正寺→観音寺城跡	0.6	9
観音寺城跡→桑實寺	1.0	20
桑實寺→安土城天主　信長の館	1.0	20
安土城天主　信長の館→安土城考古博物館	0.2	3
安土城考古博物館→安土城郭資料館	2.0	30
安土城郭資料館→ＪＲ安土駅	0.1	2

おわりに

筆者の万葉故地の探索は学生時代に遡る。恩師の犬養孝先生が主催しておられた「万葉旅行の会」に入会することを勧められて、先生のご案内で、全国の万葉故地めぐりをしたのに始まる。以来、約六〇年間、歌に詠まれた約一二〇〇カ所、異説も含めると、一八〇〇カ所以上の全国の万葉故地をめぐっているが、今現在、約九二パーセントの探訪にとどまっている。

万葉故地めぐりをして痛感することは、著名な万葉研究者が、現実に現地を歩かないで、書斎で文献の比較研究により、万葉故地を比定されているのが散見されることである。こうした「書斎における万葉の風土研究の不備」をなくするためには、実際に歩いて、現地調査して、万葉歌のみならず、その土地の歴史、風俗、人々の生活の営みなども含めた総合的観点から万葉故地を比定することの重要性を痛感する。

しかし、現地を歩いてみて実感するのは、「取材の難しさ」である。というのは、市町村合併による伝統的な地名の消滅、宅地開発による住宅地への変化、埋め立てなどによる地形の変化、道路の建設による史跡の消滅などにより、万葉の原風景が次第に少なくなっていることである。

しかも、人々の生活様式の変化などにより、歌に詠まれた人々の暮らしに触れたり、伝統的な人々の生活の営みを体験することもほとんどできなくなっている。これらの問題を克服するために、万葉故地の周辺の史跡や寺社なども併せて調査して、万葉の時代の原風景をできるだけあぶりだすように試みているが、それもなかなか難しいのが実情である。

近畿地方には、数々の素晴らしい万葉故地があるので、それらを厳選するのは難しいが、万葉歌のなじみの深さ、万葉故地の歴史的重要度、万葉の風土としての地政学的意義、という三つの観点から、この書では、「ぜひ訪ねたい万葉のふるさと」として、一二カ所を厳選させていただいた。

この書では、選定した近畿地方の一二カ所の万葉故地について、詳細な地図を添えて、その周辺の史跡、寺社もことごとく取り上げて解説し、所要時間、距離なども示し、実際に現地を歩いていただく参考になるように配慮した。これらは、数年にわたる現地調査と何千枚もの写真を踏まえ、さらに、歴史、民俗、伝承なども加えて、深く掘り下げ、取材の難しさに由来する問題点を克服するように試みたので、読み親んで、万葉の風土を肌で感じて下されば、万葉故地の探訪の爽やかな満喫感に浸っていただけるものと思われる。

最後に、本書の上梓に際し、構想から校正に至るまで、懇切丁寧なるご指導、ご教示を賜った奈良新聞社の出版課主任藤田早希子氏、ならびに、執筆にあたり、温かいご支援とご協力を戴いた妻・芳子に深甚の感謝の意を表します。

万葉歌碑

- この書で紹介した万葉歌碑に刻まれた歌、所在地、作者、歌碑の寸法、揮毫者（肩書は当時のもの）、建立年月を示す。
- 歌については、右側に歌碑に刻まれた文字を、左側に白文または読み下し文を示す。
- 石碑のみならず、万葉歌が記された歌板・記念碑なども示す。

茂岡尓　神さひ立ちて　栄えたる
千代松の木の　歳乃知らなく

茂岡尓　神佐備立而　栄有
千代松樹乃　歳之不知久

（巻六・九九〇）

所在地　桜井市河西　桜井市立図書館前庭
作　者　紀鹿人
歌　碑　自然石（高さ109cm、幅66cm）、枠取凹磨（高さ93cm、幅37cm）
揮毫者　評論家・保田　與重郎
建立年月　昭和30年１月

射目立て、跡見の丘邊の　なでしこの花

總手折り　われは行きなむ　奈良人のため

射目立而　跡見乃丘辺之　瞿麦花

総手折　吾者将去　寧楽人之為

（巻八・一五四九）

所在地　桜井市桜井　等彌神社

作　者　紀鹿人

歌　碑　扁平切石（高さ187cm、幅79cm）、枠取凹磨（高さ128cm、幅50cm）

揮毫者　神宮大宮司・二条　弼基

建立年月　昭和52年11月

妹が目を　跡見（とみ）の崎能　秋はぎは
此月ごろは　散りこすなゆ免

妹目乎（いもがめを）　跡見之埼乃（とみのさきの）　秋芽子者（あきはぎは）
此月其呂波（このつきごろは）　落許須莫湯目（おちこすなゆめ）

（巻八・一五六〇）

所 在 地　桜井市桜井　等彌神社
作　　者　大伴坂上郎女
歌　　碑　自然石（高さ120cm、幅120cm）
揮 毫 者　高校教諭・服部　慶太郎
建立年月　昭和57年６月

窺良布　跡見山雪之　灼然
恋者妹名　人将知可聞

うかねらふ　跡見山雪の　いちしろく
恋ひば妹が名　人知らむかも

（巻一〇・二三四六）

所在地　桜井市桜井　鳥見山中腹
作　者　作者未詳
歌　碑　扁平石（高さ184cm、幅61cm）、枠取凹磨（高さ112cm、幅40cm）
揮毫者　神宮大宮司・徳川　宗敬
建立年月　昭和50年５月

家有者　妹之手将纏　草枕
客尓臥有　此旅人𪫧怜

家にあらば　妹が手まかむ　草枕
旅に臥やせる　この旅人あはれ

（巻三・四一五）

所 在 地　桜井市上之宮　春日神社
作　　者　上宮聖徳皇子
歌　　碑　自然石（高さ120cm、幅80cm）、枠取凹磨（高さ69cm、幅43cm）
揮 毫 者　法隆寺管長・間中　定泉
建立年月　昭和51年９月

椋橋の　山を高みか　夜ごもりに
出でくる月の　光ともしき

椋橋乃　山乎高可　夜隠尓
出来月乃　光　乏寸

（巻三・二九〇）

所在地　桜井市下　聖林寺石段下
作　者　間人大浦
歌　碑　自然石（高さ95cm、幅67cm）、枠取凹磨（高さ63cm、幅36cm）
揮毫者　書家・歌人・清水　比庵
建立年月　昭和47年11月

橋立　倉椅山　立白雲

見欲　我為苗　立白雲

梯立の　倉椅山に　立てる白雲

見まく欲り　我がするなへに　立てる白雲

（巻七・一二八二）

所在地　桜井市倉橋　総合福祉センター
作　者　柿本人麻呂
歌　碑　自然石（高さ119cm、幅78cm）、枠取凹磨（高さ67cm、幅38cm）
揮毫者　清水寺貫主・大西　良慶
建立年月　昭和47年11月

大君(おほきみ)は　神にしませば　真木(まき)の立つ

あら山中(やまなか)に　海を成す可も

皇(おほきみ)　者(は)　神尓之坐者(かみにしませば)　真木乃立(まきのたつ)

荒山中尓(あらやまなかに)　海成可聞(うみをなすかも)

（巻三・二四一）

所 在 地　桜井市倉橋　倉橋溜池南畔
作　　者　柿本人麻呂
歌　　碑　自然石（高さ75cm、幅58cm)、枠取凹磨（高さ51cm、幅24cm)
揮 毫 者　中国哲学者・宇野　哲人
建立年月　昭和47年11月

秋山之　樹下隠　逝水乃
吾許曽益目　御念従者

秋山の　木の下隠り　行く水の
我れこそ益さめ　思ほすよりは

（巻二・九二）

所在地　桜井市忍阪　舒明天皇陵東方
作　者　鏡王女
歌　碑　自然石（高さ90cm、幅125cm）、枠取凹磨（高さ36cm、幅57cm）
揮毫者　国文学者・犬養　孝
建立年月　昭和47年11月

隠来之　長谷之山　青幡之　忍坂山者
走出之　宜山之　出立之　妙山叙
惜　山之　荒巻惜毛

こもりくの　泊瀬の山　青旗の
忍坂の山は　走り出の　宜しき山ぞ
出で立ちの　くはしき山ぞ　あたらしき山の
荒れまく惜しも

（巻一三・三三三一）

所在地　桜井市忍阪　忍坂坐生根神社
作　者　作者未詳
歌　碑　自然石（高さ70cm、幅95cm）、黒御影石（高さ32cm、幅42cm）貼り付け
揮毫者　洋画家・有島　生馬
建立年月　平成３年４月

真草刈　荒野者雖有　葉
過去君之　形見跡曽来師

ま草刈る　荒野にはあれど　黄葉の
過ぎにし君が　形見とぞ来し

（巻一・四七）

所 在 地　宇陀市大宇陀上新　神楽岡神社
作　　者　柿本人麻呂
歌　　碑　自然石（高さ130cm、幅150cm）
揮 毫 者　『西本願寺本万葉集』から写す
建立年月　昭和49年12月

阿騎乃野尓(あきののに)　宿旅人(やどるたびひと)　打靡(うちなびき)
寐毛宿良目八方(いもぬらめやも)　古部念尓(いにしへおもふに)

阿騎(あき)の野に　宿る旅人(たびひと)　うちなびき
いも寝(ぬ)らめやも　古(いにしへ)思(おも)ふに

（巻一・四六）

所 在 地　宇陀市大宇陀迫間　阿紀神社
作　　者　柿本人麻呂
歌　　碑　自然石（高さ89cm、幅190cm）
揮 毫 者　『元暦校本万葉集』から写す
建立年月　昭和49年12月

ひむがしの　野(の)にかぎろひの　立つみえて
かへりみすれば　月かたぶきぬ

東(ひむがしの)　野炎(のにかぎろひの)　立所見而(たつみえて)
反見為者(かへりみすれば)　月西渡(つきかたぶきぬ)

（巻一・四八）

所 在 地　宇陀市大宇陀迫間　かぎろひの丘万葉公園
作　　者　柿本人麻呂
歌　　碑　自然石（高さ209cm、幅90cm）
揮 毫 者　国文学者・歌人・佐佐木　信綱
建立年月　昭和15年11月

八隅知之　吾大王　高照　日之皇子　神長柄
神佐備世須等　太敷為　京乎置而　隠口乃
泊瀬山者　真木立　荒山道乎　石根　禁樹押
靡　坂鳥乃　朝越座而　玉限　夕去来者　三
雪落　阿騎乃大野尓　旗須為寸　四能乎押靡
草枕　多日夜取世須　古昔念而

やすみしし　我が大君　高照らす　日の皇子
神ながら　神さびせすと　太しかす　京を置き
て　こもりくの　泊瀬の山は　真木立つ　荒き
山道を　岩が根　禁樹押しなべ　坂鳥の　朝越
えまして　玉かぎる　夕さり来れば　み雪降る
阿騎の大野に　はたすすき　小竹を押しなべ
草枕　旅宿りせす　古思ふに

（巻一・四五）

所在地　宇陀市大宇陀迫間　かぎろひの丘万葉公園
作　者　柿本人麻呂
歌　碑　自然石（高さ145cm、幅250cm）、枠取凹磨（高さ65cm、幅95cm）
揮毫者　『寛永版本万葉集』から写す
建立年月　昭和49年12月

東の　野に炎の　立つ見えて
かへり見すれば　月傾きぬ

東　野　炎　立所見而
反見為者　月西渡

（巻一・四八）

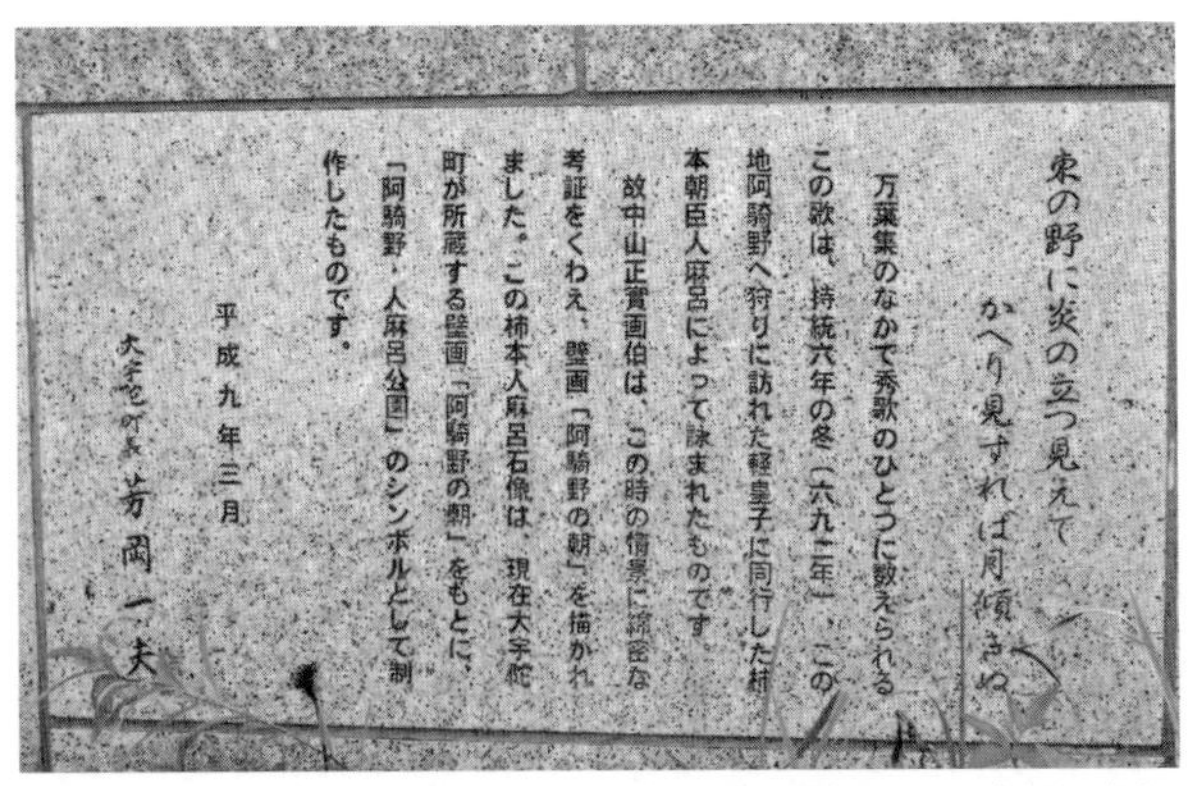

所在地　宇陀市大宇陀拾生　宇陀市阿騎野・人麻呂公園
作　者　柿本人麻呂
歌　碑　台座（高さ145cm、幅270cm）、嵌め込み（高さ59cm、幅110cm）
揮毫者　大宇陀町長・芳岡　一夫
建立年月　平成９年３月

日双斯(ひなみしの)　皇子命乃(みこのみことの)　馬副而(うまなめて)
御獦立師斯(みかりたたしし)　時者来向(ときはきむかふ)

日並(ひなみし)の　皇子(みこ)の尊(みこと)の　馬並(な)めて
み狩り立たしし　時は来(き)向かふ

（巻一・四九）

所在地	宇陀市大宇陀迫間　大宇陀地域事務所前庭
作　者	柿本人麻呂
歌　碑	自然石（高さ150cm、幅80cm）、枠取研磨（高さ62cm、幅41cm）
揮毫者	『紀州本万葉集』から写す
建立年月	昭和49年12月

狛山尓（こまやまに）　鳴霍公鳥（なくほととぎす）　泉河（いづみかは）
渡（わたり）　乎（を）遠見（とほみ）　此間尓不通（ここにかよはず）

狛山（こまやま）に　鳴くほととぎす　泉川
渡りを遠み　ここに通はず

（巻六・一〇五八）

所 在 地　京都府木津川市山城町上狛千両岩　京都府立山城郷土資料館前庭
作　　者　田辺福麻呂
歌　　碑　自然石（高さ175cm、幅163cm）
揮 毫 者　哲学者・山本　幹夫
建立年月　平成元年11月

𡢳嬬等之（おとめらが）　續麻繫云（うみをかくといふ）　鹿背之山（かせのやま）
時之往者（ときしゆければ）　京師跡成宿（みやことなりぬ）

娘子らが　続麻かくといふ　鹿背の山
時し行ければ　都となりぬ

（巻六・一〇五六）

所在地　京都府木津川市山城町上狛千両岩　京都府立山城郷土資料館前庭
作　者　田辺福麻呂
歌　碑　自然石（高さ180cm、幅186cm）
揮毫者　哲学者・山本　幹夫
建立年月　平成元年11月

今造る　久邇（くに）の都は　山川（やまかは）の
さやけき見れば　うべ知らすらし

今造（いまつくる）　久邇乃王都者（くにのみやこは）　山河之（やまかはの）
清見者（さやけきみれば）　宇倍所知良之（うべしらすらし）

（巻六・一〇三七）

所在地　京都府木津川市加茂町岡崎出垣内　恭仁大橋北詰
作　者　大伴家持
歌　碑　自然石（高さ195cm、幅205cm）
揮毫者　東大寺別当・守屋　弘斎
建立年月　平成８年11月

秋の野の　み草刈り葺き　宿れりし
宇治の京の　仮廬し思ほゆ

金野乃　美草刈葺　屋杼礼里之
兎道乃宮子能　借五百磯所念

（巻一・七）

所 在 地　京都府宇治市宇治下居　下居神社境内
作　　者　額田王
歌　　碑　黒御影石全面磨（高さ100cm、幅79cm）
揮 毫 者　書家・森　鵬父
建立年月　平成４年４月

ちはや人　宇治川波を　清みかも
旅行く人の　立ちがてにする

千早人（ちはやひと）　氏川浪乎（うじかはなみを）　清可毛（きよみかも）
旅去人之（たびゆくひとの）　立難為（たちかてにする）

（巻七・一一三九）

所在地　京都府宇治市宇治塔川　宇治市観光センター前
作者　作者未詳
歌碑　黒御影石（高さ100cm、幅79cm）
揮毫者　書家・佐々木　宏遠
建立年月　平成４年４月

もののふの　八十氏河の　網代木に
いさよふ波の　行く方しらずも

物乃部能　八十氏河乃　阿白木尓
不知代経浪乃　去辺白不母

（巻三・二六四）

所 在 地　京都府宇治市宇治　宇治公園橘島（中の島地区南東）
作　　者　柿本人麻呂
歌　　碑　黒御影石全面磨き（高さ100cm、幅79cm）
揮 毫 者　書家・古谷　蒼韻
建立年月　平成４年４月

宇治川（うぢかは）は　淀瀬（よどせ）無からし　網代人（あじろひと）
舟呼ばふ聲　をちこち聞ゆ

氏河歯（うぢかはは）　与杼湍無之（よどせなからし）　阿自呂人（あじろひと）
舟召音（ふねよばふこえ）　越乞所聞（をちこちきこゆ）

（巻七・一一三五）

所 在 地　京都府宇治市宇治山田　朝霧橋東詰
作　　者　作者未詳
歌　　碑　黒御影石全面磨き（高さ100cm、幅79cm）
揮 毫 者　書家・山本　万里
建立年月　平成４年４月

妹らがり　今木の嶺に　茂り立つ
嬬松の木は　古人見けむ

妹等許　今木乃嶺　茂立
夫待木者　古人見祁牟

（巻九・一七九五）

所 在 地　京都府宇治市宇治紅斉　仏徳山頂上展望台
作　　者　作者未詳
歌　　碑　黒御影石全面磨き（高さ100cm、幅79cm）
揮 毫 者　書家・西本　大透
建立年月　平成４年４月

そらみつ　倭の國　あをによし　奈良山越えて
山代の　管木の原　ちはやぶる　宇治の渡
瀧つ屋の　阿後尼の原を　千歳に　闕くる事無く
萬代に　あり通はむと　山科の　石田の社の
すめ神に　幣帛取り向けて　われは越え行く
相坂山を

空見津　倭国　青丹吉　常山越而　山代之
管木之原　血速旧　于遅乃渡　滝屋之
阿後尼之原尾　千歳尓　闕事無　万歳尓
有通将得　山科之　石田之社之　須馬神尓
奴左取向而　吾者越往　相坂山遠
（巻一三・三二三六）

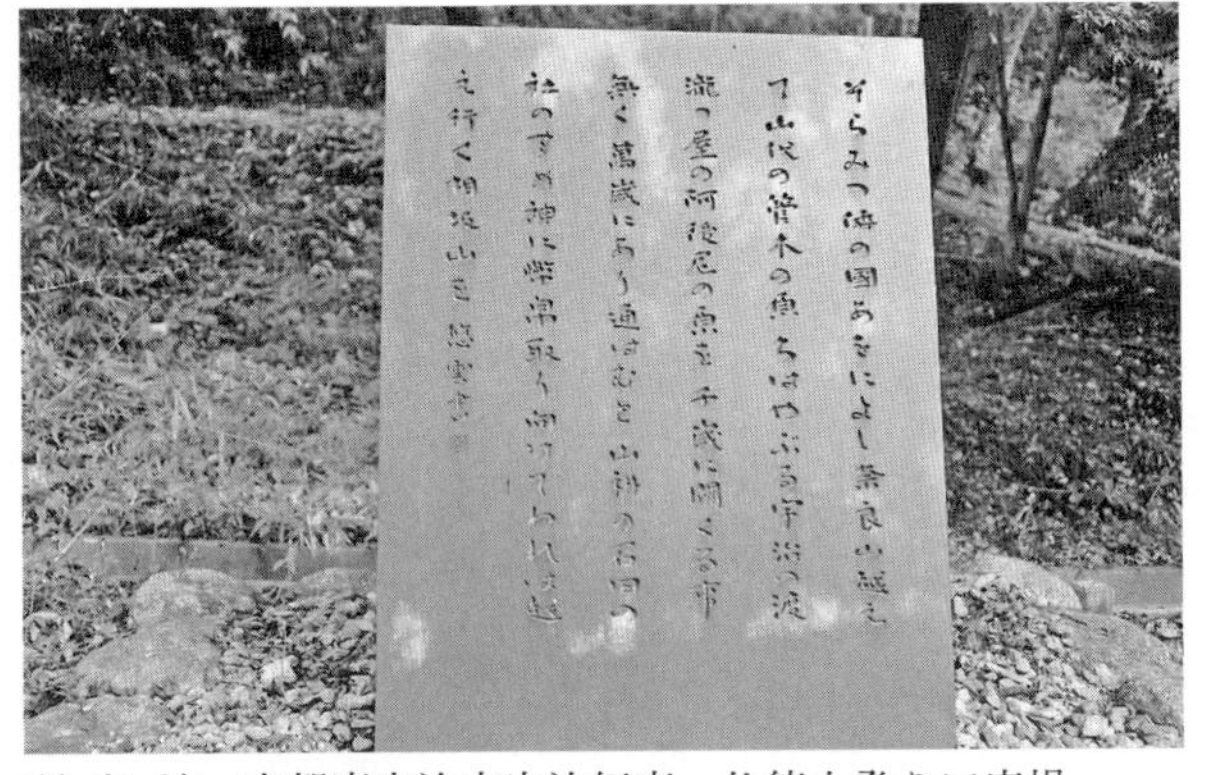

所 在 地　京都府宇治市宇治紅斉　仏徳山登り口広場
作　　者　作者未詳
歌　　碑　黒御影石全面磨き（高さ100cm、幅79cm）
揮 毫 者　書家・山本　悠雲
建立年月　平成４年４月

佐ざなみ能　志賀の辛崎　幸くあれど
大宮人の　船待ちかねつ

楽浪乃　思賀乃唐崎　雖幸有
大宮人之　船麻知兼津

（巻一・三〇）

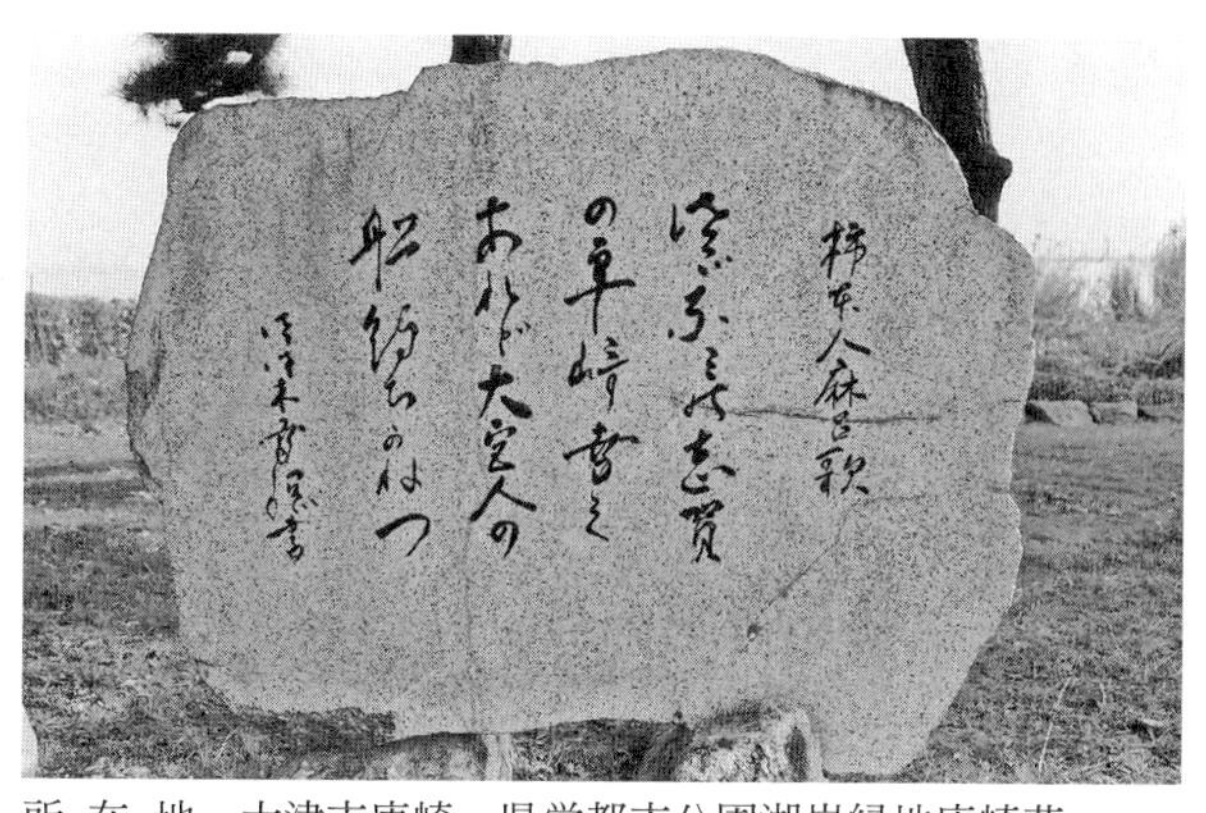

所在地　大津市唐崎　県営都市公園湖岸緑地唐崎苑
作　者　柿本人麻呂
歌　碑　花崗岩全面磨き（高さ115cm、幅80cm）
揮毫者　国文学者・佐佐木　幸綱
建立年月　平成20年12月

楽浪乃(ささなみの)　國都美神乃(くにつみかみの)　浦佐備而(うらさびて)
荒有京(あれたるみやこ)　見者悲毛(みればかなしも)

楽浪(ささなみ)の　国つ御神(みかみ)の　うらさびて
荒れたる京(みやこ)　見れば悲しも

（巻一・三三）

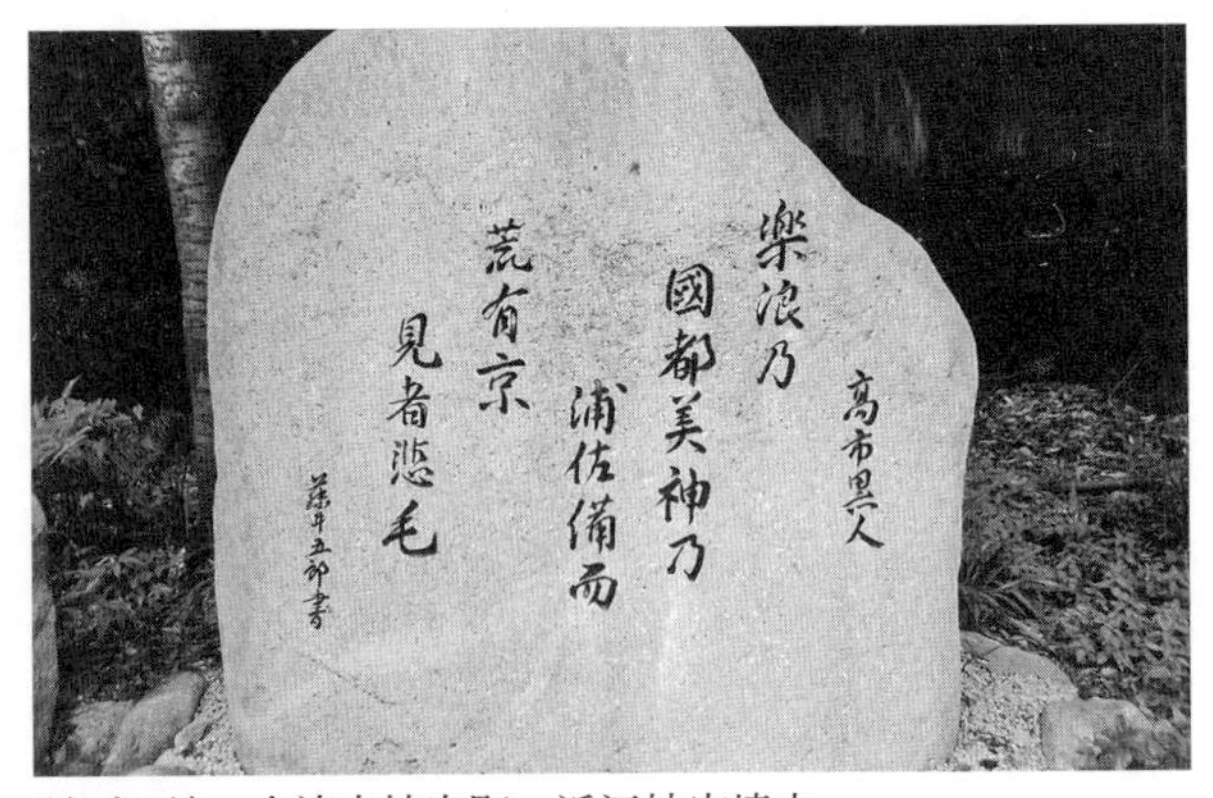

所 在 地　大津市神宮町　近江神宮境内
作　　者　高市黒人
歌　　碑　自然石全面磨き（高さ130cm、幅140cm）
揮 毫 者　万葉研究家・藤井　五郎
建立年月　平成20年11月

淡海乃海(おふみのうみ)　夕浪千鳥(ゆふなみちどり)　汝鳴者(ながなけば)
情(こころ)　毛思努爾(もしのに)　古(いにしへ)　所念(おもほゆ)

淡海(あふみ)の海(うみ)　夕浪千鳥(ゆうなみちどり)　汝(な)が鳴けば
情(こころ)もしのに　古(いにしへ)おもほゆ

（巻三・二六六）

所在地　大津市神宮町　近江時計眼鏡宝飾専門学校敷地内
作　者　柿本人麻呂
歌　碑　自然石（高さ97cm、幅163cm）
揮毫者　公務員・乗　光博
建立年月　昭和53年秋日

君待つと　わが恋ひ居（を）れば　わが宿の
すだれ動かし　秋の風吹く

君待登（きみまつと）　吾恋居者（あがこひをれば）　我屋戸之（わがやどの）
簾動之（すだれうごかし）　秋風吹（あきのかぜふく）

（巻四・四八八）

所 在 地　大津市錦織　大津京シンボル緑地
作　　者　額田王
歌　　碑　御影石全面磨き（高さ60cm、幅1680cm）
揮 毫 者　小説家・田辺　聖子
建立年月　平成20年11月

近江の海　夕波千鳥　汝が鳴けば
心もしのに　古思ほゆ

淡海乃海　夕浪千鳥　汝鳴者
情毛思努尓　古所念

（巻三・二六六）

所在地　大津市錦織　大津京シンボル緑地
作　者　柿本人麻呂
歌　碑　御影石全面磨き（高さ122cm、幅82cm）
揮毫者　未詳
建立年月　未詳

吾者毛也　安見兒得有　皆人乃
得難尓為云　安見兒衣多利

我はもや　安見児得たり　皆人の
得かてにすといふ　安見児得たり

（巻二・九五）

所在地　大津市錦織　大津京シンボル緑地
作　者　藤原卿（中臣鎌足）
歌　碑　御影石全面磨き（高さ122cm、幅83cm）
揮毫者　大津市長・目片　信
建立年月　平成20年11月

玉だすき　畝傍(うねび)能山の　橿原(かしはら)の　ひじりの御代(みよ)ゆ
生(あ)れまし、　神のことごと　つがの木の　いや継
ぎ継ぎに　天能下　知らしめし、を　天(そら)にみつ
大和(やまと)を置きて　あをによし　奈良山を越え　い
かさまに　思ほしめせか　天ざかる　鄙(ひな)にはあれ
ど　石走る　近江の国の　楽浪(ささなみ)能　大津の宮に
天能下　知らしめしけむ　天皇(すめろき)能（後略）

玉手次(たまだすき)　畝火之山乃(うねびのやまの)　橿原乃(かしはらの)　日知之御世従(ひじりのみよゆ)
阿礼座師(あれましし)　神之尽(かみのことごと)　樛木乃(つがのきの)　弥継嗣尓(いやつぎつぎに)　天下(あめのした)
所知食之乎(しらしめししを)　天尓満(そらにみつ)　倭乎置而(やまとをおきて)　青丹吉(あをによし)　平(なら)
山乎超(やまをこえ)　何方(いかさまに)　御念食可(おもほしめせか)　天離(あまざかる)　夷者雖有(ひなにはあれど)
石走(いはばしる)　淡海国乃(おふみのくにの)　楽浪乃(ささなみの)　大津宮尓(おおつのみやに)　天下(あめのした)
所知食兼(しらしめしけむ)　天皇之(すめろきの)（後略）　（巻一・二九）

所在地　大津市錦織　近江大津宮錦織遺跡
作　者　柿本人麻呂
歌　碑　自然石全面磨き（高さ260cm、幅90cm）
揮毫者　国文学者・坂本　信幸
建立年月　平成20年11月

ささなみ能　志賀の大わだ　よどむとも
昔の人に　亦（また）も逢（あ）はめやも
左散難弥乃（ささなみの）　志我能大和太（しがのおおわだ）　与杼六友（よどむとも）
昔人二（むかしのひとに）　亦母相目八毛（またもあはめやも）

（巻一・三一）

所在地　大津市御陵町　大津市役所時計塔基部
作　者　柿本人麻呂
歌　碑　黒御影石円球（直径60cm）
揮毫者　近江神宮宮司・平田　貫一
建立年月　昭和42年３月

君待登（きみまつと）　吾戀居者（あがこひをれば）　我屋戸之（わがやどの）
簾動之（すだれうごかし）　秋風吹（あきのかぜふく）

君待つと　我（あ）が恋ひ居（を）れば　我がやどの
簾（すだれ）うごかし　秋の風吹く

（巻四・四八八）

所 在 地　滋賀県東近江市八日市本町　市神神社境内
作　　者　額田王
歌　　碑　自然石（高さ187cm、幅180cm）
揮 毫 者　国文学者・犬養　孝
建立年月　昭和60年４月

あかねさす　紫野ゆき　標野ゆき
野守は見ずや　君が袖振る
茜草指　武良前野逝　標野行
野守者不見哉　君之袖布流
（巻一・二〇）

紫草の　にほへる妹を　にくくあらば
人妻故に　われ恋ひめやも
紫草能　尓保敝類妹乎　尓苦久有者
人嬬故尓　吾恋目八方
（巻一・二一）

所在地　滋賀県東近江市八日市本町　市神神社額田王立像銘碑
作者　額田王（1・20）、大海人皇子（1・21）
歌碑　黒御影石（高さ133cm、幅67cm）
揮毫者　渡辺　守順
建立年月　昭和59年1月

冬こもり　春さり来れば　鳴かざりし
鳥も来鳴きぬ　咲かざりし　花も咲けれど
山を茂み　入りても取らず　草深み　取りて
も見ず　秋山の　木の葉を見ては　黄葉をば
取りてそしのふ　青きをば　置きてそ歎く
そこし恨めし　秋山そ我は

冬木成　春去来者　不喧有之　鳥毛来鳴奴
不開有之　花毛佐家礼杼　山乎茂　入而毛不取
草深　執手母不見　秋山乃　木葉乎見而者
黄葉乎婆　取而曾思努布　青乎者　置而曾歎久
曾許之恨之　秋山吾者

（巻一・一六）

所在地　滋賀県東近江市八日市清水　薬師寺本堂前
作　者　額田王
歌　碑　自然石（高さ105cm、幅86cm）
揮毫者　山岡　智寛
建立年月　昭和60年12月

あかねさす　紫野行き　標野行き
野守は見ずや　君が袖振る
茜草指　武良前野逝　標野行
野守者不見哉　君之袖布流
（巻一・二〇）

紫の　にほへる妹を　憎くあらば
人妻ゆゑに　我恋ひめやも
紫草能　尓保敝類妹乎　尓苦久有者
人嬬故尓　吾恋目八方
（巻一・二一）

所在地　滋賀県東近江市糠塚町　阿賀神社横
作　者　額田王（1･20）、大海人皇子（1･21）
歌　碑　自然石（高さ190cm、幅180cm）、陶板嵌め込み
（高さ40cm、幅60cm）
揮毫者　不詳
建立年月　平成３年10月

茜草指　武良前野逝　標野行
野守者不見哉　君之袖布流

あかねさす　紫野行き　標野行き
野守は見ずや　君が袖振る

（巻一・二〇）

紫草能　尓保敝類妹乎　尓苦久有者
人嬬故尓　吾恋目八方

紫草の　にほへる妹を　憎くあらば
人妻ゆゑに　我恋ひめやも

（巻一・二一）

所 在 地　滋賀県東近江市糠塚町　阿賀神社裏山
作　　者　額田王（1･20）、大海人皇子（1･21）
歌　　碑　御影石（高さ150cm、幅100cm）
揮 毫 者　『元暦校本万葉集』から写す
建立年月　昭和43年5月

筆者略歴

二川暁美（ふたかわ・あけみ）

工学博士、日本機械学会フェロー。三菱電機（株）中央研究所・長崎製作所・本社、三菱電機プラントエンジニアリング（株）本社勤務。神戸大学・大阪大学工学部非常勤講師、日本機械学会・電気学会・日本材料学会会員。米国電気学会（IEEE）最優秀論文賞、英国冷凍学会（IR）The Hall-Thermotank Gold Medal、圧縮機国際会議（ICEC）功績賞、日本冷凍空調学会学術賞、エネルギー・資源学会技術賞、日本電機工業会功績賞などを受賞。学士会・万葉学会会員。万葉通信『たまづさ』編集委員、『ウォーク万葉』に三八篇、万葉通信『たまづさ』に四〇篇、橿原図書館『万葉』に一篇の「万葉故地めぐり」を執筆。著書に『山の辺の道を歩く』（雄山閣）、『奈良市の万葉を歩く　上下』（奈良新聞社）、『明日香の万葉を歩く　上下』（奈良新聞社）、『熊野古道　紀伊路の王子と万葉を歩く』（文藝春秋社）など。

一度は訪ねたい万葉のふるさと　－近畿編（下）－

2020年7月15日　第1版第1刷発行

著　　者　二川　暁美
発 行 者　田中　篤則
発 行 所　株式会社奈良新聞社
〒630－8686　奈良市法華寺町2番地4
TEL0742（32）2117
FAX0742（32）2773
振　　替　00930－0－51735

印刷所　株式会社渋谷文泉閣

ISBN978-4-88856-161-7

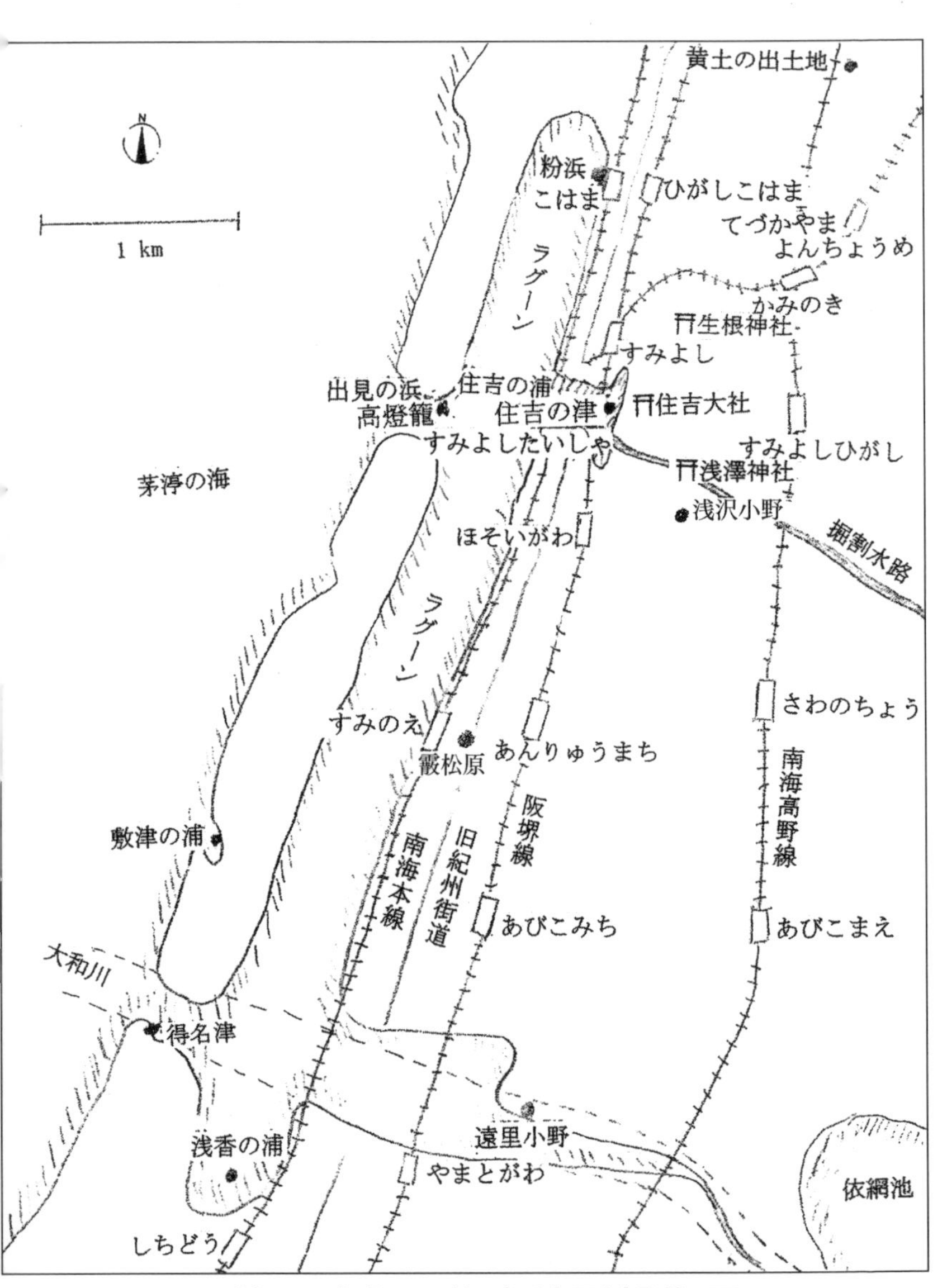

万葉の時代の住吉地形想像図